―――― **阅读之前 没有真相**

午 夜 文 库

大诱拐

[日] 天藤真 著
赵维真 译

新 星 出 版 社　NEW STAR PRESS

出场人物

柳川敏子　　　　　　　　　　柳川家当家
柳川国二郎　　　　　　　　　敏子的二儿子
柳川大作　　　　　　　　　　同"四儿子"
田野可奈子　　　　　　　　　同"二女儿"
田宫英子　　　　　　　　　　同"三女儿"
串田孙兵卫　　　　　　　　　柳川家的管家
吉村纪美　　　　　　　　　　帮工
安西　　　　　　　　　　　　司机
中村棕　　　　　　　　　　　前女佣
户并健次、秋叶正义、三宅平太　彩虹童子
井狩大五郎　　　　　　　　　县警本部长

1	第一章 三童子下凡
49	第二章 童子启战端
85	第三章 童子入虎穴
111	第四章 童子投炸弹
143	第五章 童子登彩虹
215	第六章 童子隐于雾
329	终　章 童子归母怀

献给每位母亲的母亲

第一章 三童子下凡

1

纪州最大的富豪、柳川家的女主人敏子刀自①突然提出想去山里走走。这大约是在一周前,也就是九月上旬的事。

"去山里?"女佣吉村纪美露出一脸诧异的神色。

柳川家所在的津之谷村位于熊野川上游大约四十公里处,纪伊山地的南侧。这里一千米以上的山峰重峦叠嶂,山间的谷地散布着人家,是一处典型的山区。刀自的二女儿嫁给了大阪一家卡巴莱酒馆的老板,纪美是被她丈夫的远房亲戚送到柳川家来学习礼仪的。她天性活泼,很受刀自的喜爱。对于从小在城市长大的她来说,这里周围都是山,一出家门就是山路,而刀自却还想去"山里"散步,这听起来就像鲤鱼想去游泳一样奇怪。

"是啊。"刀自今年八十二岁,身材矮小。她曾说,她的身高放在过去也算是中等,然而她还不足一米四。她脸庞小巧端正,与身体很协调,整个人往起居室的坐垫上一坐,那风韵仿佛一尊可爱的小佛像,让人不禁想用双手轻轻捧起端详一番。此时她优雅的面庞上浮现出深深思索的神色,她轻轻点了点头。

"天气越来越暖和啦。不知道为什么……我就是想去山里散散步。最近这二三十年,都没有好好在山里走过。纪美,你能不

---

① "刀自"是日语中对老妇人、贵妇人的一种尊称。——译者注(另,文中如无特殊标注,均为译注,不再逐一标出)

能陪我一起去？"

"好的夫人，我也很喜欢走走，想跟您一起去……我先去跟经理说一声。"

刀自有过两任丈夫，均早已过世。她与两任丈夫分别育有四个和三个孩子。其中有两个儿子战死沙场，大女儿死于战争，现在只剩四个孩子，两男两女。他们分别住在不同地方，又在刀自的带领下，负责管理津之谷村的这个宅邸。而负责管理山林的，是被纪美等人称为经理的老管家串田孙兵卫。他已经在柳川家工作了四十多年。听了纪美的话，他急忙赶来。

"夫人……您是不是听说什么奇怪的事了？"

他的第一反应是，自己在职务上是不是存在什么疏漏，导致刀自突然亲自巡山。

"不是，不是。"刀自一时不知如何作答，只能赶紧摆了摆小手。

"不要过度解读我的意思啊……我跟纪美说了，这只是我心血来潮而已。这么说可能不太好听，但是上代主人种下的入泽的杉树，现在也不知道怎么样了，我都三十多年没去看过啦。这怎么也说不过去……我正好也想去那边散散步。仅此而已。"

听了她这番细致的解释，老管家才松了口气。

"是这样啊。正好天气也不错，适合出去走走……但是夫人，我有句话讲了您可别生气，您虽然身体硬朗，但毕竟上了年纪，万一有什么闪失，那就是我们下人的责任。不如找两三个年轻人陪您一起去吧。"

"不用这么夸张吧。"刀自皱了皱眉，"又不是什么大领导出巡。别看我老了，腿脚还利索得很。有纪美一个人陪我就够了。我跟她说了，午饭在路上吃，带上饭团、水壶……还有年轻人喜欢的那种口香糖，都让她带上吧。另外，请安西把我们送到山的入口吧。"

"好的，夫人。"

安西在府上的两位司机中较为年长，也在柳川家工作了三十年。刀自但凡外出，会根据目的地选用不同的车辆，但司机一定是他。这次要用的车是办私事专用的达特桑①。

这一天就这样过去了。但令人意想不到的是，大家都以为仅此一次的"散步"，此后竟变成了刀自每天的"必修课"。而且她外出时间是固定的，早上九点坐安西的车出门，下午四点左右回来。山里天黑得早，有时要到暮色降临后刀自才回家。她一走就是一整天。

忠心耿耿的串田管家不禁有些纳闷。

"夫人情况怎么样？"他把陪同夫人的纪美叫到身边问道。

"夫人呀……"纪美是刀自"心血来潮"的最大受害者，她一天要陪同夫人步行十公里到十五公里，脚上磨出的水泡连成了片。她一边往柔软的脚底擦药，一边歪着头说道："没什么异常情况。夫人好像事先计划好了每天走什么路线，每座山的情况她都心中有数。我看每座山都差不多，但夫人就认得出，说这座山是上上代的太右卫门指挥五十名男丁种树的地方，她小时候背着装树苗的箩筐来过这里，祖父还摸着她的头夸她……她还一边摸着树干，一边说着什么，好像大树是活的一样。大概就是这样。"

"嗯。那明天夫人还会再出去吧？"

"是的。我听她对安西交代说明天会从中野进山，去濑尾那边。"

---

① 达特桑（Datsun）于二十世纪三十年代起由日产汽车公司生产，是日本汽车发展史上的重要车型。

"从中野到濑尾。这走得是越来越远了。哎,夫人该不会是……"

串田抱起双臂陷入了沉思。

"该不会是……怎样?"纪美有些担心。

"夫人该不会是……"管家放下双臂,"想把柳川家所有的山都走个遍吧?"他一脸严肃地说道。

"所有的山?已经走了这么多,还没走完吗?"纪美吃了一惊。

"你们这些年轻人,真是什么都不知道。"管家挺直了腰板。

"柳川家名下的山岳数量之多,在全日本都是数得上号的。这个村子方圆六百七十平方公里,面积在全国也是名列前茅。村子里六成的地是柳川家的。你可以算算,六百七十平方公里的六成有多大。"

"呃……"

"没算出来吧?大概四百平方公里。准确讲是三百九十八平方公里。而且这只是账面上的数字,如果去实际测量的话,肯定不止四百,可能是四百二十、四百三十,甚至更多。没想到吧?"

"唔……"

"看你的表情好像不太明白。你可能对平方公里没什么概念。一平方公里相当于过去说的一百'町步',也就是现在的一百公顷。四百平方公里,再乘以一百是多少?"

"呃……"

"还是不会算啊?告诉你,是大约四万公顷。怎么样,吓一跳吧?"

"嗯……"

"还不明白?现在的年轻人啊,要怎么说你才能懂呢?"

老管家有些生气，又忽然面露微笑，说道："给你看样好东西。"说着从书架上取下一本地图册。

"这是我家孩子上高中时候用的地图册，估计现在没多大变化。这上面说——"

"你看。"他参照书末的索引，指着一处地方，递到纪美面前。

"这是你住的大阪。这指的不是大阪市区，而是北到箕面，南到河内的整个大阪府，总面积是一千八百三十一平方公里。津之谷村是六百七十平方公里……嗯，相当于大阪府的三分之一还要多。柳川家的土地有四百平方公里……相当于大阪府的五分之一还要多。怎么样，这下知道厉害了吧？柳川家的山，面积足足有整个大阪府的二成以上，能装得下整个大阪市区了。"

纪美张开樱桃小口，接着又闭上。她果真吃了一惊。

她转头看看脚上的水泡，声音听上去有些胆怯。

"这么大的地方，走遍到底要花多长时间啊？"

"至少一个月吧。"管家面无表情地说道。

"我年轻的时候，也陪老主人走过一次。那时候身强力壮，但也足足走了四周。另外，还有飞地呢。"

"飞地？"

"柳川家在相邻的奈良县边上有块飞地。不过，不知道这次夫人会不会去……"

管家说着，又抱起胳膊道："夫人为什么突然下了这个决心？这些山她每天都能从屋子的窗户里望见，没必要挨个儿走遍。如果是一时兴起，那这也太耗费精力了……当然，这都是我自己的猜测。"

第二天又是秋高气爽的好天气。在众人的目送下，刀自的车从瓦上长满青苔的冠木门①穿过，朝主路驶去。

主路边是熊野川的支流。这条河水量丰沛，过去曾经是输送木材的水运要道。河对岸有一块极其狭小的农田，再远处是多座八百米左右的山头，覆盖着郁郁葱葱的杉树林。

在其中一座山的半山腰，一双眼睛正透过望远镜紧紧盯着刀自出发的情况。

当刀自的车驶过，那人放下望远镜，拿起了对讲机。

"已经出发了。方向跟昨天一样。老地方会合。听好了，成败在此一举！"

这个年轻人眉毛浓密，眼神犀利，体格如猎犬一般健壮。他叫户井健次，是企图绑架刀自而潜入津之谷村的诱拐团伙的头目。

---

①冠木门，即两根木柱上搭一根横木的门。

2

这个号称"彩虹童子"的诱拐团伙之后不久就出了名。团伙共由三人组成，他们都有前科，最初在大阪监狱的杂居牢房中相识。监狱对他们的情况记录如下：

户并健次，昭和二十六年①生。籍贯不详。无固定住所。昭和二十九年十月十六日，他在新官市内被警方寻获。他声称与他的"姑妈"走散了，但事后该女子始终未出现，警方因此推断，这是一起有计划的遗弃幼儿案。男孩的名字、年龄均是根据其当时佩戴的名牌而得知。同年，他被该市郊外的一所名为"爱育园"的机构收容。随着年纪渐长，他的叛逆性格越发明显，昭和四十年十月，他离园出走，开始了流浪生活。昭和四十三年时，加入大阪偷盗团伙"大匠"，此后直至入狱，共有两次犯罪前科，犯罪记录累计一百二十六次。昭和五十年六月，被判有期徒刑一年两个月，收监至第四号杂居牢房。昭和五十年八月，刑满释放。②

评价：智力优秀，身体强健。入狱初期有较强的反社会

---

①昭和是日本天皇裕仁在位期间使用的年号（1926年12月25日–1989年1月7日）。昭和二十六年即一九五一年。
②此处的刑满释放日期，原文疑似有误，根据上下文，应为五十一年八月出狱，或四十九年入狱。

倾向，经多次训诫教育后逐渐好转，刑满到期时有热切的回归社会的愿望。但其性格亦有阴险复杂的一面，故应继续予以保护观察。

秋叶正义，昭和二十九年六月六日生。冈山县人。

无固定职业和固定居所。父亲为劳动工人。昭和四十年时家人离散，父母下落不明。无兄弟姐妹。小学四年级肄业。此后辗转各地商店、工厂等，自昭和四十五年起主要以做日工为生。其间因入室盗窃计有盗窃前科一次，犯罪记录八次。昭和五十年六月，被判三个月有期徒刑，收监至第四号杂居牢房。因服刑态度端正，获减刑一个月，昭和五十年八月出狱。

评价：智力较弱，身体健壮。性格温良，适合体力劳动，但与人沟通协作能力差，请相关人员妥善处理。回归社会的愿望较强。

三宅平太，昭和三十一年二月十八日生。奈良县人。

父亲已去世。母亲五十二岁，在籍贯地经营杂货生意。有一个妹妹。在私立春阳高中读一年级时辍学。常离家与不良少年交往。昭和五十年七月，因"盗窃"被判有期徒刑两个月，收监至第四号杂居牢房。无犯罪前科，有犯罪记录三次。同年八月，刑满出狱。

评价：智力、体力较为普通。有机敏、灵活的一面，但为人冒失不稳重，容易被人煽动。因家庭原因，有较强的回归社会的愿望，但因其意志薄弱，需充分保护观察。

跟秋叶正义、三宅平太这样的小毛贼组成诱拐团伙，那么担任组织头目兼出资人，成为名副其实的老大的人，自然就是大盗户并健次了。

看守们的"评价"很准确，他确实热切希望"回归社会"。服刑人员在出狱时，都会接受训诫科长的最后一次训诫。"你可不能再做错事回到这里了"这句话一定会出现。而令科长颇感惊讶的是，当时健次回复的语气非常坚定。

"明白！我决不会再给科长和看守同志们添麻烦的。"他信誓旦旦地说道。

这的确是他的真实想法。他再也不愿回到监狱。但是，他所期盼的"回归社会"的方式和方法，却与看守们的想法大相径庭。

近十年的盗贼生活令他深切体会到，偷窃这种行径只能是徒劳。

同时，刑满释放人员的所谓"回归社会"将会有多么痛苦，社会对他们有多么冷酷无情，他都是亲身经历过的。

他脑中的"回归社会"，绝不是回到社会的底层，接受人们的同情和怜悯，永远过着屈居人下的生活。他要在社会中建立自己生活的权利。

现在，他手里有大约一百万日元，是此前瞒着警方偷偷存起来的。但是，就凭这点钱，再加上过去盗贼的身份，他究竟能做点什么呢？眼下最重要的是筹集一笔足够的资金，至少要比现在多十倍。而要想搞到这笔钱……

健次第三次入狱的那一年零两个月，他都用来制定计划、物色同伙。他首先排除了过去的同伙。因为有这种关系的人，肯定会在某个地方露出破绽。他要找的同伙必须是在监狱里结识、缘分仅限于共同服刑的人，这样就不必担心留下后患。最终入选的人，正是秋叶正义和三宅平太。

秋叶正义刚来四号杂居牢房时，因为身材高大、体格健壮，曾被误认为是强盗或者某个黑社会的成员，在绑匪间引发了一阵骚动。

他虽然沉默寡言，但还是暴露了"溜门贼"的真实身份。

"什么嘛，白白起了个这么夸张的名字，听着跟国会议员一样。"

"怪不得看上去一脸蠢样。"

绑匪们对秋叶正义的兴趣一下子跌到谷底。然而，健次却自有一番想法。

他物色新同伙，首要条件就是绝不背叛。在此基础上，还必须是事成后愿意就此金盆洗手的人。仅此两条。强盗团伙因为内讧而自取灭亡的事，经常在电影中上演。而如果有人尝到甜头想要"梅开二度"，势必会害了大家。秋叶正义别的方面暂且不论，这两个基本条件是合格的。

他行动迟缓，脑袋也不怎么灵光。但他也不像小毛贼那样狡诈而卑劣，甚至没有绑匪身上常见的那种虚荣浮夸和故弄玄虚。他肯定没有出卖别人的歪脑筋，可以说他本来就不该进入这个罪犯的世界。而健次寻找的正是这样的伙伴。

健次瞅准时机试探正义，他竟二话不说立刻答应下来。正义心里也一直期盼着能遇到健次这样的大哥。加上两人都失去了父母，又增添了几分亲近感。"为了大哥，我就算跳水坑、钻草地，眼睛也决不眨一下。"正义握紧健次的手起誓道。用词不当固然好笑，但他的真诚打动了健次。

第二个伙伴三宅平太，情况与正义截然相反。初入狱时，健次只觉得他是个冒失鬼，完全没把他放在心上，谁知三宅平太却主动出击。这是因为他偷听到了健次和正义的秘密，于是苦苦恳求入伙。

健次佯装不知，婉拒了他，他却双眼含泪诉说起老家的困难。母亲患病，小店无以为继，家中负债累累，店面和土地都被抵押，今年十七岁的妹妹也被债主强行收作小妾。债主不过三十岁上下，却是个放高利贷的好手。

"我干了这一行，却让自己的老妈和唯一的妹妹落到这步田地，想来真是丢人现眼。大哥，我求你了，你就当帮帮我吧……"

他拿出妹妹的信，又是百般哀求。健次并非被他的哀求打动，而是看他虽然是个软蛋，却能如此豁出去恳求，对他有了改观。

于是，健次就有了这两个小弟。他的刑期将满，算是运气不错。

但是，接下来才是真正的难关。第一是让小弟们认同这个计划，第二是计划本身很难实现。

这年八月，三人先后出狱。当健次第一次把详细计划告诉两人时，他们错愕的表情令他记忆犹新。

健次话音未落，正义就喊了出来："什么？绑架？大哥，你说的是绑架吗？"

他平时那大象般细成缝的眼睛，瞬时瞪得老大。

"我不干了。"他不等下文，马上嘟囔起来。

"我说过为了大哥可以跳水坑、钻草地，但是绑架这种事可不行。抢别人的小孩，再去讹钱……这不是人干的事。大哥，你怎么能有这种想法？"

正义大概是立刻联想到了吉展绑架案[①]。他也不认真听健次

[①] 该案是一九六三年三月三十一日发生在东京的一起绑匪绑架并杀害男童的案件。

的话，就呜咽着请求，说让他抢银行什么的都可以，只是绑架万万不能干。平太虽然没有插嘴，但看他眼珠滴溜溜地打转，一脸惊恐地看着健次，就知道他的想法跟正义一样。

或许，那才是正常的反应。健次最初动这个念头时，也曾觉得太过荒唐，急匆匆将它抛诸脑后。

他现在能做的，就是向两人原原本本地解释清楚，为什么自己想做这件事，又为什么确信这是唯一的生财之道（绑架的赎金设定为五千万日元，健次拿两千万，其他两人各分得一千五百万）。

此外，这次行动会面临怎样的困难和危险，他也毫不隐瞒。

随着健次的介绍，两人的表情变得愈加惊疑不定。

行动的目标不是儿童、不是女孩或者家庭主妇、不是男性资本家，而是一个老太太。两人听到这里时，似乎都松了一口气。

但是随后听到，这个老太太是地方上声望颇高的名人，不仅受到当地村民的尊敬，在社会上也口碑极佳，特别是那些生活处于困境的人们，更是把她当作慈悲菩萨一般仰慕。两人脸上不禁浮现出比先前更甚的抵触之情。

最后健次说道，老太太住在和歌山县，当地县警本部部长[①]把她奉作大恩人，如果老太太被绑架，他势必亲自出马，身先士卒调查此案。县里的一千六百位警察自然会大张旗鼓追捕绑架犯。这样一来，他们简直就像被狼群包围的三只小羊。两人听到这里"嗯"了一声，脸上现出异样的紧张神情，看不出是恐怖还是兴奋。健次并不是夸大其词，更不是危言耸听。这次行动如果不做好充足的心理准备，绝不能贸然动手。

[①]日语中的"本部"即总部。本书后面出现的"本部长"是职位名，即总部的负责人。

健次心想，要想说服……或者说能成功把两人拉下水，需要自己推心置腹的真诚，以及锐不可当的超凡气势。

"这是在拼命啊。"正义说道。

"是啊，是在拼命。"健次回应道。

"我懂了。"正义说，"大哥的想法果然高明。听着虽然吓人，但如果不是这种老太太，家里也没法一下子拿出五千万啊。好吧，我收回刚才的话，跟着大哥好好干。大哥这个计划这么危险，我可不能袖手旁观。"

"好！平太呢？"

平太之前没怎么说话，为了证明自己不是个普通"溜门贼"，他斩钉截铁地回应道："我这辈子也曾经想过干件大事。这件大事如果能跟大哥一起干，那真是男子汉得偿所愿。我非常愿意。"

"只不过……"

"怎么了？"

"拿一千五百万太多了。我拿一千万，有大哥的一半就好。如果没有大哥，我们连一半的一半也拿不到啊。"

"你说得对。"正义点头称是，"我也只拿一千万。不好意思，还要讨价还价，但我觉得这才是适合我们的价位。"

"先不说这个。你们两个都同意就好。不过我得再提醒一下。"

健次一脸严肃，提出了做绑匪的以下三条经验：

第一，必须善待人质。人质不仅是重要的交易品，而且是己方的保护神，只要紧紧握在手里，对方就无计可施。

第二，与人质相处的几天时间，不能暴露面目，也不能在言语中提到己方的姓名和经历，还有关于藏匿人质的地点信息。人质最终是要放走的，因此在接触中必须考虑周到，杜绝后患。

第三，除了平太紧急家用的部分，三人原则上在一年以内不得动用赎金。那些笨脑筋的罪犯，百分之九十九都是因为钱财处理不当最后露了马脚。

"明白我的意思吗？"健次最后又确认一遍，"绑架被美国的FBI称作'最卑劣的犯罪'。不管怎么讲，这都是一种很肮脏的手段。我们选择这条路，是因为实在没有其他办法能赚到足够的钱。这件事我们要堂堂正正地做，至少要做到以后问心无愧。行动的时候，要时刻记着这一点。"

"明白。"两人异口同声回应道。

"不过，"正义叹了口气，"要事事提前谋划，可真不太容易。"

"是的。"健次用力点了点头，"困难还有很多，我现在就不一一说了。真正实施绑架，需要极其聪明的头脑。我们能靠的，只有这一样东西。"

他指了指自己的额头。把头脑作为唯一的武器，与世界一流的巨大权力组织相抗衡……这就是诱拐团体"彩虹童子"的成立宣言。

自此以后，三人东奔西走的日子开始了。他们首先前往和歌山市郊外，踩点确认了适合藏匿人质的公寓。他们就是为了出其不意，让县警想不到罪犯的根据地就在自己眼皮子底下。此后，他们在姬路的二手车市场花二十五万日元买了一辆黑色的丰田Mark II。平太和正义都有驾照。他们还分头买了双筒望远镜、对讲机、手枪模型等必需品。

万事俱备后，他们计划在八月中旬前往目标地点。然而……

3

　　从那时起到现在，已经过去近一个月了。三人连刀自的一根手指头都没碰到。山村特有的困难条件与城市迥然不同，虽然早有思想准备，但现实仍然出乎他们的意料。

　　这个村子在沿着熊野川的支流，下国道往西一公里左右处的山体南麓，而柳川家的宅邸就位于村子中央。宅子后面是山，前面是一处溪谷。只有一条与河流平行的主路能通到此处。村子里除了柳川宅邸，还有六户，全部是柳川家子孙另立的新家。它们以宅邸为中心，几乎等间距分布在左右，颇像古代的主公两侧依次排列的家臣。整个村子宛如一座城堡，让可疑的外人完全没有可乘之机。

　　宅邸本身也像一座小城堡，占地大约两公顷。正前方有座冠木门，四周的围墙高高耸立，树木郁郁葱葱，其间可以看到格外庞大的主屋及周边十几间屋子的瓦片屋顶。围墙和房屋的外观虽称不上雄伟华丽，但看上去无比坚固，足以稳稳抵御恶劣天气，透露出一股大家风范。

　　根据健次他们的调查，柳川家的四位子女现在都移居到了城里，留在宅邸中的只有刀自一人。但是专门为她服务的人员，仅目测就有十余人，此外还有几条看家狗。要偷偷潜入家中绑架刀自，自然是不可能的，只能等她外出时再下手。在这种情况下，想事先做好部署绝非易事。

"那道门是宅子唯一的出入口,可以利用这一点。首先,我们得设好监视点。其次,她外出一定会坐车,我们需要就近找个藏车地点,她一出来我们就能跟上。办好这两件事是当务之急。"

这是三人第一次踩点得出的结论。

监视点既然不能设在村子附近,那显然只能放到对面的山上了。踩点这天,三人去了一趟五条町做准备,夜里又返回津之谷村,潜入宅子对面的山里。

然后,他们就栽了个大跟头。白天开车路过时,似乎感觉事情有了眉目,但在这片他们并不熟悉的深山,到了夜里情况简直糟糕透顶。三人又是打手电查地图,又是看指南针,本以为爬到了宅邸对面的山腰,但往山下一看,本应流经此处的小溪却压根儿不见踪影。他们完全走错了地方。

"大哥,这一带你不熟悉吗?"正义满腹狐疑。

"我从小就认识老太太,但这个村子是头一次来……这下糟了。如果在这里迷了路,能不能走回停车的地方都成问题。"

结果,他们在山中走了整整一夜,直到天快亮时才找到了车。由于他们事先忘记涂驱虫药,被草丛中的蚊子叮了个够。再加上不习惯夜里登山,其间多次摔跤跌倒,手上和脸上到处都是擦伤,衣服沾满泥污。三人简直惨不忍睹。

"这次的错误在于一开始就进山了。应该在溪流边沿着山脚走,到了村子跟前再开始爬山。"

这是他们第一夜的教训。

第二夜,他们吸取教训,沿着溪边小路前进,谁知走这条路也是极其艰辛。柳川家一侧的路非常宽阔,足以使两辆运输木材的大型卡车并排轻松通过。然而对岸这侧的路,只有靠近国道的一条供钓鱼者使用的小路通到溪谷，而且这条路非常短。再往前走，山体骤然贴近溪流，三人必须抓着悬崖边的树木，在这个危险的斜坡上像螃蟹一样横着挪步。

"我终于知道，为什么没人绑架这个老太太了。"正义一边喘粗气一边说道，"而且这可不是一晚上能做完的事，每晚都得做。有多少条命都不够用，可是我只有一条。"

的确，他们如此逞强冒进，而没有人失足坠到溪流里，也算是奇迹了。

经过多次探索，三人逐渐熟悉了山上的地理情况，第三天夜里设置好监视点，确定了一条比较安全的路线。

白天只需要两三个小时就能确定的事，他们却费了如此大的工夫。因为身为潜入者，他们只能夜间行动。

找藏车地点更是颇费周折。汽车可通行的道路，即使平时人迹罕至，但也无法确定某个时间是否会有人经过这里。如果被撞见一两次，可能路人只会觉得这车停的地方很奇怪。但如果连续三四天如此，难免会被怀疑。遇到机灵的村民，或许立刻就会发现三人的藏身所在。要找一处方便随时行动、不易引人注意、距离监视点又不远的地方，比定向越野的检查点还要难找十倍。

三人活像三头夜行的野兽，拼命搜寻合适的地点。一星期后，终于由平太找到一处破旧的小屋。小屋原本似乎是处烧炭窝棚。在这个交通不便的山村，过去村民会搭建窝棚用来烧炭。窝棚建在森林中距小路有段距离的低洼处，里面散落着一些烧窑残留的土块。这里的缺点是通往小路的坡度较大，且距离监视点足有一公里远。但其内部面积足以停下小型 Mark II 汽车，这就够了。

"车停在这里，从小路上肯定看不到。欲望这个东西是没完没了的,当下最重要的是能掩人耳目。平太,开车上下坡的时候多注意点,车弄坏了可没钱换。另外,出入之后要及时抹掉轮胎印,免得被人怀疑。"

至此,两大任务终于完成。

最后剩下的是一个最大的难题。刀自什么时候才会外出呢?以现在的准备,她一旦外出,三人能追得上吗?

他们在山里"闭关"已有三周时间,刀自完全没有外出。

"最近天热,估计她不想出来。这里比山下气温要低五六度,过几天就会凉快起来。我们再等等。"

健次一开始还这么说,但进入九月,天气转凉之后,刀自还是没有动静。

"可能是我估计错了。"健次不得不承认道。

"我记得她喜欢四处露面,但那也是十多年之前的事了。她的孩子年龄也不小了,在公开场合应该会替她出席。她又不像寻常大妈经常会出门买东西,或者跟邻居聊闲天……这次行动可能要变成持久战了。"

从柳川家人员出入的情况足以看出,刀自依然健在,柳川家的影响力丝毫不减当年。

无论天气多热,柳川家每天都至少会有三四拨客人,有时会有几辆车同时赶到。这时冠木门会打开迎客,其间周边旁系的男女老少会从小门出入。这在普通人家是过年期间才有的热闹景象。然而,刀自却迟迟不现身。

健次有信心能一眼认出刀自。他熟悉的是刀自十多年前的样子,但人在七十岁以后,外貌似乎基本就不怎么变化了。而关于刀自，健次有一段刻骨铭心的记忆，他连两个小弟都没有告诉。

就像监狱的记录中所写，他少年时代的大半时光在"爱育园"度过。柳川敏子刀自正是这所收容机构的大赞助商。健次由此与刀自结缘。

在每年的建园纪念日，刀自都会和市长及其他名人一起到访，从不缺席。她的座位总是最上座，她本人也最受孩子们欢迎。

她人气颇高的原因，不仅是"身份最了不起"、"脸上一直挂着慈祥的微笑"、"气质优雅"，更是因为她每年都会给孩子们赠送礼物，如同圣诞老人一般。健次的回忆也与礼物有关。

那是他出走的前一年，应该是初中一年级。他在写给刀自的礼物愿望单上写下了"登山刀"。春天郊游的时候，他听到园长说这种刀"既能拿来做雕刻，又能劈柴，还能当菜刀用，真是个难得的宝贝"，从那以后就一直想要。

但是那一年，只有他没有收到礼物。他还被叫到了园长办公室。

除了园长，刀自也在屋里。她坐在椅子上，有些面露难色。这是健次第一次近距离见到刀自，也是第一次见到她露出那样的表情。

接着，园长狠狠地训斥了他一顿。训斥的内容已经记不得了，大概是说"你想要这么危险的东西，成何体统。如果让你拿到，还不知道要做什么坏事。你这个要求也对不起柳川夫人，还不赶快道歉"之类的话。园长已完全忘了他才是事情的始作俑者。

健次既惊又怕，倍感羞愧，脸色发白，呆立在原地。刀自见状对他说道："是我不好，总觉得满足你们的愿望就行了。孩子，你别太在意。我替你给园长道歉啦。你换成别的吧。这次可别再选错东西啦。"

……健次也不知为何,听到这般柔和体贴的话语,自己竟然会情绪失控。

"我不要!柳川家的东西,我什么都不要!"

他边叫着边大哭起来,跑到了走廊上。后面传来园长惊慌失措的声音。

事情就是这样。刀自事务繁忙,这些琐事想必不会记在心上,这一幕也就成了专属于健次的回忆。但是,当他想到要绑架刀自时,首先映入脑海的正是这段青涩的记忆。当时刀自的声音和表情,仍历历在目。健次怎么也忘不掉那张脸……但是,她总是不现身,健次也毫无办法。

三人已疲惫不堪,只剩下两眼仍然炯炯有神。一开始监视时,他们几乎一整天都不能动弹,眼睛一刻也不能离开大门,还必须提心吊胆留意周围的风吹草动,防止被村民发现。他们每天都紧绷神经,但是饮食方面条件却很艰苦,除了偶尔去五条町解闷,一日三餐只能吃冷面包或罐头类食品。这样下来,三人憔悴了不少。

另外,他们在和歌山的公寓也遇到了麻烦。这所公寓没有管理人,且有供他们专用的出入口,可以避免直接被邻居撞见。因为条件非常理想,这里被三人选作大本营。但毕竟有邻居,而且附近肯定还有其他住家。如果租了以后无人入住,恐怕会招来旁人怀疑,因此他们必须轮流在家值班,这就又会牵扯一些精力。

从津之谷村途经五条町前往和歌山市,单程有一百五十公里。为了掩人耳目,他们只能在夜里行动,要等到天黑后再出发,趁天没亮就要赶回来。往返路程足有三百公里,其中一半是起伏不平、多急转弯的山路,开得快也要四小时,动作稍慢甚至要耗费六小时。

"大哥主要负责监视,在家值班就让我俩做吧。"

正义和平太主动承担了值班,但他们返回山上时,总是熬得眼睛通红。夜里十点到家,凌晨三点前就要再出发。两人生怕万一睡过头耽误事,夜里基本没怎么合眼。好不容易回到山上,又要负责监视或者看守车辆。

"我明白其他绑匪为什么专挑城里的孩子下手了。"有一天正义说道,"当天如果没法动手,大不了回家睡一觉。想吃就去餐馆,想喝就去咖啡店。简直是天堂。但是大哥,这些家伙吃得好、睡得香,还想挣大钱,当然不可能。想挣一千万,还是得付出代价啊。"

八月末的暴雨令情况雪上加霜。下雨时,对岸的村子和山上泛起白雾,遮挡了视线。暴雨连续下了四天,但监视和往返和歌山的工作并没有中止。

"过去战争年代,大概就是这样的吧?"平太在与健次一起监视时,全身被暴雨淋透,却口出豪壮之语。

"守卫最前线战壕的士兵,也是不知道敌人什么时候会来,需要一直保持紧张。但他们身边有子弹乱飞,头顶有炸弹爆炸,比起来我们简直是在天堂了。不过战壕会带个顶棚,能挡风遮雨。"

这两位部下实在值得表扬。因为疲劳过度、睡眠不足、营养失衡,他们已经筋疲力尽,但士气依然高涨。

……求你了,老太太。

健次只能暗自祈祷。

……求你赶紧出来吧。他们真的已经快不行了。赎金哪怕只有一千万也可以。

暴雨过后，进入秋高气爽的九月。某天，事情突然有了转机。
等待的这段时间非常辛苦。然而开始行动后，新的困难还在等着他们。

4

第一次见到刀自出门那天——想来那是她登山散步的第一天,也是令他们难忘的一天。

"大哥,门开了!不过不是什么好车,是一辆白色的达特桑。你要不要看看?"

平太兴致不高,把望远镜递给健次。

"应该是家里的其他人吧。老太太的车就算不是进口货,肯定也是顶级的大车。"

健次也没有在意,接过望远镜,把眼睛凑上去。

他习惯了监视工作,不知不觉间技巧已非常娴熟。随意看去,望远镜的焦点正好对准了从大门驶出的汽车。

达特桑驶出大门,正在向右拐弯。有几位用人一直将车送到路边。

刀自不可能亲自开车,所以不必盯着驾驶座。健次本能地往后座看去,镜头中浮现出一张小巧圆润的脸庞,正在向送行的人们致意。

"啊!"

健次立即将望远镜镜头倍数放到最大。

"哇!是老太太!"他失声叫道。

说起来有些奇怪,这感觉竟然很怀念。健次制定计划是一年多以前的事了，然而从那时起，他每天都会想起眼前这张小巧的脸庞。

刀自一点都没变。她气质文雅而稳重，脸上带着温和的微笑，虽然比以前多了些皱纹，但是头发却似乎比以前更加黑亮，仿佛十多年的时光瞬间倒流。

"什么？老太太？！"平太大吃一惊。

"在哪儿？让我看看。"

"笨蛋，没工夫让你看。赶快去追。别慌。"

健次嗓音颤抖着，自己也惊慌起来。他握着望远镜，从树林里飞奔到小路上，才想起来要联系车辆。

他拿出对讲机，按下通话键，呼道："正义！正义！"

三人商定过，行动中有人质在场，或在联络中有被监听风险时，必须使用假名互相称呼。此时健次竟然忘了这点，用真名呼叫着负责车辆的正义。

"……"对讲机里没有回应。

"咦？这家伙在干什么？关键时候掉链子。喂？正……"

健次突然惊觉，一边狂奔着一边改了口继续呼叫。

"喂！风！你听不见吗？赶紧回话！我是雷，'雷电'的'雷'。喂！风！你个蠢货！"

对面还是没有反应。

"混蛋，到底怎么回事！"

健次大吼着停下脚步，此时平太气喘吁吁地赶了上来。

"风哥没回话吗？"

"嗯，没有。"

"昨晚他回了和歌山，这会儿可能睡着了。我赶紧去叫他。"

"你是不是也傻？现在你去叫他，能来得及吗？等你们回来，老太太的车早跑出去一百公里了！"

"嗯……不过我还是去吧。"

平太紧绷着脸，仿佛要为这事承担责任，沿着小路跌跌撞撞地向前奔去。

不巧的是，他矮小的背影刚刚消失在山后，健次的对讲机里就传出了正义的声音。

"喂喂，我是风。大哥你刚才说什么？"

"亏你还知道回话。你干什么去了？"

"我去了趟厕所。"

正义所谓的厕所，其实只是一处方便用的洞。因为很臭，怕被人发现行踪，三人每次方便后都会盖一层土。即便如此，其位置也不能太近，藏车处和监视点的厕所都在二十米开外的树荫里。正义没能立刻回话，正是出于这个原因。

"唔，是因为生理原因啊。真拿你没办法。我说，老太太出门啦。"

"啊，终于出来了！太好了，我马上过去！"

"好，赶紧来。嗯，等等！平太……雨去找你了，遇到的话就带上他。"

"平太……雨过来了？事情这么急，他来干啥？"

"你说是干啥？还不是担心你？"

"哦，这样啊。我知道了……不过大哥……不，雷，要是没遇上呢？"

"能怎么办？先不管他了。"

"那是不是太无情了？他跟我们一起吃了这么多苦，关键时候咱们不管他，大哥，那他也太可怜了。"

"你说的对，但现在可顾不上玩捉迷藏了。别说了，赶快过来。要是碰不到,你也根本没法接他。"

三人都是第一次干绑架行当,一时局面混乱,慌了阵脚。健次下到山路上,跑到事先约定的会合地点,等正义载着途中遇到的平太颠簸着赶到时,距离刀自出发已过去十五分钟。

从他们的位置追赶刀自的车,需要先上国道,通过溪谷上的桥,再进入通往刀自所在村落的主路。走这条呈直角的路线,等他们绕一大圈行驶到刀自家门前,白色达特桑早已不知去向。

如果只有一条路,或许还有希望追上。但这条主要作为木材运输专线使用的路,就像熊野川的支流又分出许多小溪,它中途也分出许多岔路,有的通往村子,有的沿着山脚不知通向何处。

于是,他们到达距离刀自所在村子两公里远的山里第一个岔路口后,一时不知如何是好。

三人下车查看了一番。连日晴天使砂土路面非常干燥,路上的车轮痕迹看上去并无区别,而三人都是新手,无法区分痕迹的新旧,更不用说辨别车型了。

每到一座山头,都会遇到相似的岔路。而山的后面是山,再往后还是山,左右方向也都是层峦叠嶂。如果从空中俯瞰,在群山间蜿蜒曲折、起起伏伏的无数山路,想必如同大自然创造出的庞大迷宫,其交织出的网络远比城市的交通系统更为复杂。

而健次等人走的路只是其中的两三条。最后一条路越走越窄,蓦然到了尽头。这条路直通到山脚前,在那里突然被截断。

"前面没路了。"

"我们也没路了。"

三人在车里陷入了迷茫。

在这茫茫山野间，刀自到底身在何方呢？

"看来只有一辆车是不够的。"

这是三人得出的结论。即便没有今天的混乱状况，按目前的做法，汽车要在陡峭的山坡上行驶一段，接到监视员后才能开始追踪。从监视点跑到会合处至少需要五分钟，这就耽误了追踪的时间。在这样的自然条件下，一旦跟丢，也就意味着行动失败，所以晚五分钟或者十五分钟并没有什么差别。

如果车上有两人随时待命，接到通知后立刻冲下山，省去接人的环节，能节省一半的时间。但这样一来，监视员需要配备其他的交通工具。

"搞一辆摩托车。"三人不谋而合。

比起汽车，摩托车更便于藏匿，只要放在出口附近的草丛里，再遮盖些东西即可。这样一旦开始追踪，监视员可以尽快骑车跟上。

兵分两路有很多缺点，而且行动组织得越复杂，就越容易被人发现。采取这种手段实属无奈，但现在他们别无选择。

"不过，大哥，我们还有钱买摩托车吗？"正义有些担心。两人都知道，此前的开销已经让一百万日元的预算资金见了底。

"没钱了。"健次直截了当地说道。

"那怎么办？去偷一辆？"

"别做蠢事。"健次晃了晃右手食指。

"本来打算彻底洗手不干了，但成大事者不拘小节。只要我动动指头，东西自然到手。"

当夜，五条町内发生了三起钱包偷窃案件。健次三人搞到了一辆摩托车。

新方案的效果如何，第二天很快得到验证。

5

第二天。

健次发现刀自的汽车又在同一时间出了门,先是吃了一惊,接着惊喜万分。

"这回好了,今天要时来运转了。"

话音未落,他突然皱起了眉头。只见刀自的车出门后向左转弯,往与昨天相反的方向驶去。

顺着这个方向,大约一公里外就是纵贯南北的国道。刀自的车无疑会走国道,但问题是不知她之后会选哪条路。

如果向右转往南,该路线经津之谷温泉可从本宫通往新宫。如果向左转往北,则会经过三人的藏身处,从村子中央通往五条町。对他们来说,一旦对刀自的选择判断错误,别说追踪,他们会完全背道而驰、越走越远。不巧的是,国道在山的背面,从健次目前的位置根本观察不到。

"唔,如果她往这边……往北走,正义他们的车要多久才能追上呢?"

健次在脑中飞快地计算着。

刀自的车离国道一公里。进入国道,经过溪谷上的桥,到三人所在山路的出口大约有五百米。总共一公里半。时速六十公里的话,大约用时一分半。

正义他们的藏车处离国道大约两公里。按照起步晚三十秒计算，开到国道上要两分半。

"来不及。"健次很快得出了结论。

在他们进入国道的前一分钟，刀自的车将驶过山路的出口。而他们在到达出口附近之前根本看不到国道，所以无法事先掌握刀自的路线。

"没办法，只能凭直觉了。"

健次下定主意，按下了对讲机的通话键。

"喂，这边是风和雨。"

今天对面回复得很快。

健次的命令也是开门见山。

"老太太又出来了。还是白色达特桑。不过方向跟昨天相反，往国道这边来了。听见没，是国道。现在开到了村子外的弯道那里。你们赶紧往国道上开！上国道后左转，往五条町方向走。不知道她走哪条路，只能按我的直觉猜。如果猜对了，达特桑就在你们前面一公里处。明白吗？"

"明白！大哥的直觉比我们准多了。国道我们每晚都跑，熟悉得很，差一两公里肯定能追回来。交给我们吧。话说回来，白天还真没跑过国道呢。"

说到一半，对讲里就传来了引擎发动声。这回的开场当真无懈可击。健次也沿着林间小路一溜烟往山下跑。所幸他们至今没被村民撞见，今天山上也不见人影。

狂奔途中，健次收到了车上传来的情报。

"我们上国道了。路上很空，肯定能追上她。"

健次边跑边看了眼手表。距刀自出发已过去刚好三分钟。速度比预计的稍慢了些，但对方走的是柏油马路，己方却是崎岖的山路，这点差距是难免的。

"好，看你们的了。"

健次奔跑着跃过地上的树根，又在脑子里打起算盘。

如果预想没错，达特桑应该在他们的Mark II前面一公里半处。考虑到刀自的尊贵身份，她的车时速肯定不会超出六十公里的安全范围。他们如果开到时速八十公里，一分钟就能拉近三百米距离，只需五分钟就能追上。

"之前破戒也算值了。"

他跑到山脚，扶起草丛里事先盖好塑料垃圾袋的摩托车，戴上口罩，戴好无线电耳机，套上头盔，发动了引擎。从刚才的联络到现在过去了两分钟。这已经是健次的极限速度了。

在摩托车开到国道之前，联络暂时中断了。他们此前没预料到目前的情况，为了保密安全，选用的对讲机是近距离机型，信号传输最大距离是一千五百米。双方隔着两千米时，机器就没了信号。

国道上果然空空荡荡。对向车道通往新宫方向，不时有运输木材的大型卡车驶过，震得地面嗡嗡作响。而道路这侧还没到交通高峰时段，况且林区道路本来就被冠以"现代秘境"的称号拿来做旅游营销，现在正值淡季，并没有多少私家车前来。对健次等人来说，一切条件都非常有利。

……当然，这一切都建立在他预判正确的基础上。

不久后，健次进入对讲机的通讯范围，传来的第二封情报却是坏消息。

"喂，喂，风和雨现在经过第二收费林道。还没看到达特桑。按说应该快追上了……喂，雷，能听到吗？"

"喂，我是雷，收到。前方视野如何？"

"这里路线很直,大概能看到三百米远。路上连只跳蚤都没有。"

"会不会转到收费林道去了?"

"我们也这么想。刚才试着看过,但视线被挡住了。我想下车找收费站的人问问,平……雨说太危险。"

"确实危险。这一带的人都认识老太太,要是被他们盘查,反而是自找麻烦。"

"那怎么办?"

"先往下一条收费林道开。如果还看不到车,再想办法。"

"明白……这老太太,到底跑哪里去了。"

国道与昨天的山路不同,复杂的情况使三人又面临着一系列的问题。仅是收费的林道就有四条,又各自分出数条没有信号灯的村道。再往下还散布着许多乡间窄路,虽然地图上没有记载,但其宽度足以容汽车通过。无论选哪一条,最终可能都会重复昨天的混乱局面。

三人的Mark II和摩托车在第三林道前会合时,依旧没有追到刀自。这里距出发点已有二十五公里。按照之前的推算,这个距离足够追上刀自五回了。

"再往下走也不是办法。如果她要出远门,应该不会用达特桑。这个距离差不多是极限了。"

健次做出了判断。

"那为啥抓不着她?"

"要么是我的直觉错误,走反了方向,要么是她拐到小路上去了。如果一开始就错了,那也没办法,可我们都追到这里了。不如,我们分头把每条小路查一遍,也算是尽力了。"

"啊?"

"当然这得有个限度。她不可能走太远,如果开了三十分钟后还没找到,就返回国道。我们每隔一小时就在国道碰一次头,逐渐往南边排查。如果最后还是没找到,就只能放弃了。"

两人一开始还吃了一惊,听了健次的解释后,都点了点头。如果直接就此放弃,每个人都心有不甘。

"如果定下来了,那我来骑摩托车吧。"平太说道,"大哥你坐汽车吧。"

"为什么?"

"因为……摩托车是年轻人骑的东西。"

"你这家伙……我还没老到需要你们同情。"

三人都有些赌气,立刻奋起直追,驾着两辆交通工具往岔路飞驰而去……

结果这场辛苦最终徒劳无功。他们连达特桑的影子都没见到,第二天的白天就这么过去了。

把摩托车藏回老地方后,三人当天夜里返回和歌山的公寓。这是健次时隔十天再次回家。这段时间他一直潜伏在山里,连澡都没洗一次,车里弥漫着一股令人尴尬的体臭味。

然而,更影响车里氛围的,是三人心中那股阴暗沮丧的情绪。

吸取了昨天的教训,今天他们已经竭力做到最好。监视和追踪的这套程序,已经没有改进的余地。可即使竭尽全力,连刀自的行踪都完全无法掌握,绑架恐怕也就无法实施了。

"我们接下来可怎么办?"正义问道。

"她朝我们的方向来,我们要慢一分半。如果她朝另一个方向走,我们会慢三分钟。这个差距无论如何也缩短不了。这点时间足够她跑得无影无踪。真是伤脑筋。"

"一开始我就说过。"健次有些不快,"这次行动拼的是头脑。

如果那么容易,就不需要头脑了。"

"话虽这么说……大哥,我们是不是不够聪明啊?"

"你说得真够直接的。"

健次叹了口气,现在他也一筹莫展。

怎样才能打破眼前的僵局呢?

6

次日，当看到刀自连续第三天外出时，健次既没有惊讶，也没有兴奋。

他的命令也简洁到了极致。

"出来了。右边方向。"与第一天相同，刀自的车出门后右转驶入山路。

三人这次有了一项改进。刀自与别人不同，大门一开，一定会有几名用人出门到路上送行。所以健次一观察到这类情形，不等刀自的车出门，就立刻向Mark Ⅱ传达"出发"的指令。这句"出来了"只是再次确认。

Mark Ⅱ一收到"出发"的指令，就已驶离藏车处。这样能节省宝贵的三十秒钟。

对面回复"收到"，健次说了句"加把劲"，扫了一眼手表，迅速记下当前时间，将对讲机放在一旁，拿起望远镜紧盯着刀自的汽车。

今天他既没有狂奔下山，也没有用到摩托车。

"一看见她出来，就没头没脑地狂追，解决不了问题。"这是昨夜三人商议得出的结论。

"而且，我们不知道老太太每天什么时候回来。如果掌握她出发和返回的时间，就能大概推测出她出门去了哪里、做了什么。先掌握目标的行动规律——这是实施绑架的第一步。我们总觉得等得太辛苦，急急忙忙就追了上去，第二次的失败就是很好的教训。这次我们从第一步就改正过来。"

该策略的缺点在于，刀自外出的计划完全不可捉摸。像她这类家庭主妇，特点就在于与上班、上学一族的固定外出模式有所不同。

"只能撞大运。看我们和老太太究竟谁的运气更好。"他们只好抱定决心试一试。

"老太太要是从此不再出来，那就是她运气好，我们只好就此收手，再找机会。不过我相信，或者说有预感，这事一而再、再而三，老太太明天肯定还会出来。不只是这三次，这段时间她每天都会外出。无论如何，我们都要抓住机会，扭转局面。"

今天，情况果然不出健次所料。而他如此坚定的理由，在于刀自选用的是达特桑车型，而且她连续两天都在早上九点出门。这绝非去其他人家或者机构做客，而是更加私密的事情。这件事会持续多久，会在何时结束，只能依靠运气，全看他们如何利用运气把握机会。目前，幸运之路一直对他们亮着绿灯，兆头至少不坏。今天安排正义和平太追踪，主要目的是摸清刀自的活动范围。如果机会合适，两人可以立即下手，将刀自运送到和歌山的公寓，随后由一人负责联络健次。只是，这样做的前提是有足够好的机会。对于刀自的相貌，两人都只是听过健次的描述，谁都没见过真人。行动坚持了这么久，如果不小心绑错了人，就前功尽弃了。

健次的任务则是全天做好监测。

刀自出发后约三分钟，Mark II 从已经关闭的冠木门前驶过。健次曾嘱咐道，千万不可放松警惕，比如向监测点做挥手之类的动作等,以防被人发现。驾驶座上的平太表情紧张,目不斜视。没有看到正义。他缩起高大的身躯藏在后座,这也是为了尽量掩人耳目。

"目前没什么情况。跟她一起的女孩带着一个篮子,可能是便当。看来他们中午之前是不会回来了。"

健次面向柳川家门前的主路,坐在树根上,心里浮现出那位经常与刀自同行的少女的脸庞。

少女皮肤白皙,气质纯真。她穿着浅粉色礼服,陪在身穿朴素碎花布和服的刀自身边,宛如松树林中盛开的鲜花一般鲜艳娇美。

"那可能是她的孙女。要拐走老太太,希望她不要碍事……"

他正无意识地思考着,突然"啊"地大喊一声站了起来。

在浓密森林的缝隙中,他看到了一个闪着光的白色物体。

"那不会是……"他将信将疑地举起了望远镜。

没错,那正是刀自的达特桑。健次看了一眼手表,距刀自出发才过去二十分钟。刚刚还在琢磨她的去向,没想到已经回来了。

"嗯?"

望远镜中出现的是那位面相老实的中年司机。车的后座是空的,并没有刀自和那少女的踪影。

健次正望得出神,已隐隐听到车子的鸣笛声,冠木门随即开启,汽车驶入后又缓缓关上。门前的主路异常空旷,秋日的阳光洒在路面上。

"昨天可能也是这样。怪不得瞪大眼睛也找不到车子。谁知道它竟然又回来了。"

现在,并不知情的Mark Ⅱ还在迷宫般的山路间盘旋,搜寻着它的猎物。健次突然有种冲动,想要赶快通知二人,但转念一想,那也只会白费力气。现在就算他骑摩托车赶过去,两辆车也都毫无头绪。

"老太太和那女孩子应该中途在哪里下车了。她们不会一直在外面,司机早晚还得去接。我的任务应该是监测司机何时出发。"

经过重新思考,健次选择了继续等待。

这次等待十分漫长。整个上午和中午都没有动静。近日秋意渐浓,阳光变得很温和,下午三点半时光线已开始逐渐减弱。此时,达特桑才终于出现在门口。此时距它早上返回时已过去六小时。

而且,令人失望的是,达特桑朝着与早上相反的左侧国道方向驶去。

"什么啊,不是去接人,是有其他事啊?这个鬼司机,真是爱添乱。"

健次不耐烦地咂了一声舌头,又在原地坐下。

这次又等了很长时间。达特桑出现在村外弯道上的时候,已经是一小时后的下午四点半。主路已经完全暗了下来,太阳只在后面山坡的顶端残留着些许余晖。

"这家伙真行。放着接人的事不做,优哉游哉跑到哪里去了……"

他拿起望远镜凑到眼前,不禁发出"啊"的一声,再次大吃一惊。在车子后排,刀自和穿浅粉色衣服的少女赫然在座。

……往右边方向出发的刀自,竟然是从左边回来的!

瞬间,健次感觉仿佛正在看舞台上的魔术表演。右手边的箱子里有两个人,魔术师轻挥魔法杖,叫一声"变",箱子里顿时空空如也，刚才的两个人微笑着从左手边的箱子中现身。就是这种感觉。

呼……

健次屏气凝神，紧紧拿着望远镜观察，看到车子在用人的迎接下缓缓消失在大门里。

"原来如此。"健次顿时豁然开朗。

不仅仅是今天，这应该是刀自最近三天的行动模式。怪不得他们无论如何都捕捉不到刀自的行踪，原来是从根本上找错了方向。

六点钟，当筋疲力尽的Mark II从右边山路返回时，周围已经漆黑一片。

"这是怎么回事？"正义和平太二人回到藏身处，听了健次

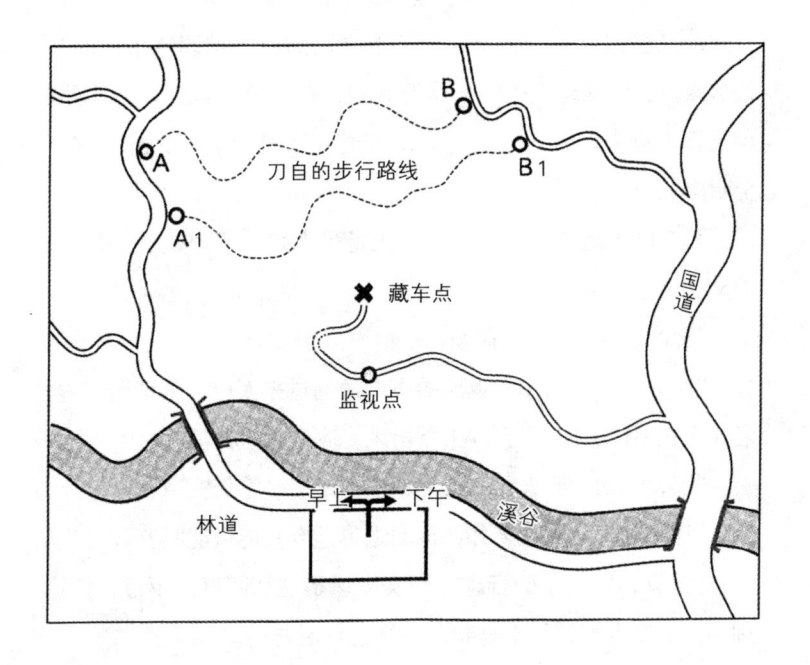

的话后如堕五里雾中，异口同声地表示惊诧。

"这很好理解。达特桑开出去大约十分钟后，把老太太放下。可能是因为再往前的路车子开不进去。下午去相反的方向接她，是因为老太太走到了那边。这次花的时间很长，估计是司机怕迟到，提前出门去那边等她。"

"大哥，你有时候有个不好的毛病。"正义抗议道，"因为自己脑子聪明，就以为别人也聪明，说话只说一半。可我听不懂啊。你能再讲明白点吗？"

"画下来你就懂了。你看，我画个草图，距离和方向你们看个大概就好。"

借着车里的灯光，健次拿起铅笔，边在纸上画着边解释道："从我们的位置看，老太太早上出发，往右边的山里走。假设她下车的地方在画圈的 A 点这里。下午，车子往国道方向开，接人的地点虽然不清楚，但应该不会是国道，而是国道下面的某条岔路。我们在这画个圈，这是 B 点。A 和 B 之间是山里小路，车子开不进去。老太太是从 A 点走着到了 B 点。怎么样，这下全明白了吧？"

两人盯着地图看了一会儿，先是平太表示明白，三十秒后，正义也抬起头来。

"那昨天呢？"正义问道。

"昨天只是把出发和返回的方向颠倒过来而已。从地图上看，老太太在 B1 点下车，从 A1 点出来。应该是这样。"

"那，老太太昨天和今天都在山里走了一整天？"

"还有前天。除此之外，你们觉得还有其他可能吗？"

"没有。看车子的行踪，确实应该是这么回事。不过，她这种大户人家当家的，干吗要在山里走来走去？"

"我也不知道。可能是去伐木工作现场指导，也可能是锻炼身体……总而言之……"

健次的眼睛如同豹子般炯炯发光，盯着两人。

"真是天助我也。开不进车的山路，就更没什么人了。这种机会真是求之不得。我们只需要静待时机，还有搞清楚她下车和出山的位置。"

接下来的三天，事实证明健次的判断是正确的。

刀自每天早上九点出门，傍晚四点半至五点间返回。每天的路线虽有差异，但出发和返回一定是相反方向。昨天和前天的路线一致，都是从国道方向出发，主路方向返回。

三人大概推测出了刀自的下车点和上车点。她性格严谨，早上总是一分不差地在九点整出门，而主人的脾气似乎也影响了用人，司机出发接人的时间也总是恰好三点半，这样三人跟踪起来就容易多了。

他们不必像以前一样，接到行动指令后慌张出发，而只需算好时间，提前赶到国道附近，再听候指令行动，根据情况甚至可以等达特桑驶过后，再不慌不忙地开车追赶。与前些天分秒必争的紧张状况相比，真是此一时彼一时。

与此前相反，现在三人在侦察时会尽量避免接近目标，以免被对方发现。实施行动的机会只有一次，无法重来，所以不能让目标产生丝毫戒备之心。然而，即便如此小心谨慎，他们还是出了纰漏。在第五天傍晚追踪时，Mark II 突然抛锚，在路上被困了十分钟。其间接上刀自的汽车与他们在狭窄的山路上擦肩而过，让三人惊出一身冷汗。

第六天，他们终于获得了可靠的线索。

这天负责追踪的是健次和平太。与往常一样，他们跟在接人的达特桑后面,保持着三百米的距离。

"今天还会比昨天远四五公里吧?"

刀自的路线离柳川家宅邸越来越远,平均到每天后大概是这个距离。平太熟练地转着方向盘,话音未落,达特桑突然从路上消失了。

"奇怪,怎么会跟丢呢?"

他们往前开了一阵后才回过神来,掉头回来查看,发现了达特桑的轮胎印。原来,车子从一条不显眼的崖边小路绕到了山后,沿着陡坡往谷底去了。

"真麻烦。这种路地图上都没标出来。"

换作普通司机,在这条险路面前肯定会打退堂鼓,平太嘴上虽然嘟囔着,却毫不犹豫地开了下去。

在下坡中途,右手边出现了两栋住家。恰好在山间洼地,蓝黑色的溪流飞溅着水花从眼前流过。达特桑就停在住家的院子里。坡路下到尽头处架着一座木桥,桥对面的路又沿着陡坡向上延伸。

"要是碰到她就糟了。我们继续往前走,先上坡。"

"好的,正好这条路也没法调头。"

汽车从村落旁驶过,过桥后上坡,终于发现一小块可以调头的平地。再向前是一条蜿蜒曲折的小径。

两人把车停在平地上,下车走回刚才的下坡处。他们蹲在草丛中,拿起望远镜调节着焦距。刀自的司机正与两位貌似房屋主人的男子站着聊天。

"真是什么地方都有人住。这两间房子应该也算个村子了吧。"

"是啊,毕竟有人在。也不知道老太太会从哪儿冒出来。"

既然停着迎接刀自的汽车,那这里无疑就是今天的终点。房屋的后面和周围都被茂密的森林所遮掩,在白天也是一片幽暗,旁人根本看不出这里有可供人通行的山路。

然而,这里确实有路。两人窥探了一会儿,发现树丛中有一团橙色的影子在移动。

"是那个女孩。她竟然从这么陡的地方下来。老太太在哪儿?"

从两人的位置看不到刀自。或许是因为她身材矮小,且碎花布衣服形成了自然保护色的缘故。

稍后,刀自像从地下冒出来一般突然现身,一眨眼就从森林中走到院子里。两人完全没看出她从哪里出来,又是怎么走过去的。

刀自一出现,立刻在院子里引起一阵骚动。两间屋子中瞬间跑出十几人。

这里有男有女、有老有少,团团围在刀自身边。有人对刀自深深鞠了一躬,有人满面笑容地向她搭话,还有人在擦眼泪。有一个孩子扑到刀自身边,其他孩子也一拥而上,刀自的身影瞬间被挡得严严实实。

"老太太人气可真高。"平太低声说着,脸上露出敬畏的神色。

"在这一带,她可是活菩萨一般的人物。所以,对我们来说,她才是一棵摇钱树。"

健次的话非常冷酷,但他内心其实有股感情在激荡。十多年前,他也曾像这些孩子一样,争抢着去拉刀自的手。

因为刚才的喧闹,他们一时忘了橙色身影的存在。她刚才尾随刀自走出森林,此时正站在院子里,看着欢乐的人群。

"问题是那个女孩。"健次低声道,"现在多了一个人,就多了一倍的麻烦。她一直跟着老太太,我们不可能只绑一个……这可怎么办?"

这时,刀自已准备出发。她落下车窗,对着车边的人们一一点头致意。

达特桑慢慢起步,驶过桥梁,加速上坡,往返程的路驶去。

直到汽车在视线中消失,院子里的人仍迟迟不散。人们望着车子离去的方向,兴奋地互相交谈着,有人在抹眼泪。

健次见状,脑中掠过一个想法。这样虽有风险,但现在看来,他们以后恐怕再难有此机会。

"开车!"他向平太发号施令,"在桥那里停下。我去打探。"

"啊?"

"别问,快走!"

Mark II 停在桥头,健次一个人走过桥。此时院子里还有四五个人。他们一齐向健次看去,目光中带着几分山村居民特有的对外来人员的警惕。

"我在附近迷了路。"健次一边说着一边走近,"请问这里是什么地方?"

村民们互相对视片刻,其中一位年长男性作为代表站出来说道:"刚才那辆车是你的吧?我还奇怪怎么会有车开进这里。你们要去哪里?"

"我们今天要赶到津之谷温泉,需要走国道。看旅游手册上说附近有一处瀑布,于是开进岔路想去瞧瞧,没想到迷了路。从这里去国道要怎么走啊?"

村民们发出了笑声。

"那肯定要迷路的。有些路就连当地人也搞不清楚。你跟上刚才那辆车就行了。这里就一条路,现在追还来得及。"

"刚才那辆车,是那辆白色的小车吗?那太好了,我赶紧追上去。多谢。"

健次道过谢,走出去没多远又回过头来。

"我好像瞧见一位漂亮的年轻姑娘上了车。她是这里的人吗?"

"你瞧这年轻人。"村民们又笑了起来。

"那姑娘和那辆车都是柳川家的,你是外地人,可能不认识。你刚才看到那位老夫人了吗?"

"我没注意。老夫人?"

"嗯,她是全日本排得上号的富豪。你只顾看年轻姑娘,其实见到老夫人才是最难得的。"

"是吗,她经常来这里吗?"

"她身份那么尊贵,怎么可能常来。你能在这里碰上她,机会可是千载难逢啊。"村民自豪地挺直腰板。

"那太可惜了。我怎么才能目睹老夫人的尊容呢?"

"听说明天她要去后面的濑尾,不过那里更偏僻,你是外地人,可能找不到。就算去找,最后也得迷路。"

"哈哈,那么难找啊。其实比起富豪老太太,我更想再看看那位漂亮姑娘……开个玩笑。谢谢,再见了。"

在村民的一片笑声中,健次回到车上。

看到人们还在往这边看,他连忙挥手致意。随着汽车发动,一股令人兴奋的紧张感涌上心头,他不禁有些两眼发直。

"就是明天。"健次向平太低语道,"明天就是这个千载难逢的好机会。"

当天，安西司机回到宅邸，停车入库后，有些担忧地对院子里的串田管家说道："有件事很奇怪。"

"怎么了？"

"昨天回来路上，有辆车抛锚了。老夫人向来看不惯别人有难，我又同为司机，于是减速想下车帮帮他们，谁知道对面的人却一直摆手表示拒绝，还戴着白色口罩。"

"嗯，戴口罩有什么不对劲儿吗？"

"不是口罩，是那辆车。今天我在西谷等老夫人，那辆车又从后面跟上来，从村口开了过去。连续两天碰到同一辆车，你不觉得奇怪吗？"

"今天车上有那个口罩男吗？"

"当时看不清楚。不过车确实是同一辆，一辆很旧的Mark II。我没记住车牌号，但在附近没见过那辆车。"

"嗯……"老管家沉吟了一会儿，得出了结论。

"如果是一两次，还可能是巧合，但如果有第三次，就得注意了。明天你多留意，如果再遇到那辆车，就及时告诉我。我会去跟少主人说，看怎么处理这件事。"

……就这样，行动的日子到了。

第二章　童子启战端

1

这天，刀自的安排一如既往。

在中野村下车后，刀自和纪美立即进山，之后在一处户主叫作源兵卫的农家解决了午饭。农家孤零零地建在山里，家里也只有主人源兵卫一人。

最近在山里散步，令纪美由衷地佩服刀自。她不仅精通地理和林相，关于本地每位居民的情况也了如指掌。刀自跟主人相谈甚欢，出门的时候已经是一点多了。

"我们聊的都是过去的陈芝麻烂谷子，挺无聊的吧？"刀自在山路上边走边说道。

"像他这样的人越来越少了，跟他聊一聊或许将来对你有用，不会有坏处。"刀自接着说道，这个源兵卫原本是贫穷的佃农出身，因为发现本地的地形和水土适合种植香菇，所以下定决心开始大规模经营，现在已经发展成为村子的主要产业之一，源兵卫也成了这个领域的先行者。

"妻子早早过世，他一个大男人养活了三个孩子。现在孩子都去了城里，日子过得很好。他们不忍心丢下父亲一个人，总是邀请源兵卫进城一起住。但源兵卫坚持说，自己生在这个村，也要死在这个村，还是那么辛勤劳动。我觉得他是一个典型的传统日本人，不过现在的人都不会这么做了。"刀自的感慨颇深。

"夫人，您跟他是怎么认识的？他过去是柳川家的佃农吗？"

听了纪美的问题，刀自平和的脸上掠过了一丝阴影。

"也有这个关系。他过去还跟我大儿子是战友。"

"跟您大儿子？"纪美吃了一惊。刚才那位头发掉光、满脸皱纹的老人，和眼前头发乌黑亮丽的刀自站在一起，真看不出谁的年纪更大。她原本想象两人大概是小学同学之类的关系。

"我大儿子叫爱一郎。打仗战死了。现在在新宫开建材公司的是老二。"刀自淡淡地说道。

"源兵卫和爱一郎在同一支部队。爱一郎战死的时候，他就陪在身边，还给我写了一封长信。那封信我现在还好好保存着。爱一郎冲锋的时候，被子弹射穿了胸膛，用战争时期的话讲，是牺牲了。源兵卫说，爱一郎很体恤新兵，大家都很尊重他。他还写道，他宁愿自己替爱一郎去死。我并不是溺爱孩子，但我相信源兵卫的话。爱一郎是个好孩子。"

"……嗯。"

"我的另一个儿子，老三贞好，当时在海军航空部队，被选进了那个特攻队，死在了南太平洋战场。我本以为特攻队是志愿报名，但其实是上级的命令。刚知道的时候我很吃惊。贞好也是个直率老实的好孩子。"

"……哦。"

"我还没说完。"刀自脸上露出了苦笑。

"我的大女儿静枝，在政府发布学生动员令后，被送到兵器工厂工作，后来死于一场轰炸。她虽然是个女孩，但也可以说是战死的。大家都说，她长得简直跟我一模一样。"

"……嗯。"

"每当一个孩子去世，都会有人来安慰我，说我还有其他孩子，已经算是幸运的了。有的父母失去了独生子，更加不幸。他们说的也没错，但每个孩子都是独一无二的。国二郎代替不了爱一郎，大作代替不了贞好，可奈子和英子也代替不了静枝。而父母丧子的悲痛，是一辈子也忘不掉的。"

这是纪美头一次听刀自谈起这些事。

她曾听老管家串田得意地说道，有首很出名的民谣，歌词是"纵然不及本间家，当个老爷也潇洒"，歌颂的是酒田市的富豪本间家。其实歌词的来源是这一带，歌词本来是"纵然不及柳川家"。在旁人看来身份如此尊贵的人，内心深处原来却隐藏着如此深沉的悲伤。

纪美一时语塞，只能默默地走着。刀自仿佛要打破沉重的氛围，神色轻松地说道："我只顾说孩子的事，却没提我丈夫。他要是泉下有知，该怪我忘了他了。纪美，关于我丈夫的事，你从串田他们那儿听说过吗？"

"没有。"

"我有两任丈夫。第一次是十七岁时候结婚，他本名叫正助，入赘后继承了太右卫门这个名字。他是个英俊潇洒的美男子。那时候没有自由恋爱结婚这种西洋化的事情，但他堪称天下第一佳婿。"

"这样啊。"

"但他也是个胆小怕事的人。当时佃农经常暴乱，我们家也被波及。结果我们家那位吓得躲了起来，浑身瑟瑟发抖……他都走了五十二年了，说他点儿坏话，应该传不到地下去。"

"嘿嘿。"

"所以后来第二次结婚时，我找了一位其貌不扬，但是性格刚强的汉子，名字叫作次郎。他没有继承前人的名字，终身用的是本名。他是个粗鲁又能干的人，性格确实很阳刚，但是事情往往很难两全，他的相貌实在是不好看。我常常想，如果把他的面皮跟前任丈夫换一换那就好啦。我跟他生了三个孩子，却还这样想，女人真是罪孽深重啊。"

"哎呀，您别这么说。"

两人在山路上边走边聊，下午三点左右，来到了接近今天行程终点的濑尾附近。而健次等三人也正在此地守株待兔。

这一天，健次三人忙得不可开交。早上，确认刀自出发后，三人先将监视点和藏车点旁作为临时厕所的洞穴埋好、踩实，又分别认真清扫了藏身之处。在确认地上连一张口香糖包装纸都没有留下之后，他们一边用小扫帚逐一扫去脚印和车胎痕迹，一边缓缓撤退。

然而在这个关键时刻，他们却遇到了麻烦事。撤退过程中，正义他们开着Mark II遇到了一位骑自行车的村民，健次也撞见了两三个村里的孩子。因为他们当时突然从树林中窜出来，健次竟没来得及藏身。万幸的是，村民和孩子们并没有起疑就离开了。

按照前一晚的约定，刀自出发大约一小时后，三人驾驶两部交通工具在濑尾村以北二公里处的山路入口附近会合。

在这次行动中，他们之前没有用过的《津之谷村动态图鉴》终于派上了用场。这本地图由日本都市协会发行，所使用的小比例地图并不精确，剪下来拼在一起后，有些地方会对不上，但它基本按照三千分之一的比例制作，精细地记载了每户居民的名字。与国土地理院的二万五千分之一比例的地图对照着一起用，就能清楚掌握周围的情况。

通过研究地图，健次等人选定了动手地点，此处就是后来名声大噪的"彩虹现身处"。

濑尾村在柳川家以北大约二十公里处，村里有六户人家。Mark Ⅱ和健次的摩托车间隔五分钟左右，先后从村子经过。

这次行动最大的风险在于，他们可能会遇到来接人的达特桑。不过从地图上看，右侧的森林中有一条路可以直通村里。从昨天的情况来看，刀自无疑会走这条路。达特桑来接刀自，自然也会停在这条路的出口附近，而不会再往北上坡，开到他们的藏身处。

健次等人选择的是位于这片安全地带的山路。从地图上看，这条路原本似乎用于运输砍伐的木材，其宽度足够一辆车进入。沿着这条路往森林中走两公里，有小路通向预想的刀自步行路线。两条路的交汇点就是"彩虹现身处"。如果在这里绑架刀自，押进车里，开上主路，就可以不回濑尾村而直接往北边离开，时间上虽有些交叉，但达特桑此时还在村里等待，不必担心相遇。纵使这条路沿途地势险要，但路线与国道平行，在一百公里开外与从五条町到和歌山的国道二十四号线相交。想要事成后一溜烟逃跑，这条路是绝佳路线。

"老天连撤退的路都帮我们选好了。"

规划好了步骤，健次得意地挺起了胸膛。

但实际情况远非这么简单。首先，三人没找到山路的出口。健次没有注意到位置，开过了地方，又开了一会儿，却遇到了从对面返回的Mark Ⅱ。

"大哥，这可怪了。"正义说道，"我们还特意往前多开了五六公里，可是没找到那条路啊。"

"是吗？这里离村子应该也有两公里远了。"

三人调头重新搜寻，才明白为何刚才没有发现。路两旁的树木枝叶茂密，此外还有十多棵树皮腐坏、破烂不堪的树倒在那里，堵住了小路的入口。

"这条路已经荒废了。不知道里面走不走得通啊。"

"管它通不通，我们都得走。现在没时间找其他路了。不过，我们的两台车，不能傻傻地放到路上不管。"

此时，健次心里非常庆幸拉了正义入伙。清理这些挡路的朽木，如果光靠健次和平太，恐怕花一整天也弄不完，但正义没用多久就把它们都拖到了树林里。不仅如此，车开进小路后，他又说道："如果不把木头再搬回去，路人看到恐怕会起疑心。"

健次和平太虽然明白，但两人刚才就累得直喘气，已经是力不从心。正义在监狱里被大家戏称为"傻大个儿"，此时他撇下两人，几乎以一己之力把那些朽木搬回了原处。

小路的深处，长满了足有一人高的竹子，路上到处都是倒下的树木、掉落的树枝等障碍物。健次等人拼命清理路障，可整个上午却只前进了不到一公里。

"老太太早的话两点半会从下面的路经过，最晚也就三点。这次如果抓不到她，那一百年也抓不到了。"

越往深处走，周围黑压压的茂密树林就越浓密。

"没想到在变成三只羊之前，我们先变成了三只地鼠。"平太嘟囔道。三人借着摩托车的灯光照亮道路，挥汗如雨地砍掉竹子，清除障碍，在昏暗的山路上前进，那模样确实颇像三只地鼠。

然而目前这些还只是行动的前半段。在这密林之中，他们必须找到一条路，通到刀自步行的路线上。而这样的林间小路在地图上或许并没有标识出来。

健次推着摩托车前进，起初每一百米就要确认一次车子的里程表，最后几乎每十米就要看一眼。如果地图准确，大约走两公里就会看到往右下坡的小路……但前提是地图必须准确，而且与道路的现状一致。然而这份地图版本较老，废弃的林道在上面都还是正式道路。

三人省掉午饭，连续作战。终于，在下午两点，摩托车的里程表显示距离道路入口已有两公里。

"差不多就在这里。估计是条长满草的小路，也就够一个人通过吧。虽然不好找，但你们要瞪大眼睛，浑身都要长出眼来，把它给我找到。听到没？"

接着，三人在两公里的前后不知来回搜寻了多少次，把每棵树之间的缝隙也都排查了一遍。

但是，他们并没有找到地图上那条小路。时间无情地流逝。十五分钟……二十分钟……转眼已是两点半。刀自应该已来到了附近。

三人焦急万分，眼睛充血，心里的绝望感和斗志来回切换，这是他们从未经历过的。如果只是因为找不到一条路就前功尽弃的话，三人真的会欲哭无泪。但是，他们还是迟迟没有找到。

四十分钟……四十五分钟。

这回是平太立了大功。

"平太你个头矮，眼睛离地面近。在地上爬着找，没准儿能找到。"正义说道。平太本来像一只老鼠般四处乱窜，此时身影突然消失在树丛之间。

健次就站在不到两米开外的地方，见状喊道："怎么了，雨？你掉到坑里了？"

下面传来了平太兴奋的声音。

"没有坑。大哥……不是,雷,是路!这里是路!我刚才滑了一跤,没想到滚下来这么老远。既然有这么远,那这里应该是条路!我还没停下来呢!哇,还没完!啊疼死我了!雷、风,这里有石头,下来的时候小心点。"

健次眼角流出了泪。他用拳头擦了擦,去喊正义。

三个人争先恐后地拨开杂草丛,在尽是岩石的凹凸不平的路面上往下狂奔。

真是千钧一发。

三个人赶到小路与下方山路的交会点时,左手边的树林里传来了刀自的柔和嗓音,和那年轻姑娘的咯咯笑声。

2

接下来事态的发展,在吉村纪美对警方的口供中有着详细记录。这份记录也成了警方制定搜查方针的依据,因此将全文刊载如下。(当然,她因为受到惊吓而有些语无伦次,一开始供述的内容存在颠倒顺序、遗漏细节等问题,还有不少地方根本不知所云。以下的最终版供述,是根据警方多次听取情况得到的内容整理汇总而成。)

吉村纪美的供述

(前情陈述是从当天出发开始,到抵达案发现场的过程,故省略)……然后我们到了一处上坡,从那里开始就是濑尾的地界了。坡路特别陡,路面上有很多树根和石头,很难找到下脚的地方。

前面说过,老夫人身体硬朗得很,而这个山坡也确实难走。她在我的前面登顶,我跟上去爬到坡顶的时候,她正气喘吁吁地坐在树根上休息。这也很正常。像我这么年轻,最后走到她身边的时候,也累得够呛,一下子坐到了地上。

我们在那里休息了一会儿,这时老夫人说道:"真想不到,我腿脚已经这么不利索了。以前爬这种坡,我都是跑着上的,现在却累得喘不上气来……咱们俩都喘得厉害,不过听上去可不一样。纪美,你的气息是从肚子里吐出来的,中气十足,但我的气息听着都快断了。如果用风速做比喻,你的是每秒二十米,我的只有五米。"

我当时被老夫人逗笑了。

"夫人您真是的,气喘吁吁的,还要比一比呼吸。可是这也没办法,我毕竟还年轻嘛。"

老夫人点了点头。

"是啊,年轻可真好啊。不过,就算身体上了年纪,心也得一直保持年轻。有位外国的伟人说过,年轻人总是憧憬将来,老人总是回忆过去。这话一点儿不假。像我这样,老了还没多久,却动不动就想起以前的事情,实在是不好。不管年纪多大,心里面总得有点彩虹,有点闪光的东西才行。我虽然这么想,但是也没看到多少希望。身体老了没有办法,但如果连心都老了,那就惨啦。"

无论是刚才谈到子女的事情,还是现在的这些话,老夫人平时都很少提及。我本应该更严肃地听她讲才是,但她说话时一点都不伤心,反而擦着汗笑嘻嘻地跟我讲,于是我也跟着咯咯笑。老夫人都八十二岁了,却说自己"老了还没多久"、"心里面总得有点彩虹,有点闪光的东西"之类的话,这种反差真是有趣。

老夫人看了我的反应很开心。

"好了,我们再加把劲儿吧。剩下的路只有不到两公里了,而且我们不能让安西等太久。走吧。嘿咻!"她鼓了鼓劲儿,站了起来。

我们往前走了没多一会儿,树丛里传来窸窸窣窣的声音,有几团东西飞奔到了路上。

一开始我没看清那是什么,还以为是两只妖怪。他们一个是肉色，一个是白色，脸上没有鼻子和嘴巴，只有一双黑色的大眼睛闪着光。

我大叫一声，就想往后跑。这时后面传来"咚"的一声，又有一只妖怪跑了出来。他的个头最大，脸和眼睛都是黑色。这样一来，我们被前面两只、后面一只妖怪包围了。

我吓得面无血色，躲到了老夫人背后。

老夫人却非常镇定，她用小小的身躯护住我，质问前面的两只妖怪："你们想干什么？"她虽然有些紧张，但声音很沉稳，没有一点颤抖。

肉色妖怪似乎也很紧张，他哑着嗓子问道："你是柳川家的老夫人吗？"

"正是。我是柳川家当家的。"老夫人从容不迫地回答。

肉色妖怪好像是他们的头目。我渐渐看清了妖怪的真面目。他们用长丝袜蒙住了脸，还戴了墨镜。他们蒙面的样子有点奇怪。美国电影里的强盗都是直接把袜子套在头上，但他们是把一只袜子像头巾一样缠在额头上，另一只遮住眼睛以下的部位。我后来看到，两只袜子都在后脑勺打了结……肉色强盗点了点头，说道："老太太，我们是来绑架你的。目的嘛，自然是要赎金。"

"绑架我？要赎金？"

老夫人重复了一遍强盗的话。我吃了一惊，盯着老夫人的脸。

这时，老夫人的表情好像一瞬间放松了。听到别人要绑架自己，谁也不会突然放松下来，不过那只是一瞬间，有可能我看错了。但我觉得那应该不是错觉。当时，比起自己，老夫人更关心我的安全。所以，当她明白对方的目标是她，而不是我时，她就放心了。在后面的对话里，我更确定了这一点。

"那么，你们绑架我就行了吧？这事跟这个孩子无关。"老夫人说道。

肉色强盗有些为难地说:"确实无关,不过你们是两个人一起的,我们不能只绑一个。不好意思,这个女孩也得一起走。"

然后,老夫人的声音……该怎么形容呢,她的声音极其严厉,连我都吓了一跳。我从来没见过她这样说话。

"绝对不行!"老夫人说道,"你们别想动她一根手指头!我决不允许!"

那种气势,仿佛连周围的空气都在发抖。

他们好像被镇住了,但也没有轻易退缩。肉色强盗冷笑了一声说道:"说什么决不允许,你可是个老太太。我们三个大男人,你们只是两个弱女子。我们如果硬抢,你们能怎么办?"

老夫人当场还击。

"你们只是想绑了我换钱,应该不想当杀人犯吧?"

"什么意思?"他们好像往后退了一小步。

老夫人趁势说道:"我已经八十二了。人过了八十,就不再惜命了。你们如果来硬的,我就当场咬舌自尽。即使你们辩解没有杀人,但我是受你们胁迫而死,这杀人的罪名是免不了的,你们没法抵赖。让你们看看,我可不是开玩笑。"

老夫人说完,伸出了舌头,用牙齿紧紧咬住。

三名强盗见状都乱了方寸。

肉色和白色强盗对视一眼,前者慌忙说道:"老太太,你别激动,听我说。我们连她一起绑架,不是要做坏事。我们大男人想事情不周全,还是需要她来照顾你……"

"不行!"老夫人严词拒绝。

"就算你们不干坏事,别人可不会这么想。女孩子只要被绑架,这辈子都会名声受损。纪美啊,"老夫人紧紧握住我的手说道,"如果你不想今后一辈子都脸上无光,那就跟我一起死在这里吧。你这么年轻,虽然可怜,但是活八十二岁是一辈子,活十八岁也算一辈子。人必须活得清清白白。我今天就给你做个示范。"

她说完又咬住了舌头。我觉得老夫人言之有理,流着眼泪也咬住了舌头。

"等,等下!你们两个。"肉色强盗急忙伸手制止,然后有些生气地说道:"老太太不要为难我们。如果我们放了她,那就麻烦大了。她跑去报警,我们马上就会被抓起来。这种自己往枪口上撞的事,我们是不会做的。"

"不,怎么会?"老夫人摇了摇头。

"你们能有本事跟踪我,肯定已经调查了很多事。就算不放她走,再过一小时,接我的车就会来到这个村子。我的司机责任心很强,会等我们十到二十分钟,但如果超过三十分钟我们还没出现,他肯定会召集村民来找人。我不可能迷路,所以如果中途失踪,他立刻就能明白原因。这一切最多三小时之内就会发生。如果放这个孩子走,她能做的顶多是跑回中午我们吃饭的源兵卫家。这还是运气好的情况。只要我不在,她连东西都分不清楚。再过没多久就天黑了,她十有八九会在中途迷路,就算最后找到了,肯定也会花不止三小时。另外,源兵卫家没有电话。从他家骑摩托车到达村子,再从村子联系我家,至少要再花一小时。加起来一共四小时。这个时间,司机早已经报警了。我可没骗你,在这种事情上耍花样不是我的性格。你明白了吗?放这个孩子走,不会耽误你们一分钟时间。"

肉色强盗沉默了一会儿,随后开口道:"时间上可能确实如此。但是,这个孩子毕竟目击了现场,也看到了我们三个人的身形。要是带走她，警察就没法得知这些信息了。"

"这一点确实对你们不利。"老夫人承认道，"刚才你说的这些，虽然被警察掌握只是时间问题，但有没有目击证人还是区别很大的。不过，肉色蒙面先生，这么做也有很大的好处啊。简单说，绑一个人还是两个人，光是看守需要的精力就相差不止两倍。而且我一个人做不到的事，如果有这个孩子帮忙，或许就能做到……这些情况在什么时间、什么地方出现都无法预测。因为多余的人节外生枝，本身就是不利因素。如果能免掉这个麻烦，你们不也省心了吗？"

肉色强盗紧盯着老夫人看了一会儿，随即用力点了点头，说"好"。

"老太太说的也有道理。我们本来也不想绑架她，只是出于无奈。我们可以放走她，但有个条件。"

"什么？"

"老太太你必须听我们的话，既不能吵闹，也不能反抗。让你跟着去的地方，你必须老老实实跟着，让你别出声的时候，你必须保持安静……总之，你作为人质，必须全面服从我们的安排。柳川家的老太太，你看怎么样？"

在此之前，还没有谁敢对老夫人说话如此无礼。听了这些话，就连我都心里冒火，但老夫人却连眉头也没皱一皱。

"只要我听你们的，你们就把这孩子毫发无伤地放走，是吧？"老夫人冷静地确认道。

"是的。"

"你们不会食言吧？"

"大丈夫一言既出，驷马难追。"

"好。我们击掌为誓。"

老夫人伸出她纤瘦的手掌，三名强盗也把手里拿着的东西（看上去像是手铐，但无法确定）夹到腋下，伸出了双手。

"来吧！"

老夫人话音未落，双方拍手的声音就已经响彻树林。

"老夫人……"

只有我一人安全了——一想到这里，我心里就满是愧疚。我"哇"的一声大哭起来，抱住了老夫人。

"你没事就好啦。"老夫人说道。

"这不光是为了你，也是为了我啊。这样我就能给你的亲人们一个交代了。"

"但是，老夫人您……"

"不用担心我。"老夫人说得很坚决。

"刚才你也听到了，这些人最怕的就是我死。如果我死了，他们不光血本无归，还会一辈子背上杀人犯的罪名。他们如果这么笨，一开始就不会费尽周折来这山里，而是去找更好下手的人了。所以你不用担心。赶快走吧……"

她握了握我的手。

"你赶紧去源兵卫家。这条路你只走过一次，可能会很难找到。但是你无论如何……无论如何也得回到那里。好了，快走吧。"

她甩开我的手，在我肩膀上推了一把。

我一时不知该如何是好。但事已至此，我想我接下来的使命，就是把现场的情况报告给警方和大家。老夫人虽然没开口，但她一定也是这么想的。

我擦擦眼泪，不顾一切地跑了出去。原本堵在我身后的黑色高个子强盗，侧过身去让我通过。从他身边跑过时，他好像说了句"对不起，小姐"……可能是我幻听了吧。这种时候，绑匪的同伙怎么会说这种话呢？

我头也不回地拼命往前跑，沿着刚才的山坡冲了下去。下到坡底我才回头看去，并没有人追上来。

我耳边还回响着老夫人的话。

"赶紧去源兵卫家。无论如何也得回到那里。"老夫人当然知道，凭我一个人肯定找不到，所以她的真实意思应该是"你在这里等安西他们找过来。这才是最好的办法"。所以她才会那样紧紧地握了握我的手。

我藏在树荫里等了一会儿，又回到刚才的地方。

山路上已经没有人影。三个怪物般的绑匪和老夫人都已经不知去向。

"老夫人……老夫人……"

我眼泪流个不停，嘴里一遍遍地呼喊着。身为一个弱女子，我此时感到深深的无力和惭愧……

正如刀自的预测，安西司机担心她的安危，跟着几名村民赶到了现场。那是事发两小时后的五点半左右。

听到他们的喊声，吉村纪美从树荫后跳出来。

"安西先生。老夫人她……"

她放声大哭，紧紧抓住安西。

"老夫人她……到底怎么了？喂，你振作点。"

安西吃了一惊，连忙抚慰。吉村纪美这才挤出几句话："老夫人她……被绑架了。是三个蒙面男人干的。"

她话音刚落，身子一软，在安西的臂弯里晕了过去。

3

下午七点，新宫警察署收到了津之谷村派驻警官发来的第一封案件通报。

刀自本来在新宫市就是风云人物，而她的儿子国二郎在市区经营建材和木工公司，还兼任市议会议员，堪称顶级名流。

新宫警署立即由署长亲自带队奔赴现场，同时紧急报告县警本部。

不巧的是，当晚在本部值班的是一位新入职的年轻警部补①，出生于东京的他对于柳川家一无所知。

"八十多岁的老太太被绑架？总不会是男女间的感情纠纷吧？真是什么怪事都有人干。"

他并没在意，随手记在了值班记录本上。十点过后，结束外勤的老刑警回部里报告工作，发现记录后大吃一惊。

"什么？柳川家的老太太？这可出大事了。警部补，你报告本部长了吗？"

"本部长？没有啊。为什么要报告？"

"这……一两句话说不清楚。对了，我们有一份剪报。"

他跑向书架，抽出剪报册，找到那篇报道摊开来。

---

①警部补，日本警察职称之一，位于警部之下，巡查部长之上。

警部补读着，顿时惊得脸色煞白。

这是和歌山当地报纸的一档叫作"诉恩情"的连载专栏，该期的作者是井狩大五郎，也就是他们敬畏如鬼神的本部长。

本部长写道："我为人处世有些出格，从小就总是给身边的人添麻烦。从这个角度讲，我所有的上司、前辈都是我的恩人。而其中有一位是我人生中最大的恩人，可以说如果没有她，就没有今天的我。她就是柳川家的老夫人。"

接下来他详细讲述了缘由。

本部长出生于津之谷村附近本宫町的乡下，因为家境贫困而升学无望。经人介绍，他接受了柳川家的笃志育英助学金资助，才得以进入大学学习。

如果仅仅如此，也没什么稀奇，毕竟受到资助的人并不在少数。但在这些人中，当年的本部长格外令人费心。首先，好不容易拿到了学费，但在入学考试这关，他竟连续三次落榜。

第四年，在他自己都要放弃的时候，学费却一如既往地送到了他手中。他感到无地自容，剃了光头前往柳川家谢罪。柳川家的夫人却训斥他道："自古以来和尚剃光头就意味着放下一切，而你才失败了三次，就要自暴自弃，实在是没出息。"

从此他奋发图强，第二年顺利考上了大学。然而，毕竟是本性难移，当时大学是三年制，他却用了整整六年才毕业，完全贯彻了当时大学生之间的流行语"读来读去又三年"。

即便如此，柳川家的夫人对他却没有任何批评。本部长毕业后去拜访致谢，她欣然表达祝福，并说了一句"你受了我的照顾，以后也要学着照顾别人"。

"我这个被关照的人表现得一塌糊涂，她却坚持一直照顾我，从没有放弃。"本部长感慨地总结道，"每当想起当时她的那句话，我都觉得极其震撼。现在的我不追求升官发财，不害怕知事和大臣[1]这些高官。我什么都不怕，唯独面对这位夫人时抬不起头来。"

"啊……"年轻的警部补读罢，立刻扑向电话。

此时，县警本部长井狩大五郎刚洗完澡准备就寝。一听到电话中说"柳川家"，他立刻掀开被子跳了起来。

"什么，柳川家的刀自被绑架了？怎么可能？如果听错了，我可饶不了你！新宫署说的，确实是柳川家的刀自？"

本部长嗓音粗犷，平时部里的警察背地里就叫他"破太鼓"[2]，此时动了怒气，声音更是雷霆万钧。

"是……啊不是……那个……"警部补吓得直结巴。

"名字不是 Toji，是 Toshiko[3]……那个……"

"你个笨蛋！"本部长再次大发雷霆，"刀自是对老年女士的敬称。你连这都不知道，算哪门子大学生？看样子是了。柳川敏子刀自，新宫那边是这么说的吧？"

"是……刀自敏子……啊不是，只说了是敏子……"

"你可真蠢！敏子是刀自的本名。嗯，那应该错不了。不知是谁这么胆大包天……喂，案子是什么时候发生的？"

"根据通报，大约在今天下午三点半……"

"什么？三点半？那通报是几点发来的？"

---

[1] 知事是日本都道府县行政区的首长。大臣是日本内阁成员的正式名称，相当于共和制内阁的部长。
[2] 太鼓是日本的代表性乐器。
[3] 日语中"刀自"发音为 Toji。柳川家老夫人的名字"敏子"发音为 Toshiko。此处为年轻警官不懂"刀自"一词的含义所致。

"呃……"警部补的声音低到几乎听不见,"其实……在……点十五分左右……"

"什么?听不见。你大点声。"

"是……是在……点十五分左右……"

"完全听不见!你不会说日语吗?那就说英语。Five、Six、Seven,是 Seven 吗?"

"是。Seven 点十五……"

"现在是十点二十分。这么重大的案件,你竟然搁置了三个小时?"本部长发出野兽般的吼叫,"你个蠢货、白痴、饭桶!你赶紧找个地方上吊去吧!"

"是……"

"等下!你先派辆车来我这儿,我要马上去现场。你通知刑事部长以下搜查相关全体负责人,火速到现场集合!五分钟以内车如果没到,我就去你那儿,拖着你的腿去!"

"是!明……明白!"

"妈的!这三个男的,究竟是哪儿来的混账东西,敢对老夫人下手。喂,你还愣着干什么?赶紧给我派车!"

健次也正是因为读过那篇报道,才了解刀自与本部长的关系。

不出所料,井狩本部长果然怒火中烧。他的一腔猛烈怒火,势必要将周围所有人都拖曳进来,烧得一干二净方才罢休。

4

深夜零点。纵贯津之谷村的一六八号国道上,二十多辆巡逻车闪着车灯全速疾驶,震得路面轰轰作响。

第一个赶到事发地的是井狩本部长本人。

在提前赶到的新宫署长的陪同下,井狩详细查看了现场,然后返回柳川宅邸,向纪美和用人们详细听取了情况。

井狩不愧是在搜查领域摸爬滚打了三十年的高手,听取情况后,他就基本摸清了健次等人大致的活动情况。

"他们既然埋伏在那里,肯定事先就知道刀自当天的安排。我们要先搞清楚,信息是怎么泄露的。串田先生,知道老夫人行动安排的,都有哪些人?"井狩向闻讯赶来的国二郎等人简单打了个招呼,随即向串田管家问道。

"您的意思是说,家里面有内鬼?"

串田管家瞬间脸色大变。

"怎么会?柳川家与那些暴发户不同,家里不会有这种人。如果有这种问题,那最先被怀疑的岂不是跟老夫人同行的吉村小姐?不是这个意思。家里会不会有谁——当然是在没有恶意的情况下,不小心……也不是不小心,毕竟咱们做梦都想不到会发生这种事,总之,肯定是泄露了信息,查清楚这件事,是追查绑匪行踪的第一步。"

经过井狩解释，管家的脸色才逐渐缓和过来。

"原来如此。这么说来，除了新太之外……"

"新太是谁？"

"他才刚来三个月，所以您不认识。他四五十岁，原本是个流浪汉，有一次得到柳川家的施舍，可能他觉得只要来就能领到东西，于是每天都会来。老夫人注意到了，吩咐给他安排些除草之类的工作，于是他就成了柳川家的用人。他有比较严重的智力缺陷，几乎说不了话，但是他似乎只认识老夫人，每次都很礼貌地鞠躬致意。老夫人称呼他为阿新，总是很照顾他。虽然他的工作能力连半个人都抵不上，但只要给他安排活儿，他都会认真完成……我们都觉得他很老实。他这个样子，估计还不知道出了事，正睡得香呢。要说新太知道老夫人的安排，似乎不太可能……"

"那么，除了他之外，家里其他人都知道吧？"

"是的，应该是这样。"

"好的。串田先生，麻烦您跟大家逐个确认，有没有谁对外人说起过老夫人今天的行程安排。如果说过，也并不是什么过错，绝对不会让他承担责任。请告诉他们，我以本部长的名义担保不会有事，尽管放心如实反映情况。调查有了结果后，请简要地告诉我。"

同行的新宫署长不禁点头表示认同。这种大户人家突发重大变故，用人尚且处在惊慌失措的状态，要向他们问出难以启齿的信息，本部长的做法比普通的问话要有效得多。

方法很快有了效果，串田管家很快带了一个用人过来，简洁地报告了情况。

"只有他曾经跟外人提过老夫人的事。"

这个人正是安西司机。

据安西反映，前一天他曾经无意中向西谷村的人说起过今天的行动安排。而当他提起那辆行踪可疑的 Mark II 时，在场的搜查官心中均闪过一丝敏锐的直觉。

"搜查一课长，"井狩下令道，"你马上去西谷村，彻底清查一遍。即使现在是夜里，也不能耽搁。安西先生，请你也跟着一起去。"

搜查一课课长是镰田浩一。在今夜参与紧急行动动员的干部中，他仅次于本部长，是第二个赶到现场的。他也是井狩最为信赖的部下。

"是！"

一课课长接到命令后立刻行动。井狩看向新宫署长说道："本来应该把搜查总部设在贵处，但这次的案件堪称全县甚至全国级别的案件，所以我想把特别搜查总部设在县警本部。请你理解。当然，案子发生在贵处当地，我们少不了要来添麻烦。"

除了镰田课长之外，本部鉴定科的课长也在现场负责指挥鉴定工作。平时普通刑警就可以做的事情，这次却必须动用课长级别的警察。摊上这样的大案，地方警署那点可怜的搜查预算，很快就会花得一干二净。

"是！我们也正希望如此。"新宫署长没有任何异议。

解决了主管权的问题，井狩的目光立刻移到了下一个关注点。

"那么，要掌握刀自外出的情况，既然无法潜入内部，那他们一定是在某个地方设置了监视点。想要看到家门口的出入情况，那只能设置在对面的山上。还有车的问题。虽不能肯定是不是那辆 Mark II，但不管刀自体重有多轻，绑匪总不能一直背着她。他们有汽车是肯定的，而且之前就藏在不远的地方。所以要重点查监视点和藏车处。新宫署长，大半夜连续工作辛苦你了，我想请你来指挥搜查工作。鉴定课长完成现场鉴定之后，请立即派人去支援。"

"是，收到！"虽说移交了主管权，但署长依然不能有丝毫懈怠。他带着剩下的一队人马出动后，井狩终于开始与刀自的家人进行商议。

除了新宫当地的长子国二郎夫妻，二女儿可奈子及其丈夫、四儿子大作、小女儿英子及其丈夫总共七人，已分别从各地赶来，惶恐不安地聚集在里屋。虽然熟悉程度不同，但七人都与井狩相识。

"这次的案件让大家受惊了。"

井狩简单寒暄一句，就进入正题。

"我先简单讲一下，从法律的区别上讲，利用言语哄骗手段把人掳走是诱拐，利用暴力、胁迫等手段则是劫掠。所以这次案件的准确说法是劫掠案，但是大家不熟悉这个说法，所以我们还是暂且称之为诱拐。那么，大家也知道，根据绑匪的言行，显然这次诱拐案是以赎金为目的的勒索性质的绑架。搜查的事情请交给我们，请各位先想办法筹备好赎金。"

在受害人家属听来，此时警官所说的话，就像医生对患者的嘱咐一样，连日常用语也显得如此冰冷无情。

虽然早已有心理准备，但听到井狩说出"赎金"这个词，七人的脸上还是同时浮现出愤怒与憎恨交织的神色。

"赎金……我们必须要准备吗？"国二郎作为代表开口问道。他今年六十三岁，头发已秃得厉害，但庞大的身躯却颇有地方名流的架势。

"是的。"井狩明确地点了点头。

"各位应该知道,勒索性质的绑架,大多需要等绑匪提出条件,案件才会为人所知。但是这次,绑匪答应了老夫人的要求,没有绑走吉村小姐,所以我们一开始就知道了诱拐的经过。而且案发现场的情况我们也已掌握,这属于极其罕见的案例。除了武装恐怖组织,这种案件我恐怕还是头一次听闻。因此,与通常的诱拐案件相比,我们的处境远比对方有利,特别是在调查的初期阶段。目前我们的调查工作在有条不紊地进行,绑匪的行踪和用过的汽车等情况,天亮之前或许就能有眉目。但是,即便如此,只要老夫人还在绑匪手里,我们就不能轻举妄动。如果继续追查绑匪的行踪,就要做好与他们交涉谈判的准备。因为事态难以预料,无法提前判断,所以必须做好战与和的两手准备。总之,如果等他们提了条件再筹备赎金,很可能会让老夫人白白多受罪。我这么做并不是要长对方志气,请大家多理解。当然,在交涉发生之前,或是在过程中,我们可能就已经抓到了他们。我们警方会全力以赴,而诸位如果能提前准备好赎金,就是对搜查……对破案最好的协助。"

井狩的解释很有道理。

家属们虽然在感情上抗拒这么做,但看到警方的搜查工作如此卖力,自然也就选择全力配合。

"好的,我明白了。"国二郎同意道,"我们并不是心疼钱。只是绑匪的这种卑鄙手法,实在是让人气不打一处来……那我们就按您说的去准备,免得到时候损失时间。绑匪还没开口,就先准备好赎金,估计也没有什么先例……那,我们准备多少合适?"

他望向弟弟妹妹们。

"既然是冲着母亲来的,那估计要价不会低于一个亿。"

发言的是姐姐可奈子。她的丈夫田野荣一经营着大阪数一数二的大型卡巴莱酒馆"MINATO",她本人担任老板娘,掌管着店里的日常工作。她今年五十三岁,却打扮得非常年轻,活脱脱三十多岁的模样。今夜她似乎是直接从店里赶来,项链虽换成了普通的猫眼石坠饰,但黑色的晚礼服衬得皮肤更显白皙,华丽的装扮与此情此景格格不入。

"那肯定没错。"国二郎也附和道。

"最少也要一个亿。那最多呢?他们有三个人,一人一亿,那就是三个亿。"

"我觉得他们应该敢要这个价。"

"我们不见得答应他们的报价,但柳川家名扬天下,也不能过分讨价还价。那么,暂且准备二到三个亿吧。"

国二郎转头看向井狩,问道:"井狩先生,您看怎么样?这个数可以吗?"

井狩感觉自己被反将了一军。他至今所经历的绑架案,赎金至多也不过四五千万。

"应该够了。"他只得回应道。

"各位家属能做出这么大的牺牲,我们警方又怎能不竭尽全力?"

"有一件事想请教您。"弟弟大作插嘴道。

他是一位画家,在柳川家族中特立独行,年满四十九岁却仍然单身。井狩对绘画所知甚少,完全不知他在画坛中的地位,却暗暗琢磨,像刀自这样完美无缺的人物,如果硬要挑一个弱点,恐怕就是这位四公子了。大作先后几次去法国留学,却不知他学到的到底是绘画还是拈花惹草的本事。据说,现在他在志摩半岛尽头的御座岬建了一间别致的工作室,每天过着高雅的生活,生活费却大多要从刀自的腰包里掏。今天他穿着俄式衬衫，握着登喜路的烟斗，一副典型的画家打扮，乍看上去穿戴并不讲究，细看则每件物品都价值不菲，浑身透着一股自命不凡的气息。

"诱拐案件的搜查，一般会分为公开或者秘密进行这两种。这次您准备怎么安排？"

大作虽然如此，但这个问题却击中了要害。

"啊对了，这件事也需要先跟大家交代清楚。"井狩说道。

"这也是本次案件的特点。一般而言，绑匪会极度害怕警察力量的介入，但这些家伙却完全不怕……他们敢对老夫人这样的大人物动手，肯定早已看透警察绝对会介入此事。所以，他们才会敢于放走吉村小姐。如果他们害怕警察，我们倒要考虑一下用公开还是秘密手段，但对这种敢在光天化日之下动手的绑匪来说，秘密搜查已经失去了意义。我们不如与媒体合作，面向全体市民寻求协助。由此可以对绑匪形成威慑，让他们认识到此番罪行有多深重，根本没有成功的希望，借此在精神上击垮他们。所以我们认为，一开始就应该公开搜查，而且要大张旗鼓地广泛宣传。"

"但是……"小妹英子颤抖着声音说道。如果说大作属于特立独行派，那她在家族中也是一个"不走寻常路"的怪人。她是一个虔诚的基督徒，虽生在富贵之家，却因为在信仰上志趣相投，与大津附近一家小教堂的贫穷牧师结为夫妻。不用说私家车，他们甚至连租车的几万日元都掏不出来，今夜是搭着教友的小卡车赶回家来的。兄妹几人中，属她最关心母亲，现在她已哭得眼睛通红。

"但是，这样会不会刺激到绑匪，给妈妈带来危险？"

她稳重的气质，长相和身材都与刀自四十五六岁时别无二致，也正是井狩受到柳川家关照的那段时间。

"英子女士，请你放心。"井狩的语气中自然流露出一种对待亲妹妹一般的关怀。

"绑匪这么明目张胆，警方如果假装不介入，他们就会疑心我们另有计策。相反，案件受到的舆论关注越多，他们就越会注意保证老夫人的周全。我对此有把握。请放心吧。"

井狩斩钉截铁地说，胸中又燃起了怒火和斗志。

英子的悲伤就是他的悲伤，是所有认识刀自的人的悲伤。绑匪给这些善良的人们带来如此巨大的打击，单就这一点而言，他们便是绝不能被原谅的全民公敌。

黎明时分，搜查的结果开始陆续传来。

搜查一课课长排查西谷村的结果显示，果然曾有个戴白口罩的青年打探过刀自次日的行程。听到这里，全场顿时一片骚动。村里人反映，虽不记得车型，但青年是从一辆黑色旧轿车上下来的，这与安西的证词一致。

"这个戴白口罩的人身高、体型，与吉村小姐证词里的肉色蒙面男子非常相似。此外，有意思的是，村里人说，白口罩一开始说话是东京口音，离开时却变成了关西口音。而肉色蒙面男子的口音也是这样。他想装作东京人，但是还不习惯东京话的腔调，不小心露出了本来面目。"

一课课长的调查极其精细，临时搜查会议成员一致认定两者乃同一人。

此前，从吉村的证词已大致可以推断此人是绑匪头目，现在又明确了其年龄大概二十七八岁，具有长头发、窄额头、浓眉毛、目光锐利等外貌特征。这也是一大收获。

"这样基本可以断定,他们用的车就是安西先生提到的Mark II。好,太好了,调查越来越顺利了。"

井狩露出笑容。但随着案发现场和监视点的相关报告传来,他的脸色又变得沉重起来。

现场向北二百米左右,有一条荒废的道路,路上的荒草有被碾压的痕迹,显然是绑匪曾经过此处。地面多半是岩石和草丛,警方用了数台照明设备,却采集不到任何轮胎印或脚印,也没有发现绑匪的任何遗留物品。

监视点和藏车处的搜查也是同样的情况。搜查人员根据被破坏的印迹和重物压过的痕迹,找到了可疑的地方,但是却连一张口香糖的包装纸都没有发现。最让警方吃惊的是,两处地点都发现了用扫帚扫过的痕迹,绑匪在逃走前居然将轮胎印和脚印清扫得干干净净。而明确留下的线索,只有两个看上去刚填埋不久、土色尚新的洞穴。

"绑匪非常小心谨慎。这两处地点距离不会留痕迹的碎石路有将近两公里,但是别说脚印,就连轮胎印都几乎没有留下。要把这么长距离的痕迹全部清除干净,并非易事。"

听罢报告,井狩皱起了眉头道:"这些家伙既然要干这件大案子,当然要谨慎行事了。但是,即便如此,我们也大致搞清了他们的行动路线。对了,那两个洞是干什么用的?"

"啊,挖开上面的土后,能闻到一股恶臭。应该是'那个'吧。"

"恶臭?什么东西?"

"排泄物。"

"是粪坑啊。这么说,他们在山里藏了一段时间。量有多少?"

"还没有确认，不过洞挖得很深。"

"看来他们监视了很久。那肯定有目击者。新宫署长，这方面的排查就拜托你们了……这帮混蛋，竟然只留下两堆屎给我们。"

案发现场已经没有更多线索，警方的关注点就聚焦到了绑匪的潜伏地点。

从地理状况上看，绑匪在作案后，应该是往北方的五条町方向而去。当然，不能仅靠这一点就断定其逃跑方向。毕竟绑匪奸猾无比，连隐匿痕迹的事都做得如此彻底。他们有可能会故作往北误导警方，实际则往南或者往东逃跑。而且只要事先安排好，他们就有无数种路线方案可选。

但他们应该跑不远。大家一致认为，绑匪如果不在和歌山县境内，那就是在相邻的府或县。

带着人质逃跑，距离越远，风险就越大。此外，这类勒索钱财的诱拐案件还有一个弱点。绑匪迟早要提出赎金的条件，如果离付钱方的柳川家距离太远，对他们而言不仅不便，而且不利。

"他们的窝点应该不是乡下。估计是在城里……而且会尽量挑人口多的城市。绑匪如果足够专业，应该会这么做。"井狩做出了判断。

业余的绑匪可能会觉得人烟稀少的山里更安全。如果只是逃匿后躲起来，那诚然如此，但绑匪必须要生活，还必须与被害人家属交涉，这样一来，在乡下就格外容易引人注目。反而是邻里之间互相漠不关心的大城市，在各方面都对绑匪更为有利。大部分警官都对此表示认同。

"那么，调查的重点地区是本县的和歌山市等主要城市，以及相邻的府和县。"担任行动负责人的镰田课长总结道。

"没错。特别是最近两三个月刚搬进公寓或住房的人。我认为绑匪并非普通市民。"

"明白。我马上去办。"

会议结束，警方立刻开始实施以下举措：

一、向警察厅长官及相邻府县各警察本部部长发出请求支援的公文。

二、向和歌山县内所有警署发布紧急命令。

三、设置"柳川刀自绑架案特别搜查小组"，小组长由县警本部部长井狩兼任。

公文和命令的文书都由井狩亲自起草。全文如下：

警察厅长官及各府县警察本部部长：

　　昨日（九月十五日）下午三点三十分前后，于本县津之谷村，柳川家当家敏子刀自（82岁）遭三名男性歹徒绑架。刀自是本县首富，为人谦和慈爱，于本县内外的社会和公益事业均有重大贡献，受广大县民爱戴。歹徒此番绑架刀自，实乃天人共愤的残暴行径，乃是对正义和人道的公然挑战。本部当举全力侦破此案，恳请贵厅（或贵部）予以援助及支持为盼。

　　目前已查明的歹徒相关特征如下。后续如有信息更新，将及时告知。

　　一、主犯：身高一百七十厘米，体重约六十公斤。年龄约二十七八岁，长发、浓眉、目光锐利，容貌较俊美。籍贯疑为关西地区，有时使用东京方言腔调。

　　二、共犯一：身高一百八十厘米，体重约八十公斤。年龄、容貌不明。

　　三、共犯二：身高约一百五十厘米。年龄等不明。驾车技能纯熟。

四、歹徒所用车辆为黑色轿车，推测为二手"Mark II"。

特此通告。

同时向县内全体警察发布紧急命令，从"公然挑战"之后改为：

本案能否及时侦破，事关本县警界的名誉和威信，望诸位以安全救回人质为第一要义，全力以赴追查并逮捕万恶之歹徒。

最后，警方面向聚集在柳川家庭院内的近百名媒体记者召开发布会，正式公布相关情况。

井狩再次以非凡的气势压制全场。他重复了公文和命令的主要内容，接着铿锵有力地说道："如各位所知，我本人也受到过刀自的特别照顾。但是以上决定绝非出自私情。刀自不仅是我一个人的恩人，更是世上所有弱势群体、被欺凌的人们的大恩人。我相信，我的这个决定就是全体县民的决定，也是各位的决定。"他的一番话与其说是声明，倒不如说更像一场演讲，一封面向记者的号召檄文。

一名屏息凝神仔细聆听的资深记者点点头，随即说道："我是第一次见到您情绪如此激动。刚才您的命令，堪称警界的Z字旗[①]！"

这句话正合井狩的心意，他用力点头道："正是。这是我和

[①]最早在西方，Z代表的是好运、必胜和正义。日本海军曾经模仿特拉法尔加海战中英国海军的做法，将Z字旗作为战时动员旗，其含义是"王国兴废在此一举，全体将士奋发努力。"现在Z字旗早已成为国际标准旗语的一部分，含义为"需要拖船"。

县警的Z字旗。"

有年轻记者诧异地说道："请问您说的Z字旗是什么东西。"

资深记者答道："你没看过夏威夷海战的电影吗？那时候司令舰上挂着的信号旗就是Z字旗，它代表国家的兴亡在此一战。"

井狩的脑海中，回荡着儿时听过的那首古老军歌：

敌舰就在眼前 慢慢驶近
旗舰的旗杆升起信号
晴空之下 旗帜随风飘扬……

那是首次使用Z字旗的日本海海战[①]时期的歌曲。

与此同时，井狩眼前浮现出刀自的面庞。她一如既往地一脸慈祥，眼神中闪烁着幽默戏谑的光芒。

她仿佛在说："声势好大啊，井狩先生。你愿意立起大旗，率领大部队来救我吗？"

"老夫人，我当然要去。不管发生什么事，我都要去救您。您也给那些家伙多找点麻烦，让他们只能叫苦连天，奈何您不得。"

"我有这本事吗？"

刀自歪了歪头，露出了微笑。

随后，她的声音和面庞缓缓消失。

[①]即对马海战。在一九〇五年日俄战争中，两国在朝鲜半岛和日本本州之间的对马海峡上进行此战。战役以日方获胜而告终，这也是海战史上损失最为悬殊的海战之一。

第三章　童子入虎穴

1

自从落入健次等人之手后,刀自遵守约定,非常顺从。

要回到停车的荒废道路处,必须再沿着那条陡峭的小路往回走。健次等人尚且累得喘不上气来,但只要他们说句"跟上",刀自就一声不吭地踱着小步跟上来,回到停车处后,健次命令"上车",刀自略一点头,轻巧地钻进车里。车子驶进山路前,健次递上一副镜片被涂成纯黑色的泳镜,命令"戴上",刀自点头道"噢,这个是蒙眼用的",自己主动戴好。到了山路上,健次命令"身子尽量趴低,不要被外面的人看见",她就把矮小的身体再往下缩一缩,几乎要深陷在座椅里……刀自如此顺从配合,让准备了手铐和堵嘴物件的健次等人甚至感到有些惭愧。

Mark Ⅱ沿着与国道平行的山路飞速往北驶去。沿途刀自都很安分。

她双手端放在膝盖上,一言不发,身体随着汽车摇摆,那模样活像一尊佛像。但她又不时歪歪脖子、点点头,看上去竟莫名地有些吓人。

这尊佛像既不跟邻座的健次攀谈,也不理会司机平太,但车子行驶三十分钟后,她却主动开口说话了。

"我们好像一直在往北开。该不会是要上二十四号国道吧?"

刀自的声音又细又小,却把健次吓了一跳,平太也吃惊地转过头。

"你管我们去哪里干什么？"

健次定了定神，呵斥了一句。刀自的反应也非常顺从。

"不好意思。的确，不管去哪里，都是你们的权利。"

她道过歉，恢复了宛如佛像般的状态，过了一阵儿，又轻声开口道："我想问一下，你们不要见怪。你们的藏身处是在和歌山市内吗？"

这下两人当真大吃一惊。

平太本能地减慢了车速。骑着摩托车跟在后面的正义措手不及，猛转方向才惊险地避免了追尾，但摩托车车体急速转了半圈，他几乎要连人带车摔倒在地。

健次听到刹车声，回头看去，只见正义伸长脚勉强撑住机车，正举着拳头盯着这边。

"太危险了！风差点撞到车上。"

"抱歉，我刚才吓了一跳。"平太坦言道。

"有什么可怕的？老太太是瞎猜的。"

健次责备了一句，将目光转到刀自身上。

"可惜你猜错了，我们不住在和歌山。怎么，去和歌山的话，对你有什么影响吗？"

健次一直盯着刀自，但泳镜几乎遮住了她的半张脸，看不出她的表情。

片刻后，刀自问道："你们知道县警察本部的井狩部长吗？"

"知道。我们还知道，他曾经受过你的照顾。这些事我们都调查过了。那个井狩怎么了？"

这时车子开始上坡。

刀自听着外面的动静，蓦然开口道："这是三浦的上坡路。"

"什么？"

"你们看右边，应该有一座大山，那叫法主尾山。翻过这个山坡，前面沿着山间小溪的路会分成两条，建议你们走右边那条。沿着那条路绕到山后，可以直接上国道。不要走左边。那边适合爬山，有些地方汽车开不过去。"

"老……老太太，你能看见外面？"

"怎么可能看见？这个眼罩做得挺好，我什么都看不见，而且戴起来还挺舒服的。"

如刀自所说，右手边的车窗外，除了层峦叠嶂的山坡，远方还有座淡紫色的山峰巍然屹立。

健次一时语塞，望着窗外的风景，刀自有些难为情地说道："我从小在这长大，在村子里生活的时间是你们年龄的三倍，闭着眼自然也能知道自己在哪儿。对了，刚才说到井狩先生。"她语气一变，回到正题。

"啊对。井狩怎么了？"健次不甘示弱地挺直腰板。

"你们知道井狩先生，但估计不如我对他的了解深。"

"怎么讲？"

"我刚才在想，如果换成是我，会怎么判断绑匪潜伏的地方。当着你们的面这么叫有点失礼，但这也是事实，你们别见怪。"

"嗯，然后呢？"

"井狩先生可能会这么想：这些绑匪是懂行的，自然不会像那些业余的人选择藏到乡下。乡下虽然隐秘，但如果一直躲着，你们是没办法拿到赎金的。所以，潜伏地点一定在城市里，而且是距离比较近的城市。大概是车程两三个小时，距离村子一百到一百五十公里以内的地方。那么，井狩先生首先要做的，就是以津之谷村为中心，这样……"她比划着说道，"用圆规在地图上画圆。假设实际距离是地图图例的两倍，他会画三个圆，半径分别是五十公里、八十公里、一百公里。绑匪的藏身处在五十公里以内的可能性不大。最可疑的是五十公里到八十公里之间这个圆环地带里的城市。"

三人沉默不语。

"我最近记性越来越差，想不起来纪伊、近畿地区地图的样子，但这个圆环里面能称为城市的，也就是和歌山、田边、尾鹫吧。其中，人口最多、交通方便、人员流动性强、最适合绑匪藏身的，当然是和歌山。井狩先生肯定会这么想。所以我刚才问你们，该不会真的藏身在那里吧？"

健次感到后背一阵发凉。当初想着玩一出"灯下黑"，没想到井狩这家伙可能会先从自己的地盘查起。

平太转过头来。他胆量颇小，听到这里已经吓得面如土色。健次看他有话要说，连忙使个眼色制止。

"不过，老太太。"健次的话有一半是说给平太听的，"和歌山地方很大，人口也有二三十万。人海茫茫，他去哪里找绑匪呢？"

刀自点了点头，故意说道："嗯，这确实很难。"

"对吧。不只是很难，是根本做不到。"

"确实很难。"刀自重复着又补充道，"但那是对我们这些外行而言。"

"什么？"

"井狩先生可是专业的，对他来说或许并不困难。而且还有两条线索。"

"什……什么线索？"

"首先，井狩先生会认为，绑匪不是普通市民，而是职业罪犯。所以，他们的藏身处应该刚确定没多久，也就是最近的两三个月。这样一来，首先要排查的就是最近搬过家，而且职业不详的可疑人物。收集信息的方法很简单，只要让公寓、出租房、出售房产的房东等申报有关情况即可。就像你说的，和歌山地方很大、人口很多，但是满足这个条件的，应该不会超过一千人，调查起来最多两三天就够了。让井狩先生负责的话，从今夜开始，明天之内就会出结果。其他的城市也是一样。而且，还有车子的线索呢。"

平太脸色煞白地转过头来。

"车……车子怎么了？"

"我不太懂车，但这辆车的型号应该是Mark Ⅱ吧。我家的司机安西先生曾跟管家说起过，连续两天遇到了同一辆形迹可疑的Mark Ⅱ。对了，我们还见过这辆车在路上抛锚。当时摆手示意我们离开的，是不是后面骑摩托的风先生？这些信息今夜就会传到井狩先生耳朵里。开着这个型号的车，又刚搬家的人……嗯，可能不用等到明天，也许天亮之前……"

Mark Ⅱ驶离山路，开进旁边的岔路中停了下来。

"不行啊，雷。"平太沮丧地喘着粗气。

"老太太这个外行都能看穿，那我们回和歌山，岂不是自投罗网？"

"嗯。"

健次没心思责备平太说漏了嘴，一时陷入了沉默。

正义骑着摩托追上来，从平太开着的窗户缝里往车内望去。

"你们干什么？这还没开多久，难道又抛锚了？"

看着正义的眼神如同大象般悠然自在，健次气得心里直冒火……

2

二十分钟后，车子依然停在山脚下的小路上。

健次一个人下车，像往常焦虑时一样咬着小指，在附近的草丛踱着步。

这下可如何是好？健次越是琢磨，心中越是一团乱麻。

起初在构思阶段时，他本以为这次计划堪称完美。

拉其他两人入伙时，健次说过"实施绑架需要极其聪明的头脑"，那是他的真心话，并非夸大之词。绑架这种犯罪行为，在本质上有以下三个困难：

一．绑架人质本身的困难
二．藏匿人质的地点和方法的困难
三．赎金领取方法（包括与对方联络的方法）的困难

这其中最难的是第三项，即赎金的领取方法。前两项都算是第三项的前提条件。

而在健次看来，仅仅克服了这三项困难还不够，还需要注意：

1. 释放人质后，保证自身安全

2. 防止出现内讧

3. 如何使用赎金

　　这三点亦非常重要。只有保证这六个难题都能顺利解决，这次绑架才有可能是一次完美犯罪。

　　如此想来，自己原本非常有自信，也已计划好如何实施这次完美犯罪。

　　但实际情况却是，仅是前提中的前提，同时难度也较低的绑架人质环节，就已让健次等人苦不堪言。

　　接下来更惨。这情形简直是尚未开始就已宣告结束。人质已经绑来了，接下来却无处可去，这听起来很荒谬，但眼下却是事实。三人费尽周折突破了第一道关卡，还没兴奋多久，就必须面对这个局面。

　　这样下去，还能坚持到最后，克服最大的难关吗？

　　不，现在考虑这些，也许还为时过早。如何解决眼前的难题，才是当务之急。

　　"这该怎么办？"健次咬着小指喃喃自语，回头向车子望去。

　　太阳已经西斜，车子停在一片夕阳余晖之中。正义和平太并排坐在车子踏板上。正义将大手伸到口罩下面挖着鼻孔，挖完拿到眼前瞧一瞧，再用手指将鼻屎搓成球弹出去。那模样活像一个天真的孩子。

　　"这时候还有心情挖鼻孔玩，这家伙……"

　　然而，健次并没有发火，心中反而涌起一阵感动。

　　他们两人似乎坚信，无论遇到什么困难，雷大哥总有办法搞定。所以，在这分秒必争的紧要关头，正义还能静下心来悠闲地挖鼻孔。

"哪怕只是为了他们，也得找到解决办法。"

但是，究竟该怎么做呢？

健次已经自问自答了不下几百遍。

首先，和歌山是回不去了。这并非盲目听从刀自的建议，而是健次经过斟酌后认为刀自的话有道理。不知为何，此前自己竟没有想到。当然，这也不能算是失误，因为犯罪分子的一举一动都会成为警方调查的线索，有疏漏实在是无法避免。

其次，藏进山里也行不通，而且没有意义。现在情况有变，不仅是警方，村民们也加强了警戒，不会像往常一样毫无防备。这样一来，他们几乎无法藏身，况且如果只是一味逃跑，绑架就失去了本来的意义。

再者，如果现在想转移到大阪等大城市，也是不可能的。他们是在全国范围内被通缉，无论逃到哪里，结果都相差无几。更重要的是，他们没有资金，也没有时间再建立新的"根据地"。

那么，投靠以前的同伙呢？健次一开始就否定了这条路。对他来说，这么做还不如死掉算了。自己费尽千辛万苦才得来的金凤凰，怎能拱手送到那帮土狗嘴边？

"现在是四面楚歌，没地方可躲了。"

健次把地上的一颗石子一脚踢飞。

"既没地方可躲，又没人可投靠。"

他又踢开一颗石子。这次的石子较大一些，顶得他脚尖隐隐作痛。就在这一瞬间，健次心中闪过一个妙计。

但这个计策，也可能仅仅是异想天开……

健次把二人喊来，将计策说了一通。

两人听罢，表情像是吃了一百记耳光一般。

"但是大哥，"两人异口同声说道，"这么干能行吗？"

健次毅然回答："行，怎么不行了？事在人为。这种时候不能打退堂鼓。打起精神来，都给我强硬点。跟我来。"

健次大摇大摆上了车，一屁股坐到刀自旁边。平太和正义坐到前排，表情十分紧张。

刀自依然保持着刚才端正的坐姿。令三人佩服的是，她一个人在车上待了一段时间，却完全没有拿掉过眼罩的迹象。既然当了人质，就要相应地遵守本分，这或许是刀自这个年纪的人才有的风骨。

……很好。这样我们也省得麻烦。

健次心想。他舔舔嘴唇，语气严肃地说道：

"老太太，我们马上出发。不过我要先跟你确认一件事。"

刀自将脸转向健次。

"你发过誓要绝对服从我们的命令，应该没忘记吧？"

"是啊。"刀自的回答没有丝毫犹豫。

"你确定吧？"

"你们是男子汉大丈夫一诺千金，我作为柳川家当家的，也是一言既出，驷马难追，绝不会说话不算数。"

刀自的回答语气平和，但透着沉稳与坚定。

健次望向平太和正义，两人都用力点了点头。健次又舔了舔嘴唇，开门见山地说道："那好，我命令你，给我们推荐一个你的熟人的住处，来供我们藏身。"

这就是健次的"妙计"。既然旧关系指望不上，那就从新关系上想办法。他意识到，现在落入他们手中的刀自，比任何人的人脉都要更广。

健次深知，绑匪让人质提供藏身之处，固然有违常理，但他们现在无处可逃，所谓常理早已抛诸脑后。毕竟这可能是他们唯一的活路。

健次已抱定必死的决心，车内的空气顿时如绷紧的钢丝一般紧张。

刀自没有立即回答，隔着泳镜看不出她的表情，但微微侧头的样子表明，她陷入了沉思。

"其实，"健次接着说道，"刚才雨也说了，我们在和歌山租了房子。经你分析，我们也觉得回去很危险。实话跟你讲，我们现在找不到其他去处。男子汉大丈夫，说话不必遮遮掩掩，所以也请你一定要出个主意。怎么样，想到哪里合适了吗？"

在三人期盼的目光中，刀自仍然在沉思。

明知这个问题难以轻易回答，但三人脸上还是浮现出急不可耐的神色。

此时如果刀自回答"没有"，那一切就完了。他们只能开着车到处乱跑，汽油用尽后就躲进深山里。最后的结局肯定是在警方搜山时被逮捕，然后被怒气冲天的警察和村民打得半死……三人的脑海中尽是此类凄惨场景。而且目前来看，这十有八九，不，是有千分之九百九十九的概率会变成现实。

……这令人焦躁的沉默，不知持续了多久。

正当健次忍不住要再次开口，泳镜下的小嘴缓缓动了起来。

"嗯……地方倒不是没有。"

刀自的声音纤细得如同自言自语，三个人全都竖起耳朵，唯恐听不到。

"你想到了吗？""真的吗，老太太？"正义和平太同时激动得发出怪叫。唯独健次强忍住了叫出声来的冲动。

"是吗，"健次故作镇定地说道，"是什么样的地方？"

"这个嘛，"刀自语气非常谨慎，"这个人在我家做过多年的女佣……我觉得她家合适。不过……"

"不过怎么样？"

"雷先生，"刀自把脸转向健次，"如果我带你们去，你们打算干什么？"

"干什么？当然是躲在她家里。"

"那房主怎么办？"

"这个……那没办法，只能让她跟你做伴了。虽然她不是人质，但她必须按我们说的做。"

"如果我不同意呢？"

"什么？"

刀自矮小的身躯，似乎瞬间变得高大起来。她展现出此前在树林中保护少女时的慑人气势，声音也透着一股凛然之气。

"我说雷先生，"刀自发话道，"我是人质，所以听从你的命令。虽然如此，但你没有资格让第三者卷进来，你也没有权力强制别人对你唯命是从。对不对？"

"那……那你觉得怎么办好？"

"我可以带你们去她家，也可以商量让你们藏在那里。但是，你的权力仅限于针对我一个人，你对她家的人可没有任何权力。你既不能限制她的自由，也不能对她发号施令。不仅如此，她是主，你们是客，是去给人家添麻烦的，所以家里面各种事务，都得听人家的吩咐。这些你能保证吗？"

"这……这当然不行！"健次的声音已近乎嚎叫。

"我们可是绑匪。我们住的地方，人们如果能来去自由，那还得了？而且，你说那个人以前是你的女佣，那我们恐怕今天晚上就要被逮起来了。"

"那如果我保证不会呢？"

"即便你敢保证，但一到明天，绑架的事也会在电视、广播、报纸上宣传得铺天盖地。只要她不是白痴或者傻瓜，就不可能不怀疑……啊，等下，她不会真的是'这个'吧？"

"我看不见你的手势。你是说她有智力障碍吗？不，她很正常。"

"那我们就待在她眼皮子底下，她能坐视不管？你这个要求，无论如何也说不过去。"

刀自的嘴角露出一丝微笑。

"雷先生。之前放走那个女孩的时候，你也说了同样的话。当时我保证，你放走她，至少在时间上不会有损失。你看没错吧？现在已经快五点了，如果我当时是骗你们，你们可没法这样悠闲自在。"

"那个孩子在场的时间很短。如果是跟人一起生活两三天，可就大大不同了。"

"我说雷先生，你看我像是那种喜欢骗人、信口开河的人吗？"

三人无法回答。

"我不允许你们限制她的自由，是因为我确信，这样对你们绝不会有坏处。我的这个老女佣，说起来不怕你们笑话，无论我说什么，她都会无条件地相信。说得极端点，如果我说今天太阳会从西边出来，那她会认为，是从东边冒出来的太阳自己搞错了。所以，我只要说明我并没有被绑架，你们也不是什么绑匪，报纸和广播统统都搞错了，她就一定会相信我。正是因为她是这种人，我才会带你们去。但你们得保证，绝不会限制她的自由。"

"嗯……"

"你信不过我吗？"刀自的嘴边又露出了微笑。

"信不信是你们的自由，反正不是我急着要去。如果不去，正好省得给阿椋添麻烦。啊，阿椋是她的名字。咱们得先说好，我不知你们是否确实无处可去，所以可以先到她那里看看。但如果你们打算暂且答应，到时见机行事，一旦出现什么不对的苗头，我就立刻咬舌自尽。你们可要记得。

"我也真是的，上了年纪说话还这么蛮横。"刀自的表情恢复了以往的温和慈祥。

"我不是要为难你们。之前你们答应我的要求，放了那个孩子，所以我也答应绝对服从你们。而这次，我按照你们的期望提供住处，也希望你们能答应绝对不对屋主动手这个条件。仅此而已。怎么样，能答应吗？"

三人依旧沉默。

"怎么，还在犹豫吗？"刀自轻轻叹了口气。

"你们三个不认识阿椋，也不怪你们。来，你们把手伸出来。"

"嗯？"

三人疑惑不解，面面相觑，还是不由自主地怯怯伸出手来。

刀自伸出小手，一只握住健次，另一只交给正义和平太，轻轻说道："你们听好，我绝不会背叛你们。希望你们也能信任我。就这么简单。"

健次望向自己掌中刀自的手。她的手瘦小而布满皱纹，皮肤薄得如同一张纸，让人担心稍微用力一捏就会裂开。但她的手非常温暖，让健次察觉到自己的手原来如此冰冷。两只手握在一起，一股暖意透过皮肤渗透到身体里。

他看向正义和平太。两人正用四只手掌托着刀自的手，有些茫然失措。

三人视线相交，正义和平太的眼神传递出相同的信息。

健次点点头，将另一只手轻轻放在刀自的手上。

"好的，老太太。我们答应你。"

3

阿椋的住所离案发现场大约八十公里。越过县境进入相邻的奈良县，再有一个多小时车程就能到达这个叫作纪宫的村庄。

Mark Ⅱ悄悄停进阿椋家宽阔的庭院时，已是夜里七点。此时案发现场正是人声鼎沸、一片混乱之时。

"怎么样，这个藏身处不错吧？你们都过来吧，我来介绍一下。"

三人在刀自的催促中下了车，却全都浑身瑟瑟发抖。除了晚上的空气意外冰冷，十之八九是出于紧张的缘故。

按刀自的说法，方圆四公里范围之内并没有其他住家。这里跟津之谷村一样位于山里，甚至更加偏僻。

院子里一片黑暗。车灯熄灭后，周围伸手不见五指，主屋中也没有任何亮光。

"她应该还没睡。可能是去泡澡了。"

刀自就像回到自己家一样毫不拘束，径自走到主屋前，敲了敲门。

"阿椋啊，是我。你休息了吗？"

……一秒、两秒。

突然，屋里一阵乒乓作响。接着灯光亮起，门下的缝隙透出了亮光。

接着传来响亮的"哒、哒、哒"声，有人向门口走来。

房门猛地打开，一个高大的人影跑了出来。

"啊，夫人！"

人影哽咽着喊出了声，往地上一跪，抱住了刀自。两人虽然一个跪着一个站着，高度看上去却相差无几。

"我还以为是做梦呢……这应该不是幻觉。夫人，真的是您！"

她用衣袖轮流拭去双眼的泪水，望着刀自说道："您怎么来得这么急？如果提前给我来一封信，我就去接您了……您赶快进来。我刚从田地里回来，屋子里乱得很，但在您面前我也不用顾什么面子。快请进。"

她兴冲冲拂去膝盖上的尘土，拉起刀自的手就要进屋。

刀自被她一拉，有些难为情地说道："那个，阿椋啊，有几个同伴跟我一起来的。"

"啊对，刚才我听到汽车的声音。是安西先生吧？"

"不，说来话长。是你不认识的人。"

"是谁都好。您快进来吧。"

她几乎是把刀自硬拉进了屋里，然后瞥了健次等人一眼说道："各位随行的朋友，进来后请关好门。"

之后她便不再正眼瞧他们，径自走进房间。

正义轻轻耸了耸肩。"我们成了老太太的随从啦。"

"没办法。来了这里就得按他们的规矩……没想到，这个大姐可真够壮的。"

在车里，刀自介绍了很多关于阿椋的事。她小学毕业后，十二岁那年来到柳川家当女佣。十八岁时，刀自作为抚养人给她撮合了一桩婚事，但丈夫不久后战死，于是她又回到柳川家工作。三十六岁时，她又嫁到现在这户姓中村的人家。算起来她此前在柳川家生活了二十多年。因此，虽说她名为女佣，实则如同刀自的家人一般，柳川家的孩子犯了错，她都敢毫不客气地严厉批评。刀自的女儿们至今回忆起来，也还常说"阿椋大姐比母亲可怕得多"。她膝下无子，丈夫十年前就已去世，将全部财产都留给了她。现在，她凭一己之力经营着一公顷左右的农田和两公顷左右的山林。她今年已经五十六岁……健次等人只知道她是个既坚强又勤劳的人，却没料到她是个外形强悍的女中豪杰，不仅体格魁梧，力量看上去也跟正义不相伯仲。

三人战战兢兢地走进屋里。

入口处是一片宽敞的未铺地板的玄关，接着是一间传统的起居室，中央有一座大地炉。纸隔扇拉门的后面似乎是卧室。这是典型的农家房屋构造。柱子、天花板和壁橱的门上闪着黢黑的光泽。现在农家已经不再使用木柴，地炉里装的是炭，铁架子上的一只大水壶正冒着热气。

"啊，也不知有多少年没跟您见面了。夫人能光临寒舍，真是像做梦一样……哎呀，我该从哪里说起呢……"

阿椋把刀自扶到上座，不停地用袖子擦拭泪水。她一边说话一边忙着沏茶，依旧没有向健次等人瞧上一眼。

"阿椋啊……"

刀自意识到三人的尴尬，正要说话时，阿椋接着说道："来，您先喝杯茶吧。我这里的都是些粗茶，可能不合您的口味……啊对了，我换一个好一点的茶杯。"

阿椋急忙站起来，又去翻橱柜。

"夫人，您真是一点没变，看上去比以前更年轻了。您的头发又黑又亮，但一看就知道不是染的。染的不会有这种光泽。"

她取出招待贵客用的镶有金边的茶碗，毕恭毕敬地奉上茶水。

"你也一点没变，还是那么精神。"

听到刀自夸赞自己，阿椋连忙摆手道："不，我越来越不中用了。以前扛四斗的米袋子也不费劲，现在两手抱四贯①重的炭袋子，竟然都胳膊发酸。还有，夫人，一个人住实在是太冷清了。我老公那么没出息，现在我竟然时不时还会想起他……"她开始没完没了地说了起来。

"对了，刚才进门前，我听到家里有响声，那是怎么啦？"刀自只得跟她继续聊。

阿椋用茶盘遮住脸，像个小姑娘一样弯着身子，咻咻地笑出声来。

"哎呀，夫人您知道我这人毛手毛脚，总是碰倒东西。您喊我的时候，我刚洗完澡，从米箱里取些米准备做饭。一听是您的声音，我就赶紧放下米箱，想从储藏室跑出来。但我刚换完衣服，衣柜有一个抽屉还没推回去。我嫌它碍事，就随手推了一把。夫人，这一下可不得了，衣柜的上半截竟然直接让我推倒了。柜子后面就是拉门，'咚'的一声撞了上去，把门上的五金件给撞坏了。"

"哎呀，原来是把衣柜撞翻了。"

"是啊，我自己也没想到。对了，一说起米我想起来，夫人还没吃晚饭吧？今天运气真好，遇到了从尾鹫骑摩托车过来的鱼贩子，他平时可很少来。我想偶尔补一补营养，就买了半条旗鱼。虽然不是什么稀罕东西，但那是今天早上刚从海边捕的，保证新鲜。我这就去准备……"

---

①贯，重量单位。1贯等于3.75千克。

她兴奋地站起来，刀自连忙喊声"阿椋"加以制止。

"是！"她立即跪坐回去。这是自少女时代起在柳川家接受的训练。

"其实啊，"刀自终于有了机会解释，"我今晚来拜访，可不是来玩的，而是因为有些事，需要在阿椋你这里住几天。很抱歉说得这么唐突，你能同意这个请求吗？"

"夫人要住在我家里？"

阿椋愣了一下，接着急忙擦擦泪光闪动的双眼，用力点头道："好的！"

"我不知道夫人您要做什么，但您说想住下，我可太高兴了。别说是暂住，就是三个月、半年时间求之不得。我会全力照顾您的。不过这种山里人家的条件不好，就怕您住得不习惯。"

"啊，你答应了吗？"

"您这么说，我就过意不去了。您只要跟我交代一句就行。太好了，请您一定要住下来。"

"那个，阿椋啊。"刀自有些不好开口，"不光是我一个人。想让他们三个也一起住下。"

"啊对，还有您的随从。"

阿椋仿佛是刚意识到三人的存在，把脸转向玄关处的健次等人。

……这一瞬，健次等人不禁心惊肉跳。

绝不能在人质和相关人员面前露出真面目，这是绑匪的一条铁律。健次等人也为此尽了最大的努力。他们制定的装束秘密等级分为三级，第一级是戴白口罩，第二级是墨镜加白口罩，第三级是两只丝袜再加墨镜的完全蒙面状态。一直以来，只要周围有人，他们最少也要保持第一级装束，即戴着白口罩。

现在三人的装扮是第二级，即口罩加墨镜。离开那片树林后，因为必须让刀自带路，因此三人已让她摘掉眼罩。三人的装扮也从第一级改为第二级。

"看上去感觉不怎么好，像是黑帮或者抢银行的劫匪。"

这是刀自拿掉眼罩后对三人装扮的评论。

"没办法。这事关我们的身家性命。"

"你们打算这副打扮去阿椋家吗？"

"只能这样了。不能让她看到我们的长相。怎么，她会拒绝我们进屋吗？"

"你不必担心。我会好好帮你们解释。"

虽然刀自说得轻描淡写，但就连她都觉得三人像是黑帮或强盗，而且一下子多出三个人，对方能痛快答应吗？如果她受到惊吓做出什么事，会让健次等人彻底陷入被动。阿椋如何反应，直接关系到他们的命运。

阿椋并没有请三人落座，因此他们还站在玄关处，紧张地观察着她的反应。此时，阿椋的一双大眼终于看向了他们。

她究竟会怎样？

一瞬间，连健次都紧张得感到一阵头晕目眩。

接下来，传来主仆二人的对话，令他们啼笑皆非。

"我还真没注意。您的随从们眼睛不方便吗？"阿椋问道。

"不是的，"刀自解释道，"因为一些原因，他们不能让别人看到样貌。"

"咦？听起来像是隐居的修士。他们是什么来头？"

"这个也不能详细说。隐居……你就把他们当成过去的忍者吧。差不多是这个意思。"

"忍者？是那种神出鬼没的忍者吗？这么好玩。"阿椋咻咻地笑了起来,"这真是夫人您的作风。您带着他们,准备做什么事呢?"

"明天你就知道啦。到时候媒体上会有一场不小的骚动。啊对了,我得先把大概情况告诉你。阿椋啊,其实,我是假装被他们绑架了。"

"啊?夫人您……被这些小子们……"阿椋有些激动地看着刀自,"真是不得了。但是您一定有您的考虑……咦,这样的话,您其实是想躲在我家?原来如此。大家听说您被绑架了,也不可能找到我这里来。夫人,这可真有趣。"

"你觉得很有趣吗?"

"是啊,自打我生下来,还没遇到过这么好玩的事……对了夫人,这件事少爷和小姐们不知道吧?"

"是啊,孩子们如果知道了,好戏就演不成了。不过阿椋,这件事可要绝对保密哦。"

"我明白。这可真是场大戏。"

阿椋带着天真烂漫的笑容,瞥了三人一眼。

"在您府上可没见过他们几个。您从哪里找来的他们?"

"这个也保密。对了,我们暂住几天,总要让你知道名字。我来介绍。"

刀自依次看向三人,口中念道:"雷太郎……风太郎……雨太郎。"她临时加上了"太郎"两个字。

"雷、风、雨。真的很像忍者的名字。我说你们三个,咱们初次见面,你们都表演点武艺吧。"

阿椋正在兴头上,突然提出这种要求,搞得刀自比健次等人还要紧张。

"阿椋,这不行啊。他们只是像忍者,并不是真正的忍者,哪里会什么武艺。"

"哦，原来是不会武功的忍者啊。不过有句话叫'天生我材'什么的，他们应该也会有用武之地。喂，我说你们，都说到这份儿上了，别再傻站着了，赶快进来坐下吧……不过，有件事我有点为难。"

"什么事？"

"我家的被褥不够用啦。招待客人专用的那套给夫人，但没有多余的了。我那死鬼老公的被褥，当时放在棺材里一起烧掉啦。还有睡觉的地方，这里离地炉太近不安全，但又没有其他地方……"

这个难题也被刀自巧妙解决了。派一人充当警卫，借一条毛毯待在带地炉的客厅里。其余两人住进与主屋呈L型排列的仓库二层，用草堆代替被褥使用。

他们最担心的Mark Ⅱ，也靠着刀自的讲情，藏进了主屋后面的旧储物室。晚饭时刀自单独多一份刺身，健次等人在刀自和阿椋吃完后才用餐，然后用剩下的热水洗了澡。留下平太做第一天的值班员兼刀自所说的警卫，健次和正义去仓库时，已经接近晚上十点。

两人用车上的紧急照明灯照亮脚下，顺着通往二层的梯子往上爬。一直被阴云笼罩的天空，此时云层尽散，明亮的月光照进窗户。两人这才意识到今晚恰好是满月。

"这种事我擅长。大哥，你看着就行了。"

正义说完，麻利地用稻草堆出一张"床"来。两人衣服也不换，直接躺倒在草堆上，"啊"的一声，深深吐了口气。

"累坏了吧？"

"嗯，累得够呛。"

"但我们还是坚持下来了。"

"嗯,是啊。"

"还不能放松。接下来才是重点。"

"是啊,接下来才是重点。"

对话到此结束,两人抬头看着窗外的满月。最近一个月,他们几乎没有时间抬头看看月亮。不仅如此,三人每天东奔西走,无数次经过被称为天下胜景的津之谷村,却无暇好好欣赏风景。

这段生活终于告一段落。明天开始,正式作战就要打响。

尽管已经疲惫到体力透支,但两人头脑却异常清醒,一直无法入睡。

"大哥啊。"正义疲惫地说道,"你不觉得很奇怪吗?"

"怎么奇怪?"

"我们可是绑匪啊。老太太是人质。"

"怎么了?"

"但是呢,人质盖着客人专用的被褥睡得舒舒服服,我们却只能躺在草堆里看月亮……"

"那又怎样?"

"倒也不怎么样……"

正义说完打了个哈欠,没过多久就发出了鼾声。

健次苦笑着翻了个身,感到心底仿佛扎了根刺,有种难以名状的感受。但那究竟是什么感受,他却怎么也想不明白。

第四章 童子投炸弹

1

井狩所谓"战与和两手准备",从十六日早上开始部署,到当天下午已经准备就绪。

为方便随时接听绑匪的电话,国二郎留在柳川宅邸,弟弟大作代替国二郎前往位于新宫的柳川建材株式会社,在社长室待命。两人身边都有多位警官协助,都是从设置于柳川宅邸的案件调查小组中选出的精英。现场的指挥官是搜查一课的镰田课长。

警方判断绑匪一定会使用电话,因此在电话的旁听、录音、反向信号追踪等方面下足功夫,配备了最新设备。如果使用普通的子母电话机,子机从底座上拿起时会有"咔嚓"的声响,容易引起对方的警觉。于是,警方直接在电话听筒上安装了监听麦克风,可以直接连接到录音室及耳机上。

屋子里用隔音设备单独隔出了录音室,家属只要拿起电话,录音室里的设备开关就会自动打开,开始录制扬声器中对方的声音。家属身边坐着两位警官,同时用耳机进行监听。

这种方式的优点在于,现场所有人都能直接听到绑匪的声音,可以当即采取必要行动。

同时,在负责津之谷村区域的新宫电信电话公社[①]与柳川宅

[①]电信电话公社,曾存在于日本的公营事业机构,是现在的日本电信电话株式会社(即NTT)的前身。其主要业务是电信、电话服务。

邸的案件调查小组之间架起专线，公社中配有反向信号追踪的专家和警官团队。

一旦确认是绑匪来电，调查小组可通过专线传达指令，立即开始信号追踪。这也是目前能想到的最佳方法。

赎金方面，家属已在银行准备两亿日元现金，只需一个电话，就可在警官的护卫下运往柳川宅邸。

另一方面，井狩自己在特别搜查总部坐镇指挥，在相邻府县警察本部的协助下，全力追查绑匪的行踪。

警方判断绑匪的藏匿地点就在纪伊半岛，因此在半岛境内的主要道路都配有和歌山、奈良、三重等各县的巡逻力量，警察手持刀自的照片和印有绑匪特征的通缉令，进行仔细盘查。在各主要城市，安排一百几十组警察，对所有住宅、公寓、出租房、旅馆等进行地毯式搜查。

刀自本身知名度甚高，再加上井狩的宣传到位，电视上持续滚动播放案件有关情况，地方各大晚报的头版头条进行了集中报道，普通市民也全力协助搜查。

接受过刀自恩惠的个人和团体代表，开始自主结成民间的刀自营救小组。通过各警署、派出所、外派机构等汇集到调查总部的信息越来越多，尤其在晚报发行后开始爆炸式增长。而在津之谷村，村民们的反应尤为强烈，各中小学校的晨会上，校长向学生们提及此案，并要求"如果知道任何线索，立即向班主任汇报"。

随着时间推移，案件的影响不断扩大，各地甚至出现了过激反应。

凡是貌似刀自的瘦小老妇人或体格近似绑匪的男子，都难免受到众人怀疑的目光。最惨的是 Mark Ⅱ 的车主们。在和歌山的一家商场，一位女性顾客花了三十分钟购物后回到停车场，发现爱车周围被人围得水泄不通，其中有守候多时的警察，不问青红皂白就把她带回了警署。警察事后解释，他是为了避免群众情绪过激伤害到她，才不得不这么做。当然，她只是一位普通家庭主妇，与案件没有任何关系。此类闹剧在各地连续发生，以至于甚至有公司提出，暂时禁止职员开此型号汽车上班。

但是……

秋日的白天短暂，随着黄昏临近，以井狩为首的搜查总部各位警官，脸上都逐渐露出凝重的神色。

搜查团队的士气，普通民众的协助都无可挑剔。当地的村民包括儿童相继提供案发前和案发当天关于疑似绑匪和车辆的有关信息，这些信息逐步证实了警方关于绑匪此前潜伏地点和活动的推断。其中还有人报告称目击了作案车辆逃跑。调查小组将此事汇报后，调查总部的氛围瞬间紧张起来。目击者是一名姓涩谷的村民，他向警官的陈述大意如下：

"那时候快五点了，我上山看完种香菇的大棚，正在往回走。忽然看见对面山脚下有东西闪光，仔细一看原来是一辆汽车。那辆车偏离了主路，停在一般人不会停的地方。我觉得很奇怪，走近一些再看，车子紧贴山脚停着，车门踏板上坐着两个男人。他们两个体型一大一小，都戴着白色口罩。我不知道他们在那里停了多久，但我看到时，体型较大的那个人伸胳膊打了个哈欠，一副无聊的样子。车子里面看不清楚，周围也没有其他人。车子是辆黑色轿车，车型不清楚，不过和照片里的 Mark II 很像。"

从地图上看，目击地点是现场往北大约四十公里的三浦附近。两人的外貌和车子的特征都与已掌握信息一致，他们无疑是绑匪成员。但问题是另一人不知去向，最奇怪的是，他们竟然停下来而不是赶紧逃跑。

案发时间是三点半。因为路况不好，从现场赶到那里大约一小时，也就是四点半。这与目击时间相差大约三十分钟。绑匪本应争分夺秒赶紧逃跑，怎会有心情如此优哉游哉？

警方仔细研究地图，得出了答案。从那里继续向前走，道路会分出两条岔路，左边那条车辆难以通行，他们只能右转上国道。答案就是，他们在那之前花费了三十分钟。

"原来如此。等天黑了再开上国道，这样车里的刀自就不会被人发现。他们是在那里等着天黑。"

警官们面面相觑。

"也就是说，他们早就计算好了，即便放走了吉村纪美，离事情暴露也还有充足的时间。"

"就算这样，那里离现场可只有一小时车程。离得这么近，绑匪还敢悠闲地打哈欠。本部长，这些家伙不是普通小毛贼。"

然而，这竟是警方所能掌握的绑匪最后的行踪。此后虽然也收到了大量信息，但经过分析，发现不是判断错误就是并不可靠，没有一条能用得上。警方的线索也因此完全中断。

关于绑匪此前藏身处的搜查，情况也是大同小异。有几条似乎可靠的消息，其中有一条由和歌山市郊外一栋小公寓的房主提供的线索最为引人注目。接到消息后，就有警官一拍大腿，大声喊道"就是它了"。大约一个月前，一名男子租下了相邻的两间房，并预付了两个月的租金，但似乎并没有怎么住过。而且这名男子是二十三四岁的小个子青年，与房主见面时总是戴着白色口罩，无论情况还是样貌，都与绑匪的特征高度吻合。

警方立即奔赴现场调查。两个房间都上了锁，房中似乎没人。在房主的陪同下，警方进屋搜查，发现一间屋子中散放着两床被褥，上面已落满了灰。从外表来看，被褥已经至少一周没有用过。除此之外，房间中没有任何家具。另一个房间相对整洁一些，但柜子中也只有两套被褥而已。这些被褥都是从相邻镇上的寝具店里租来的。

警方前往调查这家寝具店，店员称曾接到客人电话要包月租赁被褥，送货时遇到的正是房主证词中的那个青年，同样预付一个月的租金。

此外，租房人的名字叫木村太郎，这显然是假名。门把手似乎被擦拭过，没有留下任何指纹。种种迹象表明，这里很可能就是绑匪的巢穴，但距案件发生已过去整整一天，却没发现任何绑匪的踪迹，这终究难以定论。

慎重起见，警方留下监视人员后撤退，而其他的线索也大同小异，导致警方迟迟难以做出判断。

绑匪下落不明。镰田等人严阵以待的柳川宅邸，直到入夜也没收到绑匪的联络。

"不管他们躲到哪里，我们都一定会把他们揪出来。"夜里十点的记者招待会上，井狩豪情万丈地说道。就这样，在没有任何实质进展的情况下，第二天的搜查工作匆匆结束了。

2

第二天一大早,健次和平太就被正义吓得瞠目结舌。

正义和平太在夜里轮班值守,因此,早上和健次躺在仓库二层草堆中的是平太。听到主屋中传来声响,平太揉着惺忪睡眼向院子里望去,随即发出一声惨叫。

"大哥,不得了啦。风哥没遮脸就出来了!"

"什么!?"

健次吃了一惊,跳起来往窗外看去,此时正义正从主屋向院子中走去,既没戴墨镜,也没戴口罩。

"这家伙是不是脑子进水了?知不知道自己是绑匪……"

健次怒气冲冲地急忙从二层往下爬,看到正义一边挥舞大手做着什么手势,一边慢吞吞地走进仓库。

接下来是梯子爬到一半的健次和地面上的正义之间的对话。

"你怎么回事?"

"我也吓了一跳。莫名其妙就变成了这样。"

"我问你这是怎么回事!"

"早上起来,看到老太太和那个大姐正在吃饭,我想趁机去洗把脸,就去了屋后面的水井旁。"

"然后呢?"

"戴着墨镜和口罩,可没法洗脸啊。"

"废话。"

"所以我就摘了墨镜和口罩,放到衣服口袋里,开始洗脸。突然,我察觉有人走过来,抬头一看,吓了一大跳。我眼前站着一个推着自行车的年轻姑娘。"

"什么?"

"她是从后面的田地里走过来的。因为我只顾舀水洗脸,完全没听见脚步声。"

"呃……"

"她瞪大了眼睛看着我,跟我说早安,我也跟她打了招呼。接着她一边不时朝我瞧瞧,一边往家里走。我心想大事不好,但也已经来不及了。"

"然后呢?你干了些什么?"

"我擦干脸,跟着她进了家门。我想,如果这时候再戴上墨镜和口罩,反而显得很奇怪,于是就没有再戴。"

"老太太呢?她当时在干什么?"

"那姑娘坐在门口屋檐下,跟那大姐聊了一会儿。我没看到老太太,估计她听到声音躲进屋里了。大姐用身体挡住吃了一半的饭,免得被那姑娘发现。"

"……这样啊,那老太太没被发现。"

"应该是。那姑娘没提到老太太。她跟大姐聊的是我的事,打听我是谁。"

"嗯?"

"大哥,那个大姐可真是个演员。本以为她看到我露着脸会很吃惊,没想到她根本不动声色,非常平静地说,我是她的远房亲戚,来帮忙干农活。然后她跟我说,那个姑娘是隔壁村的,看她一个人待着很孤单,时常会来陪陪她。今天早上,姑娘估计已经到了收割早稻的时间,于是赶过来看望大姐。大哥,到此为止都没关系,糟糕的是接下来的事。"

"嗯?"

"那个姑娘自我介绍说她叫邦子,'联邦'的'邦'。她自报家门,我也不好意思不说话。大哥,我可真是定力不行。"

"……你这家伙,不会把真名告诉她了吧?"

"大哥,我临时编不出假名来,风太郎这个名字又太过奇怪,我说不出口。"

"你说真名了?"

"我也是没办法啊。要是说自己的名字都要想半天,岂不显得更奇怪?名字我只说了一半,没有提姓……啊对了,我不能再磨蹭了,事已如此,我只能跟他们一起去割稻子了。我是来找镰刀的……"

两人正说着,院子里传来阿椋的喊声:"正义,你在干什么?还没找到镰刀吗?"

"找到了,找到了。马上过去。"正义大喊着回答,向健次眨了眨眼。

"其实大姐已经告诉我镰刀在哪里了。大哥,你们的饭在主屋,其他的事可以问老太太。"

正义说完,匆忙从墙上取下一柄崭新的镰刀,跑出仓库。

健次回到二层,从窗户窥探。阿椋走在正义和邦子中间,看起来心情十分愉快。三人结伴向院子的入口走去。

邦子皮肤白皙,脸蛋圆润,身材苗条,长得非常可爱。她笑得很开心,不时向阿椋搭话。她一身农家装扮,配上一条红色腰带,非常利落,清秀中透露着少女的天真与妩媚,令人印象深刻。

目送三人消失在杉树篱笆的另一侧,健次不禁有些丧气。

"绑匪帮人去收稻子,世道真是变了。我们的节奏完全乱套了。"

"大哥,话虽如此,"平太在一旁松了口气,"这已经算运气不错了。老太太自己藏得严严实实,这才是最要紧的。我们得谢谢她。"

"你别胡扯。我们也遵守了约定。这是扯平了。"

"这倒也是……"

"老太太只是做了分内之事。先别管这些了,今天接下来的行动才是重点,我们俩得把风的那部分工作也给做了。"

健次虽然鼓足了劲儿,但心中却隐隐感到一阵不安。行动的第一步就出了岔子,接下来的"重点"能否按照计划进行,他心中着实没底。

不久,健次的预感便应验了。来自刀自的晴天霹雳,正在主屋等着健次等人。

3

刀自还是像昨天一样安分守己。她在里屋等健次和平太吃完饭，估算两人已经戴好墨镜和口罩，才开口问"我能进来了吗"，轻轻拉开房间门走进来，端坐到自己专用的坐垫上。

"阿椋跟我说，"刀自先铺垫道，"这栋房子孤零零的，没人给送报纸，只有邮递员和邻村送传言板的人会来，而且是五天到十天才来一次。如果屋里没人吭声，他们会把东西放进邮筒就离开。所以不论谁来，我们只要不出声就行。"

刀自简短传达了阿椋不在家时的注意事项，接着沉稳地说道："但是，你们应该也猜得到，收音机广播里说事情已经闹大了。井狩先生动员全县警察，声称一定要捉拿你们归案。和歌山县的老百姓和奈良、三重的警察也都全力协助。我是当事人，如果能大概知道你们接下来的计划和行动，那最好不过。怎么样，能否简要说说？"

"这个嘛，"健次将双手抱在胸前，思考片刻后说道，"你给我们安排了藏身之处，又问得这么客气，我们也不好瞒着你。你想知道些什么？"

"嗯……"刀自侧头思索一下，"目前我想知道赎金的金额，还有你们联系我家人的方式。"

"先不说金额，联系方式肯定是用电话。这又不是什么秘密。"健次面露疑惑，"当然，是公用电话。虽然不能开车了，但我们可以骑摩托，夜里到附近的镇上打电话。白天去的话太容易暴露。"

"哦，去附近的镇上打电话……"

刀自盯着健次的眼睛，然后瞧瞧旁边的平太，接着又看向健次。

刀自说话的语气令人捉摸不透，又总是盯着自己，令健次感到坐立不安。

急性子的平太抢先开口道："老太太，听你的语气，你觉得不能打公用电话吗？"

刀自对着平太温和微笑道："不是的，你们的想法是最合常理的。不过……"

"不过怎样？"

"不过，最合常理的办法，也最容易被警察猜到。他们会在我家设置信号追踪装置。"

"这点我们也想到了。"健次忍不住插话，"我们可没有那么幼稚。我们只捡重点说，说完立马挂断，让警察来不及追踪。"

"就算这样，警察也能查到打电话的地点。只要警察不挂断，电话线路就一直是连通的状态。另外，交涉赎金是件很麻烦的事，不可能一次就沟通完。就算经常换地方，只要打电话次数一多，警察就能推测出你们大概的藏身位置。这样一来，即便是这里也不安全了。还有……"

"嗯？"

"对方肯定有录音设备，你们的声音也会被录下来。你们很聪明，可能会在嘴里含块东西，或者用手帕捂住嘴，想办法变声，但是声波纹这种东西是天生的，人声的高低、音域、发音、震动频率这些根本特征不会这么轻易改变。专家只要根据录音就能解析出来，这样就会留下非常危险的证据。还有……"

"嗯？还有吗？"

"这是最重要的一点。现在这案子已经人尽皆知，会有人冒充你们打勒索电话。警方会让你们先出示证据证明身份。这个要求合情合理，你们必须配合。但是，你们拿什么证明？你足智多谋，应该已经想好了吧？"

"嗯……"

"让我接电话，就是最好的办法。如果提前录音，没法证明我安然无恙。但这样一来，我就必须跟你们一起去找公用电话。但如果让我坐在摩托车后座，那相当于是在宣传'绑匪在此'。所以必须冒险开着Mark Ⅱ去。但是，如果开到公用电话跟前，一定会非常引人注目。所以，必须把车停在远处，再步行过去……这更不行，你们戴着墨镜和白口罩，我也不能露脸，必须戴个黑口罩之类的，这副打扮走在路上，无论多小的村镇，恐怕还没等打上电话，就被人围得水泄不通了。"

"我……我知道了！"健次终于忍不住喊了起来。光是想象那场景，就让他直流冷汗。

"打电话危险，这我当然知道。那好，不打电话了，改成写信，这总可以了吧？信上就盖个邮戳，不像电话能跟踪信号，不会这么容易就被定位。"

刀自轻轻点了点头。

"要选一个足够大的邮局。那，你准备怎么写？"

"怎么写？啊，你是担心笔迹或者指纹吧？这些事马虎不得。我们拿信纸和信封时会戴手套，不会留下指纹。至于笔迹嘛……可以有很多办法。我们可以拿尺子比着写，也可以剪下报纸上的字贴在一起。"

"那太费事了。如果用报纸的话,可以拿现在学生们常用的荧光笔,上面铺上信纸后涂色,能透出下面对应的字。黄色最显眼,应该是最合适的……不过,跟打电话一样,或许会有人冒名顶替写信,所以你们必须证明身份。你们打算怎么办?放一些我的信物进去?不过我出来爬山,也没带什么东西。"

"嗯……证明身份的东西……"

健次陷入了沉思。忽然,他脑海中浮现出刚才刀自的话。既然打电话需要刀自亲自接听,那么写信还不是同样的道理?

"有了。"健次把指关节捏的咔咔作响。

"我想到一个主意,可以让老太太你来写信。"

"嗯?"刀自露出诧异的表情。

"就是请你代笔,写清楚我们的条件,比如说,绑匪要求如此如此。这样就不用担心指纹和笔迹这些东西了,不用尺子和报纸,也不用放什么信物,老太太的亲笔信,就是我们身份的最好证明。怎么样?是个好主意吧?"

"噢,"刀自不禁发出赞叹,"原来如此。这样就没问题了。警方能作为线索的只有我写的信,你们什么都没留下。真是一举三得。不愧是老大,就是聪明。"

"哪里,哪里。"被刀自一直盯着看,健次竟有些难为情,"这也是因为受了你的很多启发。"

"对了,你们给这个组合起个名字吧。"刀自说道。

"名字?"

"嗯。老是叫你们绑匪,实在别扭。叫绑匪又太煞风景。虽然不是要模仿恐怖组织,但起一个响亮的名字,总归是好事。"

"确实。请你代笔写信,提到我们时,也得有个合适的称呼。"

"其实我早就想问，你们现在的代号是怎么起的。老大是雷，正义是风，平太是雨。"

"等会儿！"健次吃了一惊，盯着平太问："雨，你什么时候也把真名暴露了？"

"这个……"平太慌了手脚，"我本来想告诉大哥的……昨晚你们回了仓库，老太太怕我一个人寂寞，出来跟我聊天。说着说着……"

"你别见怪啊。"刀自连忙打圆场，"我不是故意要打探，而且我连阿椋也不会告诉，不会出什么事的。代号到底是怎么来的呢？"

"好吧，既然已经告诉你了，那也没办法。"健次无奈地妥协了，"也没有什么特别的由来。有一天我们去大阪的一家商场买行动所需的东西，正好赶上某个画家在办画展。我们随便逛逛，其中有一幅画是雷、风、雨三个童子乘着乌云，从天上下凡。雷童子扛太鼓，风童子摇团扇，雨童子拎水桶，非常有气势。当时我们正在琢磨代号，他们是三个人，我们恰好也是，于是当场就决定了。仅此而已。"

"这也算是缘分。三童子……有点意思。能不能根据这个起个名字？"

刀自沉思片刻，忽然拍了下膝盖。

"有了。叫彩虹童子怎么样？三个童子名字合在一起，就是暴风雨。雨过天晴，天上就会出现彩虹。这名字既有意境，又很霸气，挺适合你们的。"

"彩虹童子……彩虹童子……"

健次念了几遍，露出了微笑。

"这个名字不错,我挺喜欢。不愧是老太太啊。平太你觉得呢?"

平太笑着点点头道:"挺好的,觉得自己一下子变厉害了。"

"太好了,你们俩都赞成。"刀自也很开心,"那就这么定了吧。正义应该也没意见吧?来,伸出手来。"

刀自跟三人击掌庆祝,气氛一时非常欢喜。但谁都没想到,接下来情况竟陡然突变。

"名字已经定好,接下来就是写信了。刚才我忘了问,赎金你们打算要多少?"刀自说道。

"要这些。"健次伸出一只手,摊开手掌。

"五根手指,这能表示很多数字。你一根手指代表多少钱?"

"一千万。总共五千万。这是我们早就定好的。"

健次话音未落,局势瞬时急转直下。

刀自的脸涨得通红,矮小的身躯变得坚如磐石,此前的慈祥神情一扫而空,目光中透出一股三人从未见过的异样光芒。

"你说到底是多少?"刀自的声音也变了。那声音冰冷得不像是从她口中发出,听得令人后背发凉。

"她终于露出真面目了。"健次暗想,不禁心中一紧。无论彼此之间多么信任,敌对关系都不会变。不过,虽然刀自勃然大怒,但他也绝不能轻易让步。他必须坚守住这个金额底线。

健次鼓了鼓劲儿,探出身子,说道:"五千万。虽然你很照顾我们,但一码归一码。就是五千万,我们一分钱都不会让步。"

令人震惊的一幕,就发生在接下来的瞬间。

刀自根本不听健次解释,语气冰冷得似乎要冻结一切。

"你以为我是谁?我好歹也是堂堂柳川家当家的。不要小看我,我可没这么不值钱。"

"啊?"

"有零头太麻烦,就凑个整数,一百亿吧。要是低于这个数,我祖祖辈辈都抬不起头来。听到没?一百亿,一分都不能少。"

刀自霍地一下站起身。

她面无表情地向茫然的健次和平太看了一眼,转身走进里屋,"啪"的一声拉上了房门。

4

只有正义一个人悠闲自在。

下午四点,他与阿椋和那个叫作邦子的姑娘谈笑着回屋,之后一直待在主屋,直到七点多才返回仓库。

"我回来了。"正义往角落一坐,身上散发出一股酒味。

"不好意思,我已经吃过饭洗过澡了。大姐犒劳我一天的辛苦劳动,请我喝酒,顺便请我吃了饭。不过说起来,摘了墨镜和口罩,在太阳底下工作,真是舒服得很。感觉寿命都能延长一年……啊,对了,我不在,你俩挺忙的吧?事情进展怎么样?"

正义向两人望去。二楼本就只有一把车上的应急手电筒照明,为了防止引人注意,上面还蒙了一层布,所以借着灯光也只能看到两个黑影。

"不怎么样,这下可不得了。"

见健次默然不语,平太回答道。

"啊?怎么了?"

"赎金的事。老太太一听我们要五千万,一下子就发火了。"

"这样啊。我也觉得要得有点多了。那她还价到多少?"

"恰好相反。她嫌要价太低,非让我们提高价格。像老太太这种身份的人,真是见多识广。"

"咦?人质要求抬高价码,这可够稀罕的。最后定的多少?

一个亿？"

"不不不。她说，不能看扁了柳川家当家的。价格要是低了，她家的子子孙孙都抬不起头来。"

"啊？那难道一个人一亿，总共三个亿？等下……一个亿可是一千万的十倍啊……这可是一大笔钱，花都花不完。一亿再乘以三，老太太肯定吓了一跳。"

"不不不。"

"还不对？难道还要更高？不可能吧？"

"更高。"

"比三个亿还高？那是四个亿？"

"不不不。"

"喂，别逗我了。大哥，到底是多少？"

"唔。大哥不说话了，那看来是认真的。喂，平太，赶紧告诉我，到底是多少？"

"好吧，再这么猜下去天都亮了。正确答案是，一百个亿。"

"你……你说啥？一……一百多少？"

"一百个亿。"

"亿？一百个亿？一百……喂，你在耍我吗？"

见到正义猛地站起来，健次说道："是真的。一百个亿。"

"啊？真……真的吗？"

"嗯，真的。"

"这……这也太夸张了……"正义咕咚一下坐回地上，"大哥，这个价格怎么说都太离谱了。"

"我们觉得也是。"

"然后呢？你们同意了？"

"怎么会？她开口就是这么大的数字，我们哪能消化得"

了……正义，你知道一百个亿有多少吗？"

"这个……一亿是一千万的十倍，那一百个亿就是一千万的十倍的……一百倍……那得有多少啊？"

"还是别想了。"平太说道，"再这么想下去，脑子里还是一锅粥。"

"不，必须要想。"健次叹了口气。

"老太太只要嘴上说说就行，但我们可是要实际交易的。五千万用一个公务箱就能放下，甚至可以不用箱子，三人分一分带在身上。但一百亿就不能这么办了。我在电视上看过，税务局向九州的一个传销公司追征税费三十七个亿，银行用的是带金属固定扣的大箱子，再装上运钞车。一个箱子好像能装两个亿。一百亿的话需要五十个大箱子。这么大的量，我们要在哪里接头、怎么领取？要运到哪里、怎么运送？何况还要避开警察……老太太真是给我们出了个难题。"

"我们就跟老太太直说吧。"

"嗯，已经跟她说过了。刚听到一百亿这个数字时，我们跟你一样当场就傻了，大脑一片空白。后来我俩商量，觉得这无论如何都太离谱，就又去找老太太，让她给个合理的金额。"

"老太太怎么说？"

"她完全不接受。她还鼓励我们说，做任何人都做得到的事，没什么可骄傲的。敢挑战困难的事，才是男子汉。既然有胆量绑架她，这点困难都克服不了吗？"

"哦？"

"她还说，你们按自己的生活水平来看，一百亿是个了不得的大数目。但稍微改变一下想法，就会发现一百亿也不过如此。"

"怎么改变？"

"我也这么问了。她说，想象一下一百亿能买到什么东西就行了。"

"一百亿什么都能买到。一袋拉面在超市卖四十三日元，一百亿能买多少拉面呢……"

"问题就在这。谁让你用拉面作单位了？要用更贵的东西。比如老太太说的，洛克希德的三星飞机。"

"三星飞机……？"

"就是前段时间轰动全国的喷气式客机。现在它的裸机价格是一架五十五亿，如果配上备用发动机之类的，价格不下六十亿。军用飞机更贵，自卫队里当红的E2C预警机，一架就要九十四亿。她说，你瞧，一百亿连两架三星客机都买不了，也只能勉强买一架E2C。"

"大哥你等一下。我就算有钱，也不买那玩意儿。买来也没地方放。"

"只是举个例子。一百个亿能买的东西就是这些。老太太说，你们的五千万最多买个飞机尾巴，为了这点钱，你们三个男子汉竟然要赌上性命吗？"

"嗯……三星客机的尾巴……"

其实，刀自讲这番话时，健次脑海中浮现出了电视画面中银光闪耀的客机形象。

它的一切都如此巨大。其中，高高竖立的尾翼显得尤为夺目。人类竟然能做出这种东西，真叫人叹为观止。

但是，不管再大，尾翼毕竟是尾翼。它与放大后的飞机模型没什么区别，本身也只是一团冰冷的金属块而已。

是的，在人类看来威力无比的庞然大物，如果换作比人类大上百倍的巨人来看，也只不过是一小片垃圾。现在成田机场每天都有几十架这样的飞机起降。一百亿、一千亿，说到底也就是这样……

或许只是一瞬间的幻象。健次回过神来，发现刀自正用温柔的目光望着自己。

"怎么样？学会用三星客机作单位思考问题了吗？"刀自问道。

"这个，我一时还学不会。从小一直都是拿拉面作单位，不过……"

"不过怎样？"

"我也开始明白，还有这种思考方式。"

"那就够了。"刀自严肃地说，"金钱是很可怕的。你们现在还觉得钱是用来买东西的，不明白金钱是一种力量，这种力量甚至可以决定人的生死。等你们明白了这点，就会心存畏惧，才会真正理解一千日元和一百亿日元都是一样的。现在你们做到了第一步。考虑钱的时候，既可以用拉面，也可以用三星客机作为参照。明白了这一点，就已经进步了。"

最终，健次和平太被刀自说得晕头转向，没能发表什么意见就告辞了。

"嗯……老太太真是厉害。刚才我们从田里回来。邦子在的时候，老太太藏得很严实，邦子一走，她立马出来跟阿椋大姐有说有笑。我之前一点儿都没察觉，她竟然藏在屋里。"

"那当然。她要是露了馅，倒霉的可是我们。"

"说的也是……那，我们怎么办？明天再去跟她谈吗？"

"这样下去谈不出个结果，必须想想办法……不过……"

"怎么了？"

"今天看她的意思，如果我们不答应，她就不会再配合。如果明天再去说同样的话，按老太太的脾气……"

"会大发雷霆？"

"很有可能。"

"真是麻烦……"

正义似乎终于酒醒，正有气无力地盘着胳膊，突然眼睛一亮。

"大哥，有句话叫傻子也有大智慧，你听说过吗？"

"没听过。"

"我想到一个主意。老太太又不知道我们在外面干什么，我们不如先答应她，然后跟家属只要最初决定的五千万。事成后我们立马开溜，老太太再生气也没辙。"

"不行。"

"嗯？"

"讨论了这么多，我们最后决定让老太太写信与家属交涉。其他方法不仅不能证明我们的身份，还有其他风险，很难执行。所以，我们的命脉其实掌握在她手里，绝不能轻举妄动。"

"哦，不行啊。这简直像戴上了金箍。"

"是啊。不解决这个问题，我们会很难办。"

今夜是健次和正义值班，但面临此事，健次哪还有心思。于是他像前天一样，让平太替班，独自苦苦思索一整晚。

此前，健次已有几次感到绝望的经历。然而这次涉及的金额实在过于巨大。就连迷迷糊糊睡着后，他的梦里还都是装钱用的银色大箱子。

"装上两亿日元的箱子到底有多重？"

健次回忆起当时电视上报道传销逃税案时，银行职员搬运箱子十分费力，不禁心里这么想。

"那肯定不止四五公斤，估计有十公斤重。正义两手各提一个,或许还拿得动,我和平太就不行了,一趟最多扛一个。"

想着想着,健次不知不觉睡着了。他梦见自己身上压了无数的箱子,他拼命挣扎,冷汗直流。他被自己的呻吟声惊醒,发现肚子上正压着正义的一双大脚。跟梦中一样,自己浑身都被汗水打湿。

"唉,连同伙都在给我添麻烦。不管怎样,我得想个办法。要是惹毛了老太太,被她赶出去,可就大事不妙了。"

健次等人多灾多难的第二天就这样过去了。

5

搜查行动的第三天同第二天一样，并无太大进展。本部的警官被潮水般涌来的信息查证和整理任务搞得焦头烂额，城镇和村子里有几千名警察和数以百万计的民众都在追查绑匪。

柳川家还接到了一通假绑匪的电话。

"老太太在我手上。想要她活命，就带上三百万日元现金来串本的无量寺。寺后面有个良荣丸号船只遇难纪念碑，把钱放在碑后面的台子上。时间在今晚七点。不许报警。我们有人负责监视，如果有警察跟踪，立马就能知道。你们派一个家属，只能让他一个人来。如果有任何一条不照做，就别想再见老太太。"打电话的是一名年轻男子。

"他们绑架妈妈，只要价三百万？肯定是个骗子。竟然乘人之危，真是可恶。那好，我就去会一会他们。"

小女儿英子义愤填膺，主动揽下了送钱的工作，按约定时间来到指定地点。

无量寺收藏有许多圆山应举[①]和高徒芦雪[②]的画作，素有"画寺"之美名。但入夜后，这里便无人出入，纪念碑周围更是漆黑一片。

[①]圆山应举，江户时代中期的著名画家，是"圆山派"画风的始祖。
[②]芦雪，即长泽芦雪，江户时代的著名画家。

警方自然在寺院周边道路埋伏了不少警力，但为避免被绑匪察觉，不敢贸然入寺。英子明知如此，仍敢只身入寺等候"绑匪"现身，的确颇有胆识。

大约三十分钟后，"绑匪"现身了。他显然做了充分准备，身穿僧袍堂而皇之地踏进寺门，以致警察竟毫无察觉。

绑匪用手电筒一照，看到英子站在碑旁，吃了一惊，随即恐吓道："拿钱来！"

"我母亲在哪儿？见到人才能给钱。"英子毫不畏惧，竟与绑匪争吵起来。绑匪不耐烦，一把抢过装钱的牛皮纸袋试图逃跑。谁知英子抓住他的手指，用力向上扳起。这是刀自亲传的防身术，英子正怒火中烧，用力过猛，男子的手指竟被折断了两根。

警察听到男子的惨叫声，冲入寺内，只见英子虔诚地垂着头，嘴里念着"身为基督徒，真不该如此暴力"。而那个"绑匪"的真实身份是附近黑社会的一个小混混。

此事传到本部，井狩因警方防备疏忽而大发雷霆，立即下令严惩相关责任人，但对英子的行为却不敢斥责。

刀自虽没有这种英勇事迹，但当年租佃纠纷盛行之时，津之谷村的大批农民涌入柳川家，当时刀自处理此事的豪杰风采，至今仍被人们津津乐道。

当时她比现在的英子还年轻得多，只有二十多岁。她的丈夫作为一家之主，因为害怕而躲进屋里，只得由她出面应对。她只身一人，面对院子里五十多个佃农，不卑不亢，该关心的关心、该拒绝的拒绝，刚中带柔，不失风度，最终让众人满意而归。此前刀自给众人的印象不过是不知民间疾苦的少奶奶，此事过后，她的声望一举提升。

"真不愧是母女俩，就算信了神，脾气也一点儿没变。"井狩回到家中，向妻子感叹道。

除了此事，引人关注的是，社会上逐渐出现了有利于绑匪的言论。

某地方报纸晨刊的专栏中写道："这些绑匪不像草菅人命的武装恐怖分子，也不同于其他绑匪，他们似乎很坚持原则，这从他们明知对自己不利，却仍然释放刀自的随行少女这一点就能看得出。对待这样的罪犯，不应一味穷追猛打，而应鼓起勇气去做说服工作。"地方电视台的街头采访中，也有受访者提出："绑匪似乎并非蛮不讲理，至少不像是穷凶极恶的人。"

这样的舆论氛围虽不至于影响调查工作的士气，但对于将舆论作为重要武器的井狩等人而言，这是一个必须谨慎观察的征兆。

除了这些小插曲，当天的调查工作并无其他进展。

事后想来，这两天简直就是暴风雨前的平静。

九月十八日，距案件发生已过去四天。

下午两点，搜查总部收到了第一则令人震惊的消息。

津之谷村案件调查小组的专线电话铃声大作，接线警员拿起听筒，随后交给井狩道："是一课课长的紧急联络。"话音刚落，总部办公室内顿时鸦雀无声。每个人都认为"终于跟绑匪联系上了"。

井狩"嗯"了一声接过话筒，另一端传来镰田紧张的声音。

"跟绑匪联系上了。"

"嗯，几点来的电话？"

"不是电话，是刀自亲笔写的一封信。"

"什么？刀自的信？"

"是的。我全文读一下。"

"等会儿。确定是她亲笔写的吗？"

"是的。这边的国二郎、可奈子、英子三位家属都确认过，信封和信纸上的字都是刀自亲笔所写。信是下午一点送来的。柳川家现在每天都要收到四五十封慰问信件，我们也没想到绑匪会用这招，所以直到英子女士整理信件时才发现。非常抱歉耽误了时间。"

"嗯，没关系。稍等下，这边要设置扬声器和录音机。"

为了让工作人员第一时间获知重要信息，总部的电话装配有与前方相同的设备。井狩见相关人员已准备妥当，说道："好了，你把全文读一下。"

他拿过笔记本，握着铅笔做好准备。

"好的。信件由和歌山邮局配送。收信时间为今天八点至十二点。信封上写的收信人是国二郎。寄信人没有住址，只有署名'柳川内'，'内外'的'内'。正文如下。"

镰田课长读的这封信，令听众无不变色。它直接导致发生在纪伊山村里的这起案件发展成为世界级的大案。说得更夸张些，就像某位外国记者所写，"此案不仅在日本影响巨大，也在世界各国人们的心中投下了一颗炸弹"。

"首先……"刀自写道。

　　首先声明，这封信是按照绑匪的要求，根据其口述内容写成。因此，以下"我们"指的是绑匪团伙。本段文字是我，柳川敏子，经绑匪允许后写下的。从下一行开始，是绑匪口述的正文。

柳川家诸位：

　　我们是绑架刀自的绑匪团伙，这封由她亲笔所写的信就是最好的证明。

　　我们绑架刀自并无他意，只因这是获取我们所需资金的最佳途径。

　　因此，我们并无半点伤害刀自的意思。我们保证刀自生活得既安全又舒适。但是，只要我们没收到赎金，就不能还她自由，毕竟这才是我们的目的。

　　我们要求的赎金是一百亿日元。为证明此数字并非笔误，以下用阿拉伯数字再写一遍：

￥10,000,000,000

　　再确认一遍，以上数字中，一的后面共有十个零。

　　这样各位就能理解我们选择刀自的理由了。世界很大，富豪很多，但家属愿意为此支付巨额赎金的，就我们所知，除刀自外别无他人。

　　我们当然清楚，柳川家虽是纪州首屈一指的豪门，但要立刻筹集一百亿日元现金也并非易事。因此，从各位收到这封信算起，我们给出两周的准备时间，即日起至十月一日为止，共十四天。交付方式请等待另行通知。

　　另外，考虑到近期邮政的状况，我们的信有可能无法按预想时间寄到。因此，收到信件后，请按照以下时间和方法，由指定人员与我们联系。今后的联络方法，如无特别说明，仍将按照此法进行。

　　一、时间：每日十二时十五分

　　二、方法：由和歌山电视台、和歌山广播电台进行现场直播

三、指定联络人员：和歌山县警本部长井狩大五郎先生

　　指定人员没有选家属，而是要劳烦县警本部长，是希望尽量将交易过程正式化，同时我们相信，本部长在大庭广众之下绝无虚言。我们对警方非常信任。

彩虹童子

第五章 童子登彩虹 ───────

1

下午四点,井狩在本部的媒体见面会上朗读了绑匪的来信。

记者群立刻炸开了锅,发问如疾风骤雨般涌向井狩。他们最初的关注点都集中在"一百亿日元"上。

问:如此巨额的赎金,就一位人质而言,是史无前例的吧?

答:我没有详细查过,并不清楚。但从常识判断应该是这样的。

问:你认为绑匪要求的这个金额是认真的吗?

答:目前的资料只有这一封信,坦白讲,警方也还无法做出判断。但是绑匪反复强调这个金额,根据上下文的文风来看,如果说他们只是虚张声势,理由似乎不够充分。我们认为,他们要求的赎金就算不是一百亿,也会与之相近,因此应该认真对待此事。

问:如果绑匪是认真的,柳川家有能力支付这笔巨款吗?

答:我们会跟家属商议。在此之前,无可奉告。

问:想必绑匪从刀自口中打听出了柳川家的财力,认为这个数额可行,才提出了要求,您对此怎么看?

答:目前我只能说,刀自不会向绑匪提供这类信息。

问:她会不会受到绑匪的胁迫,不得已说了出来?

答：这也无可奉告。

问：本部长，当您听到这个数额，是否感到震惊？

答：如果有谁能保持淡定，我倒要认识他一下。（笑声）

问：此前我们都认为这仅仅是一起绑架勒索案，但您是否觉得，作为私人组织，绑匪要求的数额过于巨大？他们背后会不会有日本赤军①这样的组织操纵？

答：这个数额确实过大，但目前没有发现其与恐怖组织存在关联。

问：有什么根据吗？

答：绑匪的性格会完全体现在作案手段之中。本案使用的手法与日本赤军这样的武装恐怖分子完全不同。

问：除了恐怖分子，会不会是其他需要巨额资金的组织？

答：目前不排除这种可能。

问：如果不是一百亿，而是二三十亿，柳川家想要支付，警方会同意吗？

答：这个问题很难回答。不瞒你说，我们已经让柳川家准备了一定数量的资金。这当然不是向绑匪屈服，而是为了在保证刀自人身安全的基础上，为彻底追查绑匪做好铺垫。这个思路现在也没有变。像这种涉及十亿日元以上的大案，无论结果如何，它给人的心理带来的影响都是巨大的，不是单靠警方搜查就能解决的问题。如果绑匪得逞，以后会有很多人效仿，日本恐怕会变成第二个意大利……当然，无论涉案金额如何，我们的使命都是成功救出刀自。（此时井狩的脸上显出悲愤而苦涩的神情，记者群一时鸦雀无声）

---

①日本赤军，日本的一个左派恐怖武装组织，曾在全世界实施一系列恐怖袭击活动。

问：我换个问题。刚才您说绑匪的性格会体现在作案手段之中，那么看这封信，您认为绑匪是怎样的人呢？

答：这帮家伙不好对付。（井狩的语气充满无奈。记者发出笑声）无论是信的内容，还是行文方式……不，是口述的语气，都透着一股狂妄之气，听起来非常可憎，不像是二十多岁的年轻人。各位知道，虽然我们得到了民众的大力支持，发起了大规模的搜查，但绑匪至今下落不明，可见其绝非泛泛之辈，而我们收到的这封信，更加证明了这一点。我们必须重整旗鼓，跟他们决一雌雄。

问：从这封信的用词来看，"别无他人"、"绝无虚言"这样的字眼，现在的大学生都不怎么用。可见绑匪是文化水平很高的人。您怎么看？

答：那也不一定。刀自是个一字一句都会仔细斟酌的人，就算是代笔，如果绑匪说得过于粗鄙，她或许也会建议替换成更文雅的说法。因为她知道，这封信一定会被警方留作记录。所以，用词本身可能反映不出绑匪的文化水平。

问：绑匪要求柳川家在两周后的十月一日之前支付赎金。当然，筹集这么多钱需要时间，但就此类绑架案而言，期限可谓相当长了。莫非他们有信心，在此期间绝对不会落网？这一点您怎么看？

答：我最生气的就是这点。绑匪究竟是胆大妄为，还是无知者无畏，我们将会用结果证明。

问：根据绑匪的要求，本部长您的回复，要于明天十二点十五分在电视台和广播上同时播出。您会照办吗？

答：这是向绑匪传递信息的唯一做法，所以只能照办。我们已跟电视台和广播电台联系，均已获得许可。尤其是和歌山电视台的东社长和中泽报道局长，如各位所知，两位也都曾受过刀自的恩惠，他们都热心全力配合，表示随时可以使用电视渠道进行协助。十二点十五分，两边都是刚播完一般新闻，进入地方新闻的时间。所以播报不会给节目安排带来影响，这一点估计也在绑匪计算之中。

问：最后一个问题。被绑匪指定为联络"代表"，您有什么感想吗？

答：老实讲，当听到我的名字时，我既感到震惊，又十分愤慨。但他们既然敢正面挑战，我也绝不含糊。我打算跟他们斗一斗，看谁能笑到最后。

记者会结束后，井狩马上离开总部，前往津之谷村。没有时间吃晚饭，他只得在车里吃夫人给他准备的饭团。到达柳川家时，已经是晚上七点。

院子里到处都是记者搭起的帐篷，空气中弥漫着大案特有的紧张氛围。井狩再次遭到记者团的围攻，但他统一用一句"无可奉告"应付过去，径直走进屋内见到各位家属。

英子的丈夫田宫牧师，因为不能放任教堂不管，已于早上返回大津。在场的有国二郎夫妇、可奈子夫妇和大作、英子共六位家属，警方代表则是井狩和镰田两人。

井狩一眼便看出，家属们因为案情意想不到的进展而方寸大乱，互相之间显然发生过激烈的争执。

尤其是国二郎，他头发凌乱，面色苍白如纸，领带歪斜，但眼睛却瞪得浑圆。

"啊，井狩先生，"一看到井狩，他立刻迎了上去，"绑匪这要求太荒唐了,他们是不是疯了?母亲也真是的,就算成了人质,也不能答应这种过分的要求啊。人家说什么,她就写什么,那怎么行?做不到就是做不到,她真应该跟绑匪挑明了。"言语之中,他竟埋怨起了刀自。

"我过来就是要商量这件事。"井狩接过话,"各位知道,明天中午,我必须给绑匪做出答复。各位似乎已经讨论得很充分,我想问问大家的正式意见。"

"没什么正式意见。一句话,不行就是不行。"国二郎态度直率,简直像个任性的孩子。

"哥,你慌张成这个样子,可不好看。"可奈子斥责道,"我们的意见可是要在电视台和广播电台播出的。虽然是地方台,但事情闹得这么大,肯定会被转播到全国。而且中午时间,大家都会看电视。全日本都在关注,柳川家却只说办不到,你觉得合适吗?"

原来如此。听了可奈子的话,井狩恍然大悟。此前他认为绑匪选择电视台和广播,是因为其收视和收听的便利性。

现在看来,绑匪的意图还不仅如此。对柳川家这种名门望族来说,除了身家性命,他们最在乎的就是"面子"了。把家属推上电视台,会给他们制造很大压力,绑匪无须动手就能占据主动。他们早已计算到这一点,专门指定"现场直播",恐怕也是出于这个原因。

"哼,怎能让你得逞?我既然上电视,就不会只是去当柳川家的传话筒。"井狩低声自言自语道。抬眼望去,柳川一家仍在争论不休。

"那你说怎么办?"国二郎质问可奈子。

"我刚才说过了。"可奈子拉高了嗓门回应,"必须告诉绑匪,虽然一百亿做不到，但我们会尽最大的诚意去准备。"

"说得简单。对方问最大的诚意是多少，你怎么回答？"

"那全看哥哥你怎么定。"

"那我就按准备的钱，两个亿。"

"别开玩笑了。如果绑匪要价五个亿，砍到两亿还可以理解。人家要价一百亿，我们只愿意给两亿，岂不沦为全日本的笑柄？"

"那你说，给多少合适？"

"这种事情，我这个嫁出去的人怎么会懂？"

两人的争论一时陷入僵局。

井狩看准时机，从中斡旋道："明天的回应，还没必要谈金额。在交涉的初期阶段，不能亮出我们的底牌。我会按照可奈子女士说的，再斟酌一下，传达出我们会尽最大诚意的意思。哦，对了。"他回头看向镰田。

"我还没看到刀自的亲笔信。"

"信的原件已经送到总部里做指纹等各项精密检测，可能您恰好没赶上。我这边留了复印件。"镰田说着，从包中取出复印件递了过去。

井狩一眼便认出刀自的笔迹。用毛笔写的细瘦字体，按照一行字幅度的间距，刚好写满五张信纸。虽不知是什么书法流派，但笔触自然流畅，十分易于辨认。虽然他与刀自的书信往来仅限于贺年卡，但他知道刀自非常认真，连收件人姓名都要亲自写上，绝不会委托他人代笔。而且如今用毛笔写信已经很罕见，所以刀自这清秀工整的字迹深深印在了井狩的脑海里。

他仔细阅读后，抬起头说道："字迹没有问题，但仅靠字迹是不够的。"

"咦？此话怎讲？"国二郎等人无不惊讶。

"要确认令堂现在是否安然无恙……嗯，这一点可以作为我们的武器。"

"……武器？"

"对，诱敌现身的武器。"

"啊？"

"他们想让我们陷入被动，那我们就以其人之道，还治其人之身。就像英子小姐制服小混混一样。"

"唔……"

"不明白吗？没关系，这事交给我吧。"

井狩豪爽地结束了对话。此时，一个计划已经在他心中酝酿成熟。按照他的计算，接下来陷入被动的，将会是绑匪一方。

2

电视台和广播电台共用的和歌山广播电视会馆,与县警本部相距很近,开车只需两三分钟。

次日(即十九日)正午,井狩在广播电视会馆正门口下车。电视台的东社长、广播电台的吉井社长、电视报道局的中泽局长三人外出迎接。一行人一边走,一边由中泽介绍流程安排。

"今天将使用报道节目专用的小摄影棚。正午的一般新闻在十二点十二分结束,然后是三分钟广告。十五分整,会响起临时特别节目的提示音,画面会显示字幕。播音员会先用一分三十秒介绍您的身份。接下来,正面镜头会转向您。导播一举手示意,您就可以开始讲话。时间是五分钟以内,您可以自由发言。听说您预计时间不会超过五分钟?"

"是的,不会超过。"

"如果时间有富余,我们可以播放准备好的营救刀自的宣传节目,您不用担心。两位有补充吗?"中泽看向两位社长。吉井只补充一句"广播电台也会同步播出"。东则说道:"节目的收视率想必会非常高,已经有很多赞助商要打广告。先不说以后,这次电视台和广播电台的节目都是义务播出。这不仅是因为刀自有恩于我们,也是因为民营电视台很少有机会能拿到这种社会公共性的独家新闻。当然,节目会被各大核心频道转播至全国,但我们会坚持不加广告这一点。所以您不用担心有广告。"两人都是非常专业的媒体人，说话毫不拖泥带水。

井狩被带到一间摄影棚，门口亮着"ON AIR"字样的灯，现在正在播放整点新闻。

中泽引导井狩入座，轻声介绍道："那个戴白色手套的是导播小岛。播音员叫长沼。"随即快速离开。导播和播音员都向井狩点头致意。导播也就罢了，连正在读稿的播音员都向他点头，无疑是有意在向观众传达"重要人物已到现场"的信息。

井狩内心苦笑着，环顾摄影棚内。前面的桌上有两个麦克风，已调节到坐下时嘴部的高度。摄像机共有左、中、右三架，摄影师和助手们仿佛只是几道黑影，静静站在旁边。他经常在屏幕上看到新闻播报的景象，而自己实际身处其中，却是头一回。

"老公，你不要紧张。"井狩想起临行前妻子的话。媒体发布会上的灯光和镜头，他完全能应对自如，但摄影棚的氛围却完全不同。"我怎么可能紧张？"他自言自语着，但身体还是不由得轻飘飘的。

"这种场合如果紧张得说错话，可就丢人了。"他心中暗想，却突然发现草稿还在口袋中，竟忘了取出。播音员的声音传到耳朵里，他却完全听不进内容是什么。

"糟糕，还真紧张了。"

井狩有些狼狈，再次环望四周。

"对了……"他想到一个好主意。

摄像机仿佛巨人的眼睛，看上去令人毛骨悚然。而一想到它的另一端还有几百万双眼睛，就愈发令人惊恐。不能把它们当作摄像机，就当绑匪好了。摄像机有三台，绑匪恰好也是三个人。

"好，中间这个就是主犯。右边这个是高个儿，左边这个是矮子。我就盯着主犯说话吧。"井狩心想。

如此一想，他立刻放松下来。提示音响起时，井狩已经完全恢复平时的状态，炯炯有神地注视着正前方。

健次等人在里屋围着收音机。今天正义又带着便当跟阿椋去了田里，屋里只剩刀自、健次和平太三人。

刚来阿椋家时，健次没有看到电视，早就感到奇怪。今天听刀自说家里没有电视，他吃了一惊。如今就算是山里，也基本每家每户都有电视，何况刀自的信里也提到了电视直播的事。

"周围全是山，电视信号不好。四公里之外有四五户人家，在山上架设了公用天线，但这片地方只有这一家，而且依阿椋的脾气，就算找她开通，她恐怕也不会答应。"在等待期间，刀自如此说明。

"她一个人住，真是不怕寂寞，既没有报纸，也没有电视。"

"而且没有汽车或摩托车，没有电饭煲，只有冰箱和洗衣机。"

"这样生活很不方便吧？"

"她早就习惯了。如果问她，她或许会说，以前的人们生活中没有这些东西，不知经历了多少代，也没有觉得不方便，所以现在也不会。"

"真是个怪人。"

"是吗？"刀自微笑着，"有个故事说给你听。有个人来到一个叫作单眼国的地方，当地人看他有两只眼睛，认为他是怪物，就强行给他挖去了一只。我一想到阿椋，就会思考，我们到底谁有两只眼，谁只有一只。你们说她奇怪，但有可能奇怪的是我们,阿椋的生活才是正常的。她无欲无求,结束一天的工作后,她会觉得'今天又是平安的一天',便酣然入睡。她对家里的四个不速之客不以为意,还敢带着来历不明的陌生人,敞着家门就去田里干活……在这样的人身边,你们不觉得心里透亮了许多吗?"

"可能是成长环境不一样吧……对了老太太,既然家里没有电视,那你为什么在信里提出要电视直播?"

"他们怎么知道我们没有电视?"

"啊?"

"他们一定认为,绑匪会看电视。这就行啦。同样的内容在广播上也能听,我们又没什么损失……差不多到时间了吧?"

十二点十五分。提示音响起,节目开始了。

3

"全国的各位观众朋友",收音机里首先传来播音员的声音。以这句话作为节目开场,恐怕是所有播音员的梦想。但是对地方台节目而言,这可能是第一次,也是最后一次有机会说这句话。播音员似乎紧张过度,声音非常亢奋。

"他说的是全国!"平太低声道。

"那当然。这消息就算放到东京,也是社会版的头条。"健次低声回应。

收音机继续传来播报声:"如今天早上我台多次预告,现在播报临时特别节目。由和歌山县警本部部长井狩大五郎先生,通过节目向柳川敏子刀自绑架案的绑匪回话。县警本部部长通过民营媒体向通缉犯表明态度,这对民营电视台和广播电台来说是史无前例的事。广播电视局考虑到本次事件具有极为重要的社会意义,因此将不插播任何广告,而是作为电视台和广播电台的公益节目播放。不仅和歌山电视台和广播电台,全国联网的各台也是如此……"

"什么情况?电视台怎么还吹起牛来了?"

"这可是做宣传的宝贵时机。数数看他会说几遍电视台名字。"健次嘴上说着,耳朵却在仔细听着节目。

"柳川刀自绑架事件,已经无须赘述,刀自在和歌山县津之谷村被三名男子绑架，案件至今已过去五天。和歌山县电视台和广播电台已随事件进展持续跟踪，详细报道。昨天柳川家收到绑匪的信件，绑匪要求支付一百亿日元赎金，金额之大可谓前所未有。和歌山电视台和广播电台已率先面向全国进行了报道。"

健次看了一眼平太，他果真在计数，已经数到第四根手指。

"本节目……"可能是所剩时间不足，播音员加快了语速，"是柳川家对绑匪要求的正式回复。绑匪提出，本次回复需通过和歌山电视台和广播电台直播，并由井狩本部长代替柳川家家属讲话。经过县警本部商议，该形式虽然异于往常，但由于没有其他渠道可以联系绑匪，因此不得不答应其要求，由本部长亲自出面回应……下面有请井狩本部长。"

接着是几秒钟的沉默。此时电视画面上想必是井狩的特写。

"终于来了。"健次感到掌心微微出汗。他见过井狩的照片，知道其名号和相貌，但声音还是头一次听到。片刻后，收音机传来他的声音。

"我是和歌山县警本部部长井狩大五郎，在此我通告绑架集团彩虹童子。"

声音铿锵有力，气势十足，非常符合井狩的身份和形象。讲话张弛有度，语调丝毫不乱。

"你们寄来的信，昨天已经收到。经与柳川家商议，我们按照你们的要求，由我来传达柳川家的统一意见。"

井狩顿了顿，接着严厉地说道："你们的要求太过分了。"

平太像是个被老师训斥的学生，缩了缩脖子，偷偷看向刀自。他一只手仍蜷着五根计数的手指。刀自则默默地听着收音机。

"柳川家为了应对你们的要求，已经提前准备了一大笔钱。具体数字我不透露，但是已经接近以往案例的最高额度。各位家属为了刀自的安全,绝对不惜做出这样的牺牲。

"但是你们的要求实在离谱,家属们对此感到非常为难。这是理所当然的。如此巨额的资金,放到全世界任何地方,都很难拿得出。你们的要求提得太过分。"

这与其说是回复,不如说是反击,言语之间充满斗志。

"因此,我代替家属向你们提出意见。确定这个金额,你们或许有相应的理由,但是,请放弃你们原本的打算,重新报价。你们应该有常识,大致合理的限度是多少。我们先就此达成共识,接下来才好谈。这是第一点回复。"

又是片刻的沉默。

"这是第一点?"平太有些不安,"那还有第二点?"

健次并不回答。他没心思回答。不知不觉间,他握紧了拳头,盯着收音机。井狩果然同预想的一样是个强敌,不,是比预想的更强。面对手里掌握人质的绑匪,说话敢如此强硬,不是谁都能做得到的。

"第二,"井狩接着说道,"你们声称刀自安然无恙,并得到了你们的照顾。事实果真如此吗?我们不敢认同。"

"哇,他竟然说这种话。"平太瞪大了眼睛。

"证据就是你们要求的金额。"井狩咄咄逼人,"刀自是柳川家当家的,掌握着家族的实权。她比任何人都更清楚柳川家的财务状况。按照正常的逻辑,各位在提出条件之前,应该会先问刀自,柳川家是否有能力支付这笔钱。但你们并没有问。如果问过,刀自不可能会答应,你们也就不会提出这个金额。这种情况下,你们还说刀自被照顾得安全又舒适,对此我们表示怀疑。"

"这是找茬啊。"平太喊道,"你不知道这金额是……"

"嘘!"健次制止道,"那你到底要怎样?"

这句话是对着收音机说的。阿椋的收音机是老式的大个头样式，方形的边框内部，是绷着一层布的圆形扬声器。仔细看去，确实很像宽下巴、大眼睛、大嘴巴的井狩。

"因此……"井狩说道，显然接下来是本次发言的重点。他加重语气："请各位向我们出示刀自还健在的证据。如果不能见到本人，至少也要让我们听到她的声音。不能是录音，而是让她亲自讲话。而且讲话期间，不能加任何限制，要让她自由发言。等我们确认刀自平安无虞，才能放心跟你们谈接下来的事。"

"圈套！这是圈套！"平太大叫，"他想摸清我们藏在哪儿。"

"如果，"井狩继续说道，"各位认为这样做是为了查出你们的藏身处，那就错了。你们在信中也写了，相信我不会在大庭广众之下说假话。没错，这件事我没有任何其他企图。刀自被绑架以后，家属们悲痛的样子实在让人于心不忍。我提这个要求，仅仅是因为想确认刀自的安全。你们也是有良知的人，希望你们能答应这个要求。"

"大哥……"平太望向健次。

"总之，"井狩继续说道，"第一，一百亿日元的要求太过分，希望你们重新考虑。第二，我们需要确认刀自平安无事。这两点就是我们的回复。如果你们拿出诚意，柳川家后面也一定会毫无保留。对此我敢保证。最后再提一句，在这封信里，你们没有用'不付赎金就加害人质'这种绑匪惯用的词句，甚至还表达了对老夫人的保护，对此我给予你们高度评价。我也强烈希望，在今后的交涉中，你们能保持这样的态度。以上就是我的发言。"

时间正好五分钟，只剩下了三四秒。

井狩讲完后起身离席。此时，在阿椋家中，平太一边嚎叫，一边抱着脑袋翻倒在地。

"老太太,我们要怎么办啊?"平太翻身坐起来,连忙向刀自问道。

他刚来此地时,老实得就像一只猫。随着值夜班次数增加逐渐适应,现在他只有健次在场时才戴上墨镜和口罩,一旦与刀自独处,他就毫无遮掩。现在他这神情,简直像孙子正在向祖母撒娇。

不过,他确实有资本这样说话。

关于那封信,最令他们头疼的是选择寄出地点和方法。为了避免被警方找到线索,必须选择邮件数量多、配送速度快的地点,于是他们选定了和歌山车站前的邮筒。该方法确实奏效,警方被信封上的和歌山邮戳弄得毫无头绪,他们的信件也成功在第二天寄到了柳川家。

然而,寄送的过程却相当艰难。他们经过研究后认定,最省时的办法是,天黑后派人骑摩托车到最近的车站,再坐电车前往和歌山站。然而,阿椋家所在的纪宫村距离附近两条铁路线最近的车站都很远,到和歌山线的畂傍站足有一百二十公里,到纪势本线的有井站则有一百公里。

后者的车次时间赶不及,因此送信人只能骑行一百二十公里山路到达畂傍站,再连夜返回。去程携带的这封信是非常危险的物证,而且他们没有摩托车驾照,一旦被人盘问,势必会暴露。而且现在墨镜和白口罩的装扮非常引人注意,送信人坐电车时面部必须毫无遮掩。再者,电车的时间也非常紧张,在和歌山站仅仅停留五分钟。

任务如此危险,平太却毛遂自荐道,"如果是计划需要,我义不容辞",并顺利完成了任务。他可谓"幕后英雄"。费尽周折才寄出了信件，现在却被井狩反将一军，也难怪他会发怒。

"怎么了？"刀自淡定自若。

"老太太，你怎么这么悠闲？提出一百个亿的是你，写信的也是你啊。一百个亿要不来也就算了，现在他们要听你说话，这可怎么办？井狩本部长刚才说的话都在理，我们如果拒绝，就会被众人唾骂。虽然彩虹童子这个名字起得很好，但这第一枪打得可不够响亮啊。"

"平太，你是不是忘记了什么？"此时，刀自对正义和平太已经是直呼其名。

"什么？"

"我是人质，你们才是绑匪。无论人质说什么，听或不听，是绑匪的自由。提出一百亿的确实是我，但点头答应的可是你们。读了我写的信，还称赞说写得好的，不知又是谁呢？所以，现在对方找麻烦，你们能否不要总是抱怨，而是自己去解决问题呢？"

"大哥，你听到没？老太太竟然这样说话。"平太立刻找健次助阵。

"她说得没错。"健次一直在思考，此时抬起头来。

"事情一旦决定，责任就都归绑匪。的确应该由我们来处理。"

"是吗，"平太叹了口气，"那一百亿的事怎么办？本来就太夸张，不然就算了吧？"

"不行。一言既出，驷马难追，难办也得坚持。如果这么轻易就改口，那岂不枉费了两天两夜思考的工夫？"

"啊？对方觉得我们太过分，也不要紧吗？"

"一开始就知道会这样。不过他们说得这么不客气，就算只为争这口气，我们也得坚持。"

"那，他们要听老太太讲话，怎么打发？"

"老太太，关于这件事，"健次向刀自说道，"我认为在谈判中，如果拒绝了对方的一个条件，那么最好答应另一个。我不是跟你商量，只是想听听你的意见。井狩本部长虽然那么说，但如果我们真的打电话，如平太所说，那就是自投罗网。有没有不用电话就能传递声音的办法？或者，有没有其他办法能证明你安然无恙？"

刀自微笑着说道："你问得这么诚恳，我也必须帮你出出主意。办法嘛，也不是没有。"

"哦？"

"但用你们的话说，这可能是在拿性命开玩笑。"

"啊？"

"反过来讲，如果想要成功，这会是最好的办法。"

"是什么办法？"

"不光是我的家人，"刀自思索着说道，"这能让更多人目睹我安然无恙。这个人数，可能是一千万，甚至两千万。"

4

井狩的讲话被某报评论为"态度坚决,情理兼备的高超演讲",赢得了民众的普遍赞誉。节目在地方电视台的收视率达到百分之八十,全国联播网的收视率平均也有百分之二十。

不仅在日本国内,事件在外国的影响也与日俱增。在东京丸之内的新闻中心大楼,来自各国的特派记者已忙得不可开交。

究其原因,首先自然是数额"过分"巨大的赎金。

据报道,一百亿日元相当于五千四百三十四万七千八百美元,比目前各国类似案件所涉金额都要高。就连号称"绑架天堂"的意大利,最高纪录也只是菲亚特公司总经理绑架案的三百万美元。前些年轰动一时的赫斯特绑架案[1],涉案金额也不及这个数字。

令日本政府谈之色变的赤军劫机案[2],赎金也只有六百万美元,按当时的汇率计算,约为十六亿两千万日元。而这连刀自个人赎金的六分之一都不到。

有位记者根据这些数据发表了如下报道:"在日本,从交通事故的补偿金来看,人命的平均价格是七千万日元。而这次绑架

---

[1] 一九七四年,美国报业大王、赫斯特国际集团创始人威廉·伦道夫·赫斯特的孙女帕蒂·赫斯特被绑架。其被绑架后,加入了绑匪团伙,成为美国最著名的银行劫匪。
[2] 一九七七年九月二十八日,日本航空472号班机被日本赤军劫持到孟加拉国达卡。五名恐怖分子要求六百万美元的赎金,并释放其他被监禁的日本赤军成员。

案的赎金,是这个数字的一百四十倍。这应该不是因为人质性命的价格突然暴涨,而是日本受到了国际影响的反作用。反过来说,正是因为人质性命的价格太低,才会出现这种狮子大开口的绑匪。从这个角度来讲,他们或许是怀有爱国心的抗议者,想要把本国的人质性命价格调整到国际水准。"

无论如何,不可否认的是,事实正如另外几位记者所说,"自从成田机场事件以来,日本还从未受到国际社会如此广泛的关注",而"事件的作案团队并非上千人的极端恐怖组织,而是号称'彩虹童子'的三位年轻人"。

井狩的声明在外国记者间也备受好评,一位英国记者评论道:"绑匪的'发球'气势很凶,不料却被日本警察回了一记猛烈的正手抽球。那么,接下来绑匪将怎样还击呢?"

井狩发表声明后,新闻中心的外国记者们几乎整天盯着电传打字机,期待共同通信社传来新闻。记者们一见面不是打招呼,而是先要问"Any new attack?(绑匪那边有新消息吗?)"。

然而,绑匪却迟迟没有动静。

井狩讲话的第二天起,日本全国天气突变,纪州和歌山地区连续下了三天雨。

当然,没有人会将这场雨与绑匪的沉默联系在一起。然而,这种沉默却令人毛骨悚然。

二十三日,纪州和歌山地区终于雨停,迎来秋高气爽、适合骑车出游的好天气。

二十四日下午刚过三点,新闻中心的电传打字机突然传出一阵嘈杂的声响。

日本乃至全世界都目睹了绑匪们高明的反击……

这次信件的邮寄方式、信封上的字样、信件格式与第一次如出一辙。信件在随邮件袋到达津之谷邮局三分钟后便被发现，局长亲自骑摩托车火速送到了柳川家。

在柳川家，镰田课长查收信件后，在家属面前拆开，用镊子取出信纸，与前一封信相同，确认了刀自的笔迹后，复印一份，再将原件带着信封装入牛皮纸袋，密封好后送至警察本部做鉴定。

前一封信因为是由家属先发现的，大家争抢阅读，导致鉴定出现困难。而这次的信纸并未被第三人碰过，结果很容易辨识。而从结果来看，信纸上只有刀自一个人的指纹。

信封上除刀自外，还查出了三个人的指纹，然而经过调查发现，那都是邮局的工作人员。与上次一样，可以认定，绑匪们并没有犯徒手摸信这种低级错误。

这封信中，绑匪开门见山，正文开头只见刀自的笔迹写道："井狩本部长……"

柳川家诸位家属，井狩本部长先生：

井狩本部长的讲话我们已经收听。经过谨慎探讨，我们决定向柳川家属和警方做出如下答复，并提出要求。

首先，我们拒绝变更赎金金额。这个数额是最终决定，今后任何关于这一点的交涉都是无用而无益的。

正是因为我们需要一百亿，所以才选择了刀自作为目标。各位也知道，我们为此付出了很多辛苦。

如果我们满足于本部长所说的符合常识的价码，一开始就会选更方便的城市地区，目标也会选择更普通的名人或富豪。上封信中已经明确提过，我们就是冲着一百亿才选的刀自。

不过，我们也理解柳川家属为此感到困扰，另外，本部长讲话提出的第二点，要求证明刀自健在，从家属的角度看也合情合理。

因此，基于同时解决这两个问题的目的，我们虽知风险极大，但还是要提出这个一举两得的办法。

办法就是，让刀自亲自通过电视和广播与家属对话，并当场说明如何筹集赎金。

通过在电视上面对面谈话的方式，家属可以直接确认刀自的状况，由此可以从根本上清除交涉中最大的障碍，因此想必各位家属和警察都不会反对。此外，如此一来，本部长所说"一百亿赎金的要求恰恰是刀自受到胁迫的证据"这种猜疑也就不攻自破了。

当然，采用电视对谈的方式，对我们来讲存在很大风险，所以此事必须完全在我们的掌控下进行。

因此，我们制定了以下实施细则。该细则不允许任何变更或修改，事情必须完全严格按照细则执行。如果家属或警察违背其内容，我们将立即中止计划，今后再也不会提出此类方案。

实施细则

一、日期：九月二十七日晚上九点至十点的一个小时。

二、地点：请和歌山电视台和广播电台选定摄影棚，作为家属的集合地点。井狩本部长必须作为负责人一同出席。除上述人员和工作人员（含播音员）外，其他人等不得出现在现场。

三、节目：和歌山电视台和广播电台必须将这一小时全部用于特别节目。我们相信，同上次本部长讲话一样，这两家媒体的负责人会积极配合。

四、转播车：两家媒体需要为本次节目专门安排转播车，并严格遵守以下要求。

1. 在转播开始前两小时，即二十七日晚上七点，从和歌山电视台前出发。出发状况必须由电视台和广播电台直播。

2. 路线是环绕纪伊海岸的四十二号国道，即连接和歌山→田边→串本→新宫的高速路。

3. 转播车的时速维持在平均五十公里左右。九点节目开始时，转播车应该到达田边附近。夜里一般不会堵车，但如果遇上交通事故等情况导致时间延迟二十分钟以上，应立即通过广播电台说明情况。

4. 我们会在任意时间以无线电方式联系转播车，下达指令说明接下来的行进方向。转播车应准备好信号接收设备（FM信号接收器），并严格遵照我们的指示。联络的时间范围是出发以后直到节目结束前二十分钟，也就是从晚上七点到九点四十分。

5. 转播车在与我们取得联络前，不得与外界进行任何通讯。

6. 转播车上不得安排警察随行。

7. 转播车必须使用胶带等物品遮盖车身所有标识，防止被人认出。

五、警方不得以直升机、警车或其他任何形式跟随转播车。如果发现有伪装的警车跟随，计划将立即终止。

六、紧急联系人：一旦发生意外情况，导致计划无法继续进行,将通过电话紧急联络。因此,请和歌山电视台社长和报道局长担任紧急联系人,转播车出发后,两位须留在社长办公室待命。办公室中不得留有其他人员。

　　以上是本次计划的实施细则,警方可视情况选择发布,公布全部内容也无妨。但最后这一项,必须严格保密。

　　七、本次计划使用的无线电频率为二十七兆赫,我们的呼叫代号是以下五个字母。

　　RCCOR

　　与转播车联系时,我们将使用这个代号。听说最近有人冒名顶替实施犯罪,本次计划也将难免受到一些干扰,请相关人员多加注意。

　　最后,井狩本部长高度评价我们在上封信中没有使用威胁性的言辞,对此我们表示感谢。

　　我们当然并没有加害刀自的意思。但是,必须在这里说明,这并不意味着我们承诺她绝对不会面临危险。

　　我们"彩虹童子"对本次行动抱着必死的决心。如果事情最终失败,我们将通过自爆自我了断。如果形势紧急,可能来不及让刀自先行躲避,这也非我们所愿。

　　希望在将来与我们交涉时,各位能牢记这一点。

　　上文已经强调,这封信中的各项内容不允许任何变更、修改,因此不同于上一封,这次只需井狩本部长在记者会上表示"同意",并通过电视和广播的整点新闻播出即可。节目播出后,我们将视为柳川家和警方已承诺接受此方案,并将按照我们的指示行动。

　　此致
　　彩虹童子

警察本部收到这封信时的反应，与全日本的公司、餐馆、街头巷尾的市民，乃至全世界的反应可谓如出一辙。

当初收到第一封信时，人们都是半信半疑，听到"一百亿"的数字，也没有感到特别意外。不少人认为，这只是绑匪虚张声势的手段。而事情发展到现在，绑匪的要求显然是认真的，这已容不得半点怀疑。

几位警官在纸上飞快地写着"极左分子之外的组织"、"走私集团"、"右翼组织"、"贩毒团伙"、"黑社会"等字样，他们都在推测绑匪的背后隐藏着怎样的犯罪团伙。

但从绑匪的作案手法和信件内容来看，完全找不出任何线索。这也是本案的奇特之处。

当听到第二点"通过电视对谈"时，众人不禁面面相觑，都怀疑是自己的耳朵出了问题。

"什么？他们是不是疯了？"

"又要搞什么鬼？"

如果要上电视，绑匪必须把刀自带到转播车前。在警察的严密监控戒备下，他们难道会傻傻地自投罗网吗？

然而，听完绑匪细致入微的指示，众人惊愕的神情逐渐消失，脸上浮现出半是感叹、半是苦涩的神色。

众人渐渐意识到，让人质和家属在电视上交谈，乍一听是异想天开，实则暗藏深意。

认为绑匪既然中途现身，那么只需在车周围布下埋伏，到时便手到擒来，这纯属外行人的想法。现场的警员凭经验就知道，这在执行上难度有多大。

绑匪要求转播车以五十公里的时速行驶两小时四十分钟，算起来就是一百三十多公里。而与绑匪取得联系后，对方很可能会要求车辆提速到时速七十或八十公里，考虑到这一点，行驶距离必须考虑拉长到一百八十公里至二百公里。

就按二百公里来计算。众人都明白，如果依绑匪的要求，走纪伊半岛的海岸线公路，在如此长的距离上部署警力网，远远超出了警方的能力范围。

纪伊海岸的美景全国知名。右侧是无边无际的碧蓝大海，左侧是连绵不绝的巍峨青山，气候温暖，空气清新。春夏秋冬四季各有胜景，游客终年络绎不绝。

然而，这里也为绑匪提供了无数的潜伏地点。

距离和歌山二百公里以内，仅是四十二号公路经过的市和町，就有海南、御坊、田边、串本、古座、新宫等十几个之多，中途交叉的主要道路有五十余条，而其他仅能容汽车通过的小路更是不计其数。况且，绑匪指定的行程终点可能会是任意一处海边的岩石背后，或某处山谷的低洼处等，完全不得而知。

这种沿线警戒的任务，至今让警界人士津津乐道的，当数昭和五十三年三月，从鹿岛的石油工厂向成田机场输送燃料的警卫行动。鹿岛至成田沿线七十公里距离，配备了七千五百名警官，平均每十米就有一名，可谓戒备森严。因千叶、茨城两县的警力不足，警方还紧急调配了一批支援部队，其中有些是从长野、大阪等地千里迢迢特地赶来的。

当时因为有国家政策，警方才得以实现这种调配。而无论井狩有多大的本领，本案也只是一例私人个案。

和歌山县警共有一千六百人，其中能参加此次行动的最多八百人。相邻府县可调配的警力最多二三百人。仅靠一千人出头的队伍，却要部署在相当于鹿岛至成田近三倍的距离上。

况且，成田案只需防范激进组织的袭击，任务简单明了，本次任务则极度复杂。一切措施都必须暗中行动，而且就算发现了绑匪，也必须顾及人质，因此需要警方及时做出慎重而敏锐的判断。

警方究竟能筹集多少具备如此高度判断力和机动性的部队，又能否在如此广阔的区域内做好警力配置？了解内情的人，都清楚此事极难，甚至是无法完成的任务。

那么，究竟该如何跟踪转播车？

绑匪当然十分精明，不会干涉警方的其他安排，唯独严禁跟踪和通讯这两点。其实，就算绑匪不提，众人也都清楚跟踪是极其危险的。

时间指定在晚上，道路是从险峻地形中开挖出来的国道。除了城市周边的少数区域，没有任何一条与之平行的道路。此等条件下，隐秘跟踪是不可能的，如果强硬执行，或许会破坏逮捕罪犯、解决案件的大好机会，警方将无颜面对社会各界。

话说回来，如果按照绑匪要求实施这场电视对话，情况又会如何发展？

观众看到人质和绑匪上了电视，一定会质疑警方为何"不作为"。就算出面解释其中的隐情，最好的结果，也不过是被人们当作为无能找借口而一笑了之。

进也不是，退也不是。警方深知，绑匪此次大胆的挑战，已将他们逼入进退维谷的困境。

"这下麻烦大了。"实际负责本部各项事务的刑事部长佐久间本就性格直率，此时更是面露忧色。

"嗯，这帮家伙也不是吃素的。他们的回应真不客气。不过，我们至少明确了，绑匪会潜伏在该路线附近。是吧，佐久间君？"性格刚毅的井狩，此时的语气与以往有所不同，"如果就这样放任他们搞电视直播,这些家伙可能会成为我职业生涯最难缠的对手。可恶,不能让他们得逞!"

他的思绪停在了信件结尾的"自爆"那句话中。

这应该只是单纯的恐吓。不过,看这帮家伙的语气,没准儿真能做得出来。

"哼,你们自以为视死如归,我们难道会输?倒要让你们看看,三个人和一千六百人,拼起命来哪边更厉害。"

井狩嘴上强硬,心中却掠过一丝不安。

如果敬爱的刀自被绑匪的"自爆"波及,那么即便逮捕一百个绑匪,这场博弈的结果也是失败。

脑海中浮现出此等场景,他冷酷的双眼中竟隐隐泛起一丝泪光。但从旁人看来,他的表情与平时并无二致。

"今天的记者发布会怎么办?是不是要公布这封信的内容?"刑事部长问道。而井狩接下来的回答也反映出他的顾虑。

"那当然。绑匪好不容易大驾光临,我们必须表示欢迎。代号和路线就不要公布了,免得看热闹的人太多,毁了这出好戏。"

下午三点,在记者会上,井狩公布了除上述两点之外的信件全文。

面对记者们疾风暴雨般的提问,井狩只是耸耸肩,说了这样一句话:"面对这次挑战,我们打算不是用语言,而是用行动来说话。"

5

"绑匪准许人质与家属通过电视对谈"的新闻传遍世界各地后的第三天,九月二十七日终于到来。

"这么危险的事,绑匪真敢做吗?"

"应该吧。他们也确实需要这样做。"

"是吗?我看他们只是想引起骚动,把事闹大。"

"我觉得不是。事情闹大了,对绑匪没有什么好处。"

"也不一定。我觉得信末提到的紧急联系人很奇怪。这可能是绑匪设计的伏笔,到了关键时刻,来一招'过河拆桥'。否则干吗要安排这一项?"

"照你的说法,这几个绑匪有极强的自我表现欲,无论是一百亿赎金,还是电视对谈,目的都只是制造混乱吗?"

"不,这跟他们之前的做法是矛盾的。他们一定是头脑聪明、行动力强的年轻人,凡事都说到做到。"

"嗯,今晚看电视就知道啦。"

在各地的办公室、学校、电车、田间地头,都能听到类似上面的对话。

下午六点,一千二百名头戴头盔、身着深灰色防爆服的警察和一百一十辆深灰色的警车在国道四十二号线部署完毕。

搜查总部内,在几张合并起来的桌子上,铺着由航空摄影照片合成的纪伊半岛地图,其比例尺为两万五千分之一。警官在地图上记录着部队代号和部署地点。

本次行动的总指挥官是刑事部长佐久间,主任是从津之谷村返回的搜查一课课长镰田。在最近英子的那次事件中,镰田一开始就看出是假绑匪冒名顶替,便交由当地警方处理,可谁知对方出现工作失误。从广义上讲,镰田对此事也有一定的责任。因此,此刻他铁青着脸,斗志满满,一心要挽回名誉。现在形势突变,在前方津之谷村的工作小组已经解散,他与麾下的精锐部队一起返回总部,柳川家只留了两名联络员。

此时,电视台和广播电台的所在地——和歌山广播电视会馆前的道路上,已经聚集了大批好事群众,想要目睹转播车出发的情况。

电视台因此事而大为受益。周五晚上九点至十点的一小时,本是播出推理名作等人气节目的黄金时段,现在改为刀自案件的特别节目,广告赞助商不仅对时间变更没有任何异议,反而就电视台提供的五到十秒广告时间展开了激烈的争夺战,唯恐被其他公司抢走机会。电视台的经营部门则打算以宝贵的广告时间为诱饵,确保签下至少半年合同。电视台难得遇到一次卖方市场,经营人员与广告商也做了许多暗中交易。包含核心频道在内,全国联播网的各电视台都是同样的情形。

接近七点时,路上已是人山人海。

六点五十五分,一辆带着巨大的电视台标志的转播车缓缓驶出车库,停在楼前。摄影灯光打在车上,相机的闪光灯不停闪烁。从大门进出的人流不断,其中不乏东社长、中泽报导部长等领导。每个人都表情严肃，一边低声交流着，一边不时对转播车和群众指指点点。

站在门旁的一名摄影记者转头问同事："奇怪，绑匪不是要求盖住车上的标志吗？"

"不要紧。"同事不以为意地答道，"贴胶布遮住，不用一分钟就能完成，警方应该是想当场做给绑匪看。"

果然，从大门走出两名身穿工作服的男子，两人肩上扛着一块与告示板大小相仿的板子。他们走下楼梯，将板子靠在车边，抬头看看车身前方硕大的"和歌山电视台"标志，比画着手势商量起来。

"快点吧，再磨蹭就来不及啦。"围观群众中有人喊道。

此时，时钟的指针马上指向七点整。

七点整。提示音响起，电视画面打出"特别报道节目"的字幕。

"全国的观众朋友。"播音员仍是那位当家主播，但这次的语气已经沉稳下来。

"按照此前的节目通告，接下来，电视台和广播电台将同步直播本次柳川刀自绑架案中，负责与绑匪接洽的转播车的出发情况。本次案件的来龙去脉，在此不再赘述。我谨代表和歌山电视台和广播电台声明，本次节目是应警方要求播出，同时也寄托了我们利用电视和广播渠道服务于公共事务的强烈使命感，请大家多多理解。全国转播网的各电视台也都抱有同样的理念……各位观众，下面请看直播现场转播车的情况。"

转播车附近的围观群众中，有人不堪拥挤，只得钻进附近的茶馆,通过电视直播观看情况。突然,他们一齐"咦"地喊出声,瞅瞅屏幕,接着转头望望外面的人潮,又将视线移回屏幕。

电视画面上的转播车,竟然根本不是外面群众围观的那一辆。这辆车上,和歌山电视台的标志已被遮盖得严严实实,乍看之下,这只是辆普通卡车。

背景也完全不同。车子既不在街上,也没有被群众围观,而是静静停在一处院子里。

"转播车目前位于和歌山市,详细地址暂时无法公布。"在灯光照射下,主播手持麦克风,走近转播车。车旁站着四名男子,神情紧张。

"请容我介绍一下,这是负责转播的播音员片冈、摄影师松井、技术指导吉田,以及司机高桥。今晚的转播由以上四位负责。大家请看车内。"

他打开车门,摄影机拉近镜头,只见车里堆满了复杂的仪器,并无一人在内。

"如您所见,车里并没有警察。因为这是实现本场电视对谈的基本条件之一,我们必须严格遵守,警方也完全同意。可能有人会怀疑,这四位是不是便衣警察,我们以和歌山电视台和广播电台的名誉担保绝非如此。好的,时间已经到了,车辆马上出发。"

他与播音员片冈握手,说了声"预祝成功",然后突然意识到这句话像在预祝绑匪顺利,于是连忙补充道:"我指的是转播过程"。

片冈回应道:"我们会努力的。"其他三人也都点点头。

四人上车,关上车门。司机举手向镜头示意后,发动车子。

镜头转回主播身上。

"那么，我们为什么采取这样的方式出发呢？您看以下画面即可了解。"

画面切换到会馆大门前的街道，只见现场一片喧嚣，围观群众挤作一团，准备跟随、围观转播车的车辆更是排成长龙。

"人群中有许多媒体同行，我们在此向大家道歉。如果转播车在这种情况下出发，将会遇到许多无法控制的情况，而且行动路线也无法保密。我们迫于无奈，只好安排一辆车吸引大家围观，真正的转播车从别处出发。全国的各位观众朋友，正式对谈将在九点钟播出，请耐心等待。"

茶馆里有客人急忙跑至店外，大喊道："喂！那辆车是假的，真车已经出发了！我说那是假的，你们听见没？"

附近有五六个人转头看了他一眼，都觉得他是神经病，又马上转回身看转播车。

只见那两位工作人员登上车顶，煞有介事地摸摸标志板，不时敲敲打打。

东和中泽不知何时已经离开。等刚才那位摄影记者察觉不对劲儿时，时间已过去好一阵子。

此时，真正的转播车早已离开和歌山，行驶在海南市附近海岸边的道路上。车后没有任何其他车辆尾随，对向车道的司机也均未发现这是辆转播车。

七点十五分，转播车经过海南市。

三分钟后。

"好，出发！"随着一声低沉的命令，一队隐藏在市郊山谷内的车辆开始行动。车队由十二辆伪装后的警车组成，车辆均替换为普通家用白色车牌。这是镰田课长亲自指挥的跟踪部队。

警方既不能直接跟踪，又无力安排警员遍布全线。警方绞尽脑汁才策划出这次追踪行动。

今晚绑匪的计划中,他们最大的弱点在于,就算途中严格控制转播车对外通信,但对谈一旦开始,车辆总要发出信号,到时警方便可监测到车辆位置。况且由刀自说明资金筹集方法,至少要花两三分钟时间。

而警方正是瞄准了这个空当。

转播车与跟踪部队有三分钟车程的距离,如果时速定为五十公里,两者相距约两公里半。间隔这段距离,符合此处平时的车流量情况,不用担心引起绑匪注意。而且一旦监测到信号,跟踪部队全速前进,两分钟左右就能抵达转播现场。

警方还以国道四十二号线为中心,设置了两百多处监视点,由专员负责确认转播车行踪,并与跟踪部队联系。还在险要处设有四十组机动部队,每组由二至三辆警车组成,可随时呼应并支援跟踪部队。他们已接到指令,倘若转播车经过时一切正常,他们将尽量沿着同向的其他道路,往转播车行进的方向前进。

根据沙盘推演的结果,无论绑匪选择在哪里开始转播,附近都至少会有两到三组机动部队,再配合跟踪部队,可保证警方在五分钟内包围现场。

这就是警方的主要行动计划。本次行动可谓名副其实地举县警上下之全力,也是能力范围内可做出的最佳部署。

然而,行动开始后,坐在指挥车里的镰田却有股不祥的预感。

与其说是预感,不如说这是一种直觉。

"彩虹童子"这名号虽然稍显可笑,但他们的行为屡次出乎警方意料,足以证明其智谋非比寻常,难道这次会傻傻地掉进警方的陷阱吗?警方自认为已制定出最完善的计划,但即便如此,绑匪或许也能预测得到。他们足智多谋,会不会突施巧计,让警方的一切努力化为泡影?

"不可能。"镰田不禁脱口而出。

假如有这种巧计,警方一定也想得到。既然没有人提出,说明这种巧计根本不存在。我怎能灭自己威风?

镰田不禁自责,又朝车上的时钟看了一眼。

事后想来,这真是偶然的巧合。此时时间刚过七点半。

七点半。

会馆前恢复了往日的宁静。

摄影机、灯光、身穿工作服的两名男子以及他们所扛的板子早已不见踪影,冒牌转播车的司机偷笑着把车驶进会馆旁的停车场。围观群众和车辆发现被摆了一道,有的抱怨、有的苦笑,纷纷离开现场。会馆前恢复了以往的景象,偶尔有演艺人员或工作人员出入。

几分钟后,这番景象被一些动静打破。几名男子围着一个年轻女子,悄悄走出通往停车场的后门,快速钻进刚刚停好的冒牌转播车。紧接着,车辆立即发动。

刚才的摄影记者们若还在,看到这群人一定会产生怀疑,因为东和中泽也混在其中。

然而,此时路上的行人看不到停车场深处的转播车,而且就算看到,一般也并不认识电视台的领导。转播车驶出停车场,行人听到声响回过头,只能看到副驾驶座上戴墨镜的年轻女子以及司机。此时司机的脸上已不见了笑容。

"这是要去拍外景吧?那个女明星是谁?"

路人带着些许好奇心从旁边经过。此情此景,在电视台前甚是常见。

转播车挂着大型标志牌,穿过繁华热闹的市区,在纪之川前右转,驶入国道二十四号线。这个方向与真正的转播车恰好相反。

许多市民都看到了这辆转播车,其中就有跑出茶馆大喊"那辆车是假的"的那名男子。他是中之岛一家商店的店主,回家不久后,门外的儿子便喊道:"爸爸,电视台的转播车来了。"

他立刻冲出家门喊道:"在哪儿?"却只见又是那辆冒牌车。他"哼"了一声,转身走进家里。

"咦,这不是转播车吗?"

"我刚才说了,你们不也看电视了吗?真的转播车不会带着那么大的标志。这辆就是那个冒牌货。"

"冒牌货为什么会开到这里?"

"不知道。可能是哪里发生火灾了吧,电视台又不是只转播一件事。好了,我忙得很,没空管这些事。"

其他市民同样对这辆转播车没有兴趣,就连派出所的警察也不例外。

6

八点五十五分，井狩走进广播电视会馆。直到前一刻，他都待在搜查总部听取最新情况。他接到报告，柳川家全部家属已于大约一小时前抵达。

绑匪仍然未与转播车联系。除此之外，事情进展大致符合预期。转播车目前正接近田边市，跟踪部队也精准地保持着两公里半的距离。

此前，总部的大部分人认为，绑匪在信中特别指定九点时转播车的位置，是想误导警方将注意力放在九点之后，实则在九点前就会与转播车联系。现在看来，这种推测是错的，绑匪确实打算在九点至九点四十分之间采取行动。

从地形来分析，国道四十二号线在经过田边后，不远处即与国道三一一号线交会，路线将一分为二，再往前三十多公里处，又会与古座街道相交。自然，对于希望尽量分散警力的绑匪来说，这个条件非常有利。

就在井狩出发前，总部基于这些因素下达了指令。待转播车经过田边以北时，该处的机动部队立即从小路包抄，提前赶至国道三一一号线，同时串本以东的部队立刻行动，力争封锁古座街道和国道四十二号线。如果这一系列行动顺利，三十分钟后，转播车——也就是绑匪团伙——将落入前后左右各方位的两重甚至三重包围网之中，被围得严严实实。

"绑匪应该在前面一百公里就想些招数。现在完全是我们占据主动。只要他们敢现身，我们就是瓮中捉鳖，手到擒来。"

警员们的表情带着九分自信，还有一分不安。

这一分不安，是因为绑匪的信里强调了中止计划的情况。有人一开始就认为，或许今晚只是一场预演，绑匪想借此试探警方的力量配备，下次才正式行动。至于延期的理由，绑匪大可随意编造。

"我绝不能容忍这种事发生。再说，情况也不允许。"

井狩不禁说出了心里话。令人困窘的是，在如此紧张的生死对决面前，他与所有警员心中都有着相同的顾虑，那就是经费问题。地方警察与国家公安机关的经费实力简直天差地别，国家公安机关拥有花不完的"机密经费"这棵摇钱树，而地方警察的年度预算多用于一般性搜查工作，数量少到不好意思向社会公布。这次发动如此大规模的追捕行动，预算本就已经捉襟见肘，如果绑匪要求改日重来，警方将没有余力再去部署。

广播电视会馆门口，广播电台的吉井社长和北原导播长出来迎接井狩。

"东君和中泽君呢？"

"他们正在社长室待命。"

"那绑匪有动静吗？"

"绑匪一旦联络，他们会立即通知摄影棚。另外，本部长，节目一开始会安排播音员提问，希望您能出面，要求绑匪遵守承诺。"

"我也有此打算，那就请你们安排一下。"

电视台也有顾虑。虽然可以澄清己方并不承担责任，但这次事情闹得这么大,如果最终对谈没能实现,电视台可下不了台。他们只是期盼节目能够顺利播出,能否逮捕绑匪倒是其次。这一点在几位领导的身上体现得极为明显,不禁令人有些尴尬。

地点还是上次那间报道局的摄影棚。井狩在开播前三分钟走进室内,神情紧张的柳川家属全都望向他。当中最引人注目的一位,是穿着带后领的黑色牧师服的英子丈夫,他今天刚赶过来。国二郎和可奈子两对夫妻都身穿高级盛装,大作照例是不拘一格的时髦装束,只有英子是普通的居家打扮。

播报员快步跑过来。

"因为无法预测对谈开始的时间,我们准备了刀自以前访问慈善机构的十六毫米影片,再加上各位的谈话及案情相关报道的录像,进行节目串联。然后,节目中会有六次各一分钟的广告,当然,对谈过程会完整记录下来,还请您知悉。还有就是导播曾跟您提过的……"

"我明白。辛苦了。"

井狩慰劳一声,坐了下来。

今天的摄影机也是三台。井狩心想:"哼,彩虹童子这三个混蛋,想起来就让人不爽。让我在大庭广众下丢人现眼,看我怎么回敬你们。"

井狩清楚,今天自己的状态非常冷静,心中想骂脏话的冲动完全没有显露出来。

他端坐着,静静地等待。

九点一到,现场导播举起手示意。

Mark II的车载收音机不断发出噪声。

节目开头的提示音和播音员的开场白都听不清楚。

"这破车,收音机也这么破。可恶,赶紧给我出声!"

平太努力拧着旋钮调整信号,在播音员与井狩开始问答时,收音机终于恢复正常。

约一小时前,他们经阿椋专门打火①送行,离开纪宫村。但凡见到对向来车,他们便关掉车灯开进小路,极其小心地在暗中前进,而此时终于接近县境。

"首先请问井狩本部长,"播音员说道,"今晚的节目,全国观众最关心的,就是绑匪是否会遵守约定。我们电视台内部的意见也分成两派:一派认为绑匪既然敢如此高调,就一定会执行;另一派则认为绑匪很可能临阵退缩,随便找个借口取消计划。两派势均力敌。您作为当地警方的最高负责人,对此有何看法?"

井狩并未用"绑匪的想法令人捉摸不透"这种谁都会说的话打太极。他立即直言不讳道:"绑匪应该会按计划行动。"

"理由很简单,如果不这么做,吃亏的是他们自己。这场电视对谈是他们提出的,并非被其他任何人强迫。从此前的手法来看,绑匪的脑子并不笨,应该明白自己出尔反尔会导致什么后果。"

"您指的是?"

"如果在这种关键时刻找借口取消计划,那以后无论他们说什么,都无法令人信服。特别是重要的赎金问题,他们只要敢食言,别说一百亿,就是一千万、一百万,我们也不会答应。这是理所当然的,没有人愿意付钱给不靠谱的人。这一点我可以替柳川家表态。此外……"

---

①打火,日文为"切り火",是日本一种传统仪式,当有人要出远门时,送行者以燧石敲打出火花,具有净身、祈福的含意。

"此外？"

"他们如果言而无信，那说明之前所说的话也不能算数。一百亿赎金的要求，还有其他冠冕堂皇的说辞全是谎话。这等于他们自己承认，先前看似言出必行，其实都是装模作样，他们只是妄图靠绑架德高望重的老夫人捞点不义之财的肮脏鼠辈。虽然他们或许实际就是如此，但要公开主动承认，那性质就大大不同了。只要他们还有一点点自尊心，就绝不会这么做。这就是我认为他们一定会执行计划的理由。他们或许并非心甘情愿，但自己把自己逼到了这一步，也就由不得他们了。"

井狩的语气出乎意料地严厉，播音员有些乱了方寸。

"但是，"他说道，"我们已知晓警方的强硬态度，可人质还在绑匪手上。而且案发至今已经十天有余，警方依然查不到绑匪的下落。如果拒绝支付赎金，营救刀自是否会变得更加艰难？"

"战线可能会拉得很长。"井狩淡然说道，"警方对此已做好准备。如你所说，我们想了各种办法，但还无法掌握绑匪的行踪。我不是要辩解，但要知道并非我们不够努力，而是绑匪的手段确实高明。这一点必须承认。然而，绑匪毕竟也是人，尽管名叫彩虹童子，却不像天上的彩虹不可捉摸。他们已在绑架现场露出一只马脚，而另一只马脚，也就是藏身窝点，也必定在地上某个角落。既然如此，我们就能够把他们找出来。在此期间，不得已会给老夫人添很多麻烦，还望老夫人原谅。"

井狩的声音停了下来。正竖着耳朵倾听的正义与平太突然一惊，互相对视一眼。原来沉默中传来了细微的抽泣声。

"老太太，"正义略带犹豫地向身后的刀自问道，"要继续听下去吗？"

这时，收音机里传出播音员的声音。

"全国的观众朋友。"他又说起了最得意的台词,"以上就是警方在本次案件中的立场。如果绑匪停止今晚的对谈计划,警方将不再回应任何有关赎金的要求,并坚决追查到底。接下来的四五十分钟时间内,绑匪究竟会以何种方式现身呢?接下来我们将听听家属的想法。在此之前,还有几点要向观众朋友说明……"

"行啦。"刀自的语气听上去意外地很愉快,正义松了口气,随即关掉收音机。

"刚才哭的应该是英子吧。"刀自显然听得很清楚,"这孩子这么为我担心,真是过意不去。不过也不需要忍耐太久啦。风、雨,是不是?"她的声音依然沉稳。

"啊?"

"你们刚才没听到吗?"

"当然听到了。"

"那他说什么了?"

"他说我们是肮脏鼠辈。那段真是让人来气,说我们是老鼠也就罢了,前面还要加上'肮脏'两个字,真是不像话。"

"还有吗?"

"还说到彩虹的马脚。他说得还挺妙,另一只脚确实在这里。"

"老太太指的不是这些。"平太责备道。

"哼,那你明白?"说话对象一换成平太,正义就摆起了架子。

"从本部长的话中可以听出,警方仍在头疼我们会不会如约行动,这说明他们什么都不知道。是不是,老太太?"

"我还以为你有什么高谈阔论,这点事我也知道啊。这么简单的事，我觉得没必要明说。"

"老太太，你看，"平太故意跟刀自说道，"最近正义哥变化可真大。"

"哼，变得怎样了？"

"首先，眼睛变得有神了。以前正义哥醒着也像打盹儿的大象，可最近醒着时有了醒着的样子。"

"你这家伙还真能说得出口。还有吗？"

"话也比以前多了。有些事过去只会回应'是吗'，现在却立刻摆出一副很懂的样子，还会还嘴。"

"哼，你说得还挺直接。平太，说起来你也有些变化。"

"哦？怎么讲？"

"你在监狱里时就像只老鼠。听到本部长说的话，我立马想到了当时的你。"

"哈？你这个毒舌。"

"刚入伙时，你就像只无家可归的猫。不过，从老鼠进化成猫，也算是有些长进。"

"那可得谢谢你了。现在怎么样呢？"

"嗯……现在越来越有人样了，真是怪了。"

"你看，别人讲一句，你能回十句，这谁受得了。老太太，我看正义哥变得这么神气，多半是因为邦子小姐吧？"

"什么？你刚才说什么？"

"没……没什么。"

"下次再胡说，我可饶不了你。"

"不过，那位邦子小姐可真是好人。"

"当然是好人……喂，你又胡扯！"

正义一改以往形象，有些狼狈，一张大脸涨得通红。此时，在车灯照射下,县境的标志牌在车窗外一闪而过。

而男扮女装潜入广播电视会馆的健次,正引导着转播车赶来。此处离两辆车的会合地点已经不远。

7

时间已过九点半,距九点四十分已不到十分钟,而绑匪仍然没有动静。

"这不对头。"警员中有人感到不安。

"怎么了?离最后时间还有十分钟呢。"

"绑匪应该不会拖到最后。他们很机灵,肯定明白时间越紧迫,行动越受限,所以不会把自己搞得那么被动。"

"那你的意思是?"

"绑匪肯定有一些小伎俩,比如在时间上做文章。他们指定九点四十分之前联系,而转播时间是到十点整。我们按照思维惯性,认为他们不会在十点之后才联络。现在警方也按照约定的时间部署,可万一这是他们的诡计呢?"

"啊……"

"一会儿十点一过,节目结束了,我们也会懈怠下来,骂绑匪混账,可这时他们突然行动……这是有可能的。而转播车和警方都没有安排十点之后的行动。"

"但那样就没法转播了。"

"直播确实不行,但可以录像啊。绑匪这样也不能算违背承诺吧?"

"……确实有这个可能。那我们得赶快做准备。"

九点半，转播车经过日置川町，朝着最后一个分流点，即连接古座街道的匝道行驶。

随着转播车前进，原本在纪伊半岛东部海岸沿线待命的机动部队全部转移，国道四十二号线上的调整至串本以西，古座街道上的则调整至从入口处的古座町到国道四十二号线匝道之间的区域。此时，这些部队均已经完成转移。

换言之，从古座町往后的区域，部署是空荡荡的，连一辆警车、一位警察都没有。绑匪若在此趁虚而入，警方会一败涂地。

"这些混账，鬼点子可真多。"

于是，总部紧急下令，要求刚完成转移的二十组机动部队立刻返回原值守地。尽管队员们嘟囔着"总部怎么回事，刚刚转移又要回去"，抱怨之情溢于言表，但今天的行动不允许出半点纰漏，指挥官也就无暇多管。

空中的月亮隐约可见，夜里的雾气开始在警车车顶结起白霜。这批警车再次转移时，时间已经接近九点四十分。

摄影棚墙上挂着一只大电子钟。通过控制室的扩音装置，时钟的读秒声传送到千家万户客厅中的电视机上。

播音员抬头看看表，说道："马上就要九点四十分了……"

摄影棚里一片沉寂。家属们紧张得脸色发白，双手紧握，目不转睛地盯着室内的电视机。

电视机有两台，其中一台播放着家属们的情况，另一台的画面则依然是灰色的。

田宫牧师的嘴唇微微动着，声音轻得连他身旁的英子都听不清。

"马上就要九点四十分了……"Mark II的收音机中同样传出这句话。

"时间马上到了。"平太的声音颤抖着。

"马上到了。"正义也在发抖。

"我们该准备蒙面了。"

"哦对,一会儿可是要上电视呢。"

"还是打扮成上次的海怪吗?"后座的刀自问。

"那副打扮不错,你们是怎么弄的?"

"很简单。"两人同时从外套口袋中取出一双丝袜,"看美国电影里的强盗,都直接把这玩意儿套在头上。我们也试过,但是行不通。脸被勒得挤成一团,而且戴墨镜的话根本套不上。把墨镜戴在丝袜外头也不行,因为耳朵被压住了。另外,袜管在头顶来回飘着,被树枝什么的钩到也很麻烦。只有那些只懂暴力没有头脑的人才用这个法子。于是大哥想出一个妙招。"

正义与平太分别拿起黑色和白色丝袜,将其中一条按扎头巾的方式包住头的上部,再用另一条遮住眼睛以下的部位,拉到后脑勺,两只袜子打个结,最后再戴上墨镜。

"这样就可以了。不但戴得轻松,而且穿脱简单,效果很好。大哥说,如果有蒙面技术专利,他都想去申请。"

两人转过头展示,刀自借着车内灯光仔细打量,不禁佩服道:"原来如此。这样上电视没有问题。下面只等雷来了。"

"老太太,"正义面露忧色,"我有点担心,雷哥真能顺利到这里吗?"

"会来的。"刀自语气坚定,"那孩子很有胆识,何况他还有魔力护身符。"

"什么?"

"有了这张护身符,可以让任何人都乖乖听命。啊,你们看那边的亮光。"

右侧的夜空里,有一道光芒划过。片刻后,一片光晕将山脊的轮廓照得一清二楚。

虽然听不见声音,但只见光线照亮右边后逐渐消失,然后又照向左边,且距离越来越近。

"错不了,这种时候不会有其他车走那条山路。不愧是大哥,任务顺利完成啦。"

两人欢呼雀跃,关掉车灯迅速下车。正义打开后座车门,用应急灯照亮地面,请刀自缓缓下车。

前方是一条溪流。从岸边向下望去,月光下的水面不时激起白色水花。一条黑线横跨水面,那是昨晚正义等人搭的独木桥。

他们将车载收音机的音量调大,里面传出播音员悲怆的声音。

"约定时间已过,绑匪仍然没有联络转播车,但也没通知取消计划。直播节目还有二十分钟就要结束,我们将等到最后一刻。绑匪最终究竟会不会现身?我们能否见到柳川刀自安然无恙?绑匪现在究竟在何处收听,或者观看本节目?"

健次所在的转播车上,也播放着同样的内容。透过后照镜,可以看到车内电视上正播出播音员的特写镜头。

"喂,"坐在后座的中泽十分焦急,"还没到吗?已经过了九点四十分,你自己清楚吧?还远不远?"

健次针对最后一句提问摇了摇头。

"不远了?真的?还要多久,三五分钟吗?"

健次点点头。

"三五分钟没错？你确定吧？"

"……"健次不再回答。看到司机偷瞄自己，他留给对方一张戴着墨镜的侧脸，面无表情地望着前方。

"哼。"中泽咂一下嘴，"还给我装聋作哑。绑匪现在究竟在何处收听，或者观看本节目？连佛祖也想不到，绑匪正坐在这辆转播车上。你们胆子倒是不小。"

中泽故意激怒健次以方便套话，从刚才起就不停地冷嘲热讽。

然而，健次却丝毫不予理睬。他并非有意压制怒火，而是根本没把中泽的话放在心上。

此刻，健次感觉自己内心像水一般清澈纯净。回想刚才发生的种种事情，一切都好似一场梦境般不可思议。

这次真假转播车的计策是刀自想出来的。她原本打算用电话通知警方另派车辆，但健次担心对方暗中设置机关，坚持亲自潜入会馆坐车。

"大哥，这不行吧。老太太说这'有些不妙'，我看这是'大大不妙'。"正义和平太脸色大变，连忙劝道。

"一不做，二不休，敢去做就能成事。没有什么不妙的。"健次坚持道。

虽然健次并非逞口舌之快，但真正事到临头，他还是感到身心紧张。

刀自认为以健次这副模样闯入会馆"有些不妙"，建议他男扮女装。为此，她找来阿椋年轻时的衣服及零碎布料，亲自踩缝纫机，赶制出一件时髦的喇叭形花边长裙，还帮健次重新梳了个淑女发型，每天再替他涂三次护肤霜，终于让他的肤色变成了均匀的小麦色。鞋子不好置办，只得拿阿椋出门时穿的凉鞋将就。

而胸垫则是由小学时唯独擅长手工课的平太精心制作。

昨晚，平太冒险开着Mark Ⅱ，将健次送到纪势线的有田站附近后立即返回。健次则在公园内寻找人少之处，不时转移位置，撑过天亮前的几个小时。天亮后，他混入上班族和学生的队伍中，坐电车前往和歌山。

经过换乘抵达和歌山时，已是下午两点。健次的女装模样经过刀自等人验证，因此一路上并未遇到麻烦。他来到现场实地勘察状况，第一次见到广播电视会馆时，却突然意识到自己不知何时紧张得心跳加速，甚至无法呼吸。为消磨时间，他跑去电影院，却完全不记得自己看了些什么。本想小睡一会儿，但根本睡不着。血涌上头，毫无倦意。而强烈的耳鸣，他也是第一次经历。

晚上七点，健次坐在广播电视会馆对面的茶馆里。他既看到了电视上转播车出发的景象，也见证了会馆前冒牌转播车引发的骚动。那名男子冲出店外大声喊叫，他也都听到了。

若换作平时，健次肯定会暗自偷笑，"其实真的是假的，假的才是真的"。他拿出小镜子照一下以平复情绪，却发现自己面部表情僵硬，根本就笑不出来。

转播结束后，健次走出茶馆。店员没有阻拦，可见自己应该没忘记付钱，不过自己点过什么、味道如何，他却完全不记得。

接下来的十多分钟，他在街上闲逛。时间过得极其缓慢，他时不时看看表，却总觉得指针根本没动。他怀疑是表出了故障，还凑到耳边仔细听了听。

计划潜进会馆的时间是七点半。健次估计时间已差不多，便走回会馆前，发现还早两三分钟。但他已不愿再等。他似乎被某种力量推动着，向台阶走去。此时，他觉得双脚仿佛踩在空中，喉咙干得要命。直到打开大门前，他才戴上墨镜。

刀自提前向他详细介绍了会馆的格局。电视台社长室位于三楼，刀自嘱咐他乘电梯。健次刚走进会馆，电梯正好到达，一名男子从中走出，朝他打量一番。

健次本能地转过头，改走电梯旁的楼梯。男子似乎还在朝这边看。健次不禁担心对方会突然叫住他。

"在电视台那种地方，不管你打扮成什么样子，都不会有人在意。你现在的形象，估计会被当作身材高挑的女艺人。你一定要装作轻车熟路的样子，走路要充满自信。千万不能走走停停、东张西望。"尽管他心里非常清楚确实如此，但实际做起来时，健次却紧张得无以名状。如果被人喊住，搞不好他会拔腿就跑。

在通往三楼的楼梯上，健次与身穿淡紫色制服的女办事员和一名秃头男子擦肩而过。他低着头匆匆走过，控制着自己的步幅不至过大。

三楼的走廊上空空荡荡，健次不禁松了口气。但紧接着看到社长室的门牌，他不禁又心跳剧烈加速，戴着白色蕾丝手套的手掌心也渗出了汗水。他低头看去，发现裙摆正不停晃动，原来双腿一直在颤抖。

"啊，没时间了，发抖也得上。"

健次几乎处于半清醒状态，开门走进社长室。

房间中的两个男人同时转过头。

"你走错了吧？这里是社长室。"其中一人说。

"这里禁止进入，你没看到外面的牌子吗？"另一人说道。

健次反手关上门，径直走到两人面前，从包中取出刀自的信件，"啪"的一声放在桌子上。

"这是什么？"两人怒道。但一瞧那封信，都不禁大吃一惊。

信封上用毛笔写着"致东先生、中泽先生　敏子"。

"这是柳川家的……那么你是……"

两人仍难以置信,一边喊着,一边要站起身来。健次伸出左手制止他们,右手指向桌上的信。

两人犹豫了一下,急忙从信封中抽出信纸,凑过头读了起来。

健次早已将全文牢记在心,刀自是这么写的:

东先生、中泽先生:

　　此人是彩虹童子派来的使者。他口中含着带有剧毒的胶囊。如果二位拒绝执行指令,他就会立刻咬碎胶囊自尽。如果二位想救我,并且希望今晚的电视对谈顺利进行,请按以下指令行动,不得有半点违背。时间已非常紧迫,一分一秒都容不得耽误。

　　一、立刻调度备用转播车,并按照使者的指示出发。

　　二、绝对不可通知警察。

　　三、车上只能有使者、你们二位、摄影师、广播技术人员、司机六个人。

　　四、除上述六人外,不得将此事告知其他任何人。

　　五、在会合地点,陪着我的一名彩虹童子会用手电筒画圆圈明确位置。你们确认收到此信号后,即可开始摄影和转播。

　　但是,在使者完全离开之前,你们不可使用任何摄影灯光,也不可用摄影机,包括普通照相机对使者摄影、拍照。

　　使者完全离开后,彩虹童子会用手电筒划"X"形作为信号。

　　六、使者离开前,请交给他一支麦克风,附带二十米长的线。我将在转播中用它发言。

七、另外,未经使者许可,你们不得有任何其他行动。为避免口中的胶囊受损,使者将不会说话,而是用肢体动作表示是否赞成。

以上内容,请东先生和中泽先生负责,严格执行。这事关乎我的性命,以及今晚的对谈。

我由衷相信二位会不负所托。

此致

柳川敏子

二人在读信时和读完后的表情无比复杂。脸色一会儿红、一会儿白,震惊、愤怒、恐惧、疑惑、迷惘等各种情绪不断变换,脸上表情乱作一团。

二人读完信后抬起头,健次张开嘴,露出藏在舌头下的胶囊。胶囊里装的其实是杏仁粉末,但那浅褐色的外膜想必比纯白色粉末更有威慑力。

在这不到一分钟的时间里,二人脑中究竟如何盘算,健次无法得知,也没必要知道。只要他们愿意按照指令行动就足矣。

不过,健次这下不禁佩服刀自的手段高明。

首先是关于为何指定两名负责人。对于只身潜入会馆的健次而言,这比一对一要危险得多。起初健次并未明白刀自此举的用意,然而此刻,他才真正理解。

先不论形势如何,他们此时必须要选择背叛警方。这不仅事关他们本人,更直接关系到电视台的社会信用,如此重大的决定,并非一个人就能独自拍板的。正是因为两人都在,他们才能分摊责任,也能互相商议,客观评估此举正确与否。

此外,刀自还为二人准备了绝佳的借口,也就是信中的最后一句话。

那句话的效果，从二人的交谈中即可看出一二。

其中一位应该是东，他呻吟般地说："没想到老夫人如此信任我们。"

另一位应该是中泽，他同样沉痛地回应道："是啊，先不论节目能否成功，至少老夫人的这份期盼，我们绝不能辜负。"

称最后那句话为借口，或许有点不近人情。因为两人说话时，都不约而同地眨着泪光。

然而，两人也迅速摆脱了情绪，恢复务实的态度。

东突然面色严峻，问道："信上说时间紧迫，也就是说，接头地点开车要两个小时？"

健次微微侧头。

中泽厉声问道："什么意思？两个小时还到不了？"

健次点点头。

两人顿时急得像热锅上的蚂蚁，只花了几秒钟就选好技术人员，向他们三人下达命令也只用了几十秒。从健次闯进社长室到一行人从后门离开，总共只用了不到四分钟。

健次感觉这短短几分钟时间彻底改变了他。

他也说不上来究竟是哪里改变，又变得如何，但自己确实已经不同以往。

起初因为紧张而一直沉默的中泽等人，似乎渐渐对这种向绑匪言听计从的状况感到焦躁，于是开始语言攻击。从一开始的"其实根本没有毒药，你嘴里含的是砂糖之类的东西吧？"到现在的"你们胆子倒是不小"，前前后后不知说了多少句。而健次对此完全充耳不闻，心中竟没有一丝波澜。

他感到心中紧紧压着一种沉甸甸的东西，无论旁人说什么，都不会有丝毫动摇。

"一会儿再问老太太,我这感觉究竟是怎么回事。她一定能给我一个很好的答案。对了,今天的电视对谈,有些事得提前告诉她……"

想到这里,健次蓦然望向前方的一片黑暗。

一瞬间,他心中的杂念顿时消失。

只见远处有个小光圈在不停旋转。那是正义发出的信号。

8

　　几秒后，光圈便出现在全国各地的电视屏幕上。这几秒钟里，经健次示意，技术人员打开了转播开关，摄影师急忙将镜头对准目标。

　　播音控制室接收信号后，同时启动信号向现场导播下达指示。于是，一出精彩好戏就此揭开序幕。

　　电视画面毫无征兆地变得一片漆黑，其中一处闪动着光亮。随后播音员兴奋地喊道："我们刚收到转播车传来的信号，现在大家看到的就是现场的影像。目前还没有任何说明。转播车！转播车！请问这是什么。转播车！"

　　此时，全日本的客厅中发出的欢呼声，若能累加在一起，音量一定是名副其实的"惊天动地"。据事后调查，该节目的收视率高达百分之六十八，全国有超过四千万人在同一时间屏息凝神地注视着电视机。

　　可以看出，信号是从行驶中的车辆里传来的。车轮发出与地面的摩擦声，画面大幅度地左右摇晃，以致那团光亮的位置不断变化。有时它会被切出画面，但总是很快又回到中央，可见拍摄的焦点正是这处光亮。随着车辆逐渐接近，光的面积也越来越大。

几秒钟后，转播车内传出了说话声。握着麦克风的是中泽。想到自己所说的每一个字都会给全国观众，尤其是警方带来巨大的震撼，一向心理素质过硬的他，开口时也不禁有些结巴。

"这里是二号转播车。车辆在绑匪的引导下，即将抵达与老夫人见面的会合地点……画面上的光是绑匪用手电筒发出的信号，用来标记接头的位置。柳川敏子刀自应该就在发出亮光的地方……我是和歌山电视台报导局长中泽，东社长也在这辆车上。"

"什么？二号转播车？"

井狩勃然大怒，站起身来吼道："什么时候派的这辆车？为什么没经过我们同意？"

他的声音通过信号传入转播车。中泽语带苦涩，努力解释道："我们能理解警方的愤怒。派出这辆车并未通知警方，完全是我们擅自决定的，连电视台和广播电台的工作人员也毫不知情。我和东将对此承担所有责任……但是，这件事我们也是迫不得已。这是绑匪带来的老夫人亲笔信件，我来读一下。刀自写道……"

信纸被拿到摄影机前，中泽逐页展示刀自的笔迹，然后开始朗读。

一名绑匪直接潜入广播电视会馆……并以刀自的亲笔信为证，强行派出第二辆转播车……而且，现在他就坐在转播车上！

井狩、总部警察、指挥车上的镰田、所有出动的警员听到这些内容，心脏仿佛停止了跳动。警方如此兴师动众、费尽心思，竟是竹篮打水一场空！绑匪如今在某个远离警方力量的地方，将要实施这场电视对谈！

"地点在哪里？转播车现在在哪儿？"井狩大声怒吼。

转播车上的健次冷冷地摇头。

车速逐渐慢了下来。借着正义挥舞的手电筒灯光，已经隐约可以看到人影。会合地点就在前面。

中泽冒着冷汗回答："对不起，现在还不能说，等绑匪离开，我会立刻报告……已经要到了……现在车子停下了。会合地点就在正前方。绑匪现在打开车门，拿着麦克风下车。他下车了，开始跑起来……"

"混蛋……竟然只能眼看着绑匪逃跑……"

总部里有些警官沮丧得瘫倒在椅子上。机动部队中，甚至有人放声大哭起来。

"快开灯！你们要乖乖听话到什么时候！"井狩忍不住大喊。

"不行，"中泽提高音量，"如果开灯，我们将功亏一篑，此前的努力也都会白费。我们有五个人，绑匪只有一个人，我们多次想制服绑匪，但恐怕万一危及老夫人的安全，于是拼命地忍耐着。接到对方的信号前，我们只能等待。"

健次听着身后的声音，爬下溪谷的斜坡，走过独木桥。桥长大约三米。走到一半时，已经能听见前方 Mark II 车内收音机的声音。中泽正在大声喊叫。

"趁现在我来说明位置。按照绑匪的要求，我们一直沿着小路走，所以不能判断准确方位，但从大致方向和车程来看，这里应该是在津之谷村内的一角，大概是在中央偏东处。请立刻用信号检测仪确认。我的前面有条溪流，这里是某座高山的半山腰……"

津之谷村！

警察们目瞪口呆，面面相觑。他们做梦也没想到，绑匪竟然回到了刀自的地盘。为了这次行动，津之谷村所有警力均已撤离，现在仅东西两片区域各留有一名值班警察，以及在柳川宅邸内留有两名联络员。而能够担任搜查官的，哪怕连一位新人刑警都没有。绑匪虽然是敌人，但他们的这一招奇袭既精妙又大胆，令警方不得不佩服。

"没办法，只能向消防队请求支援了。"

负责联络的警员无奈地拿起话筒时，健次已经过桥，抵达对岸。此时正义将手电筒交给平太，奔下斜坡，拿出事先准备好的铁锹，与健次合力将独木桥推到水中。溪流这一侧的山道，周围十公里内杳无人烟，而转播车那侧四公里内就有五户人家。他们住在附近，一看电视自然便知道现场所在的位置，而既然是营救刀自，这些村民绝对会不顾一切地冲过来。拆桥就是为了防止他们轻易渡过溪流。

健次跟在正义身后爬上坡顶，脱下沾满灰尘的裙装，卸下胸垫，穿上运动外套和牛仔裤，恢复本来的装束。离开市区后，他就在头上套了丝袜，此刻脸上汗水淋漓，内衣也都已湿透。

"好了。"健次朝平太点头。平太打开手电筒，在空中划着巨大的"X"形。

"那是绑匪的信号。开灯！"中泽话音未落，转播车上立刻射出亮光，将对岸照得如同白昼。

光亮移动一两次后锁定了目标。

四千万观众翘首企盼的八十二岁女主角终于登场。

次日，国内外各大报纸均从各自视角报道了这场电视对谈的情况。若再加上私人日记或笔记等内容，关于本次事件的信息量可谓天文数字。以下是从中节选出的几段质量较高且尊重事实的报道。

▼晚上九点四十八分十五秒，柳川敏子刀自出现在了电视画面上。从此时起，世界电视史上前所未有的直播大戏开始上演。接下来十一分钟多的时间里，全日本的观众都目不转睛地盯着电视屏幕。此前，不论是多么瞩目的女性，都不曾受到如此广泛而热切的关注，以日本为例，甚至连美智子太子妃①的结婚典礼也有所不及。（合众国际社）

▼刀自迎着照来的灯光，一只手架在额前遮光，另一只手拿着麦克风，在三名绑匪的簇拥下走到摄影机前。她穿的仍是被绑架时的那套朴素的碎花布和服，但透过画面也可以看出，衣服洗得很干净。刀自虽然略显紧张，但脸上依然挂着温和的微笑。已被绑架两周，她依然如此落落大方、沉着冷静，真令人难以置信。刀自身旁的三名绑匪，虽然蒙面的模样甚是诡异，却简直宛如服侍女王的家臣一般。（A报）

▼刀自在电视上一现身，摄影棚内的小女儿英子立即大喊"妈妈"，奔到电视机旁，其他家属也都站起身来。摄影师和助理们本不应分心，此时也不禁向屏幕望去。（M报）

▼"说话的是英子吧？"刀自的语气中带着怀念。家属们听到声音，一起呼唤着刀自。刀自似乎分辨出了每个人的声音，温柔地点点头。"可惜我这里没有便携电视机，看不到你们的模样，但我听得出你们的声音。"接着她逐一呼唤亲人的名字，声音低沉地说道："让你们挂念了。"摄影棚中的家属们哭成一团，电视

---

①美智子是明仁天皇的妻子，当今日本的"上皇后"。原作首次出版时明仁天皇尚未即位，美智子还只是太子妃。

机前的四千万观众见到此情此景,也不禁为之流涕。(Y报)

▼这场对谈中,表现得最积极也最稳重的是刀自。"可奈子、英子、时子,你们别哭了。"她不停安慰着女儿和儿媳,"你们看,我的脸色多棒,精神头好着呢,活蹦乱跳的。"说着凑近镜头,故意模仿手指舞的动作,活动着手指。家属们本已泪眼朦胧,又被刀自逗得破涕为笑。(S报)

▼接着,刀自与家属展开了对谈。
可奈子:"妈妈,这些天您受苦了。住的条件怎么样?"
刀自:"条件没你们想的那么差。先说房间。我的房间有专用洗手间,日照很足,有利于健康,空间也绝对够用。他们还给我配了电视、报纸,所以我很清楚你们的近况。对了,英子,你一个女孩子家,怎么能轻易跟假绑匪动手?多危险啊。做事这么莽撞,是要栽跟头的。我教你防身术,可不是让你做这个用的。我这个当人质的,还得替你提心吊胆。听着,以后绝不许再做这种事。还有国二郎和大作,你们也真是的。两个大男人在,却要让英子出面,这算怎么回事?"
英子:"对不起。这不是哥哥他们的错,是我不对。妈妈,您最近吃饭怎么样?"
刀自:"吃的方面,虽然比不上一流酒店,但有个水平不错的厨师为我做菜,很合我的口味。"
英子:"真的吗?妈妈,是不是因为绑匪在旁边,您才讲这种话?"
刀自:"你想多了。绑匪绑架我勒索赎金,我为什么要讨好他们?如果这样做,太对不起那些为我操劳的人。"

英子："可恶的绑匪。喂！你们给我听好。要是敢欺负我妈妈，我会剥掉你们的皮！"

刀自："哎呀，你说话太粗鲁了。他们像绅士一样，对我一直很有礼貌。当然，既然是绑架，他们就得监视人质，不能让我外出，这没有办法。除此之外他们都很尊重我，没经我允许，他们绝不会进我房间。我如果觉得无聊了，会叫他们陪我聊天，听我唠叨那些往事。平常跟我说话，他们也很注意语气……所以你们完全不用担心。"

母女间的对话持续了大约三分钟。在紧张的氛围中，刀自以一流的幽默感完成了这场和睦融洽的对话。（各大报纸）

▼按照绑匪的通知，这场"对谈"的目的有两点，即以事实证明刀自依然健在，并让刀自亲口说明一百亿现金的筹措方法。对绑匪而言，当然后者才是重点。他们随时都有被警方追击的风险，肯定想让对谈尽快进入正题。但从电视上看，他们只是默默站在刀自左右，并未有任何催促或者做出任何指示。不知他们是有自信不会立即被警方查到，还是考虑到要避免在电视上使用威慑性的手段。与他们诡异面具下的表情一样，绑匪的心理活动也很难揣摩。而实际上，他们也似乎确实不需要做什么，因为刀自在聊完生活状况后，便极其自然地展开了这个主要话题。（A报）

▼刀自："接下来要跟你们商量绑匪要求一百亿的事。我得先说清楚，他们可是认真的。"

国二郎："他们要这么多钱，准备做什么？"

刀自："无论我怎么套话，他们都不肯说，只说是绝对机密。不过他们提出，这笔钱绝不会拿来购买武器或雇佣军队制造战乱，也就是一定会用于和平用途。关于具体目的，我想再追问也无济于事。问题在于，为了获得赎金，他们真的是豁出去了……东先生、中泽先生，你们一定怀疑，使者嘴里含的胶囊只是虚张声势吧。那并非糊弄人，而是真的毒药。虽然现在没法做实验展示，但我曾多次看到他们测试。野猫野狗吃了一挖耳勺那么点儿，马上就死掉了。那个胶囊的分量，估计能杀死一头大象。两位当时一定很不甘心，但是你们最终还是忍住了。我真的要感谢你们，我现在能平安无事，都是你们两位的功劳。"

（东和中泽事后含泪表示，刀自的这句话解救了他们。）

国二郎："可是妈妈，不管绑匪有多认真，咱们家根本拿不出这么多钱，这点您比其他人更清楚吧？"

刀自："用普通办法确实凑不齐。"

国二郎："啊？"

刀自："如果你们想在保住柳川家资产的前提下救我，那是不可能的。那样顶多能拿出两三亿。井狩先生说过，你们预备了相当大数额的一笔钱，我猜大概就是这么多。但现在是非常时期，要渡过难关，需要有非常的思想准备。我得再问问你们，你们认为我和柳川家的资产，哪个更重要。不用马上回答，先仔细考虑清楚。我会从国二郎开始，按顺序确认。准备好后告诉我。"

（画面切回摄影棚，然后在刀自和每个家属之间轮流切换。国二郎面露苦色，而摄像机无情地捕捉到了他的表情。此刻显得尤为漫长。）

国二郎："妈妈，我公司四百名员工的生计，还得靠我负责。这可不是个人的事情。就算是为了妈妈，我也不能无视这份责任。相信妈妈也能理解这一点。"

刀自："我明白，所以才从你开始问起。我想问的是，你是否愿意在完成社会责任的前提下，筹集一百个亿？"

国二郎："我如果有办法，就不会这么痛苦了。"

刀自："可奈子呢？"

可奈子："为了救回妈妈，我愿意牺牲任何东西。但如何凑齐这笔钱，我完全束手无策。哥哥都做不到的事，我就更无能为力了。"

刀自："大作呢？"

大作："我的感受跟姐姐一样。如果可能，我恨不得替您去当人质。但是，我算是依靠家里的资产生活，实际去做的话……"

刀自："你是说不知怎么去做吧。英子呢？"

英子："妈妈，你应该很清楚我的想法。就算倾家荡产，我也要救您回来……就是这样。"

国二郎："英子，你说得很轻松，但有没有考虑过现实情况？一句简单的倾家荡产，损失的可是柳川家的全部啊。柳川家祖上传下的基业，你甘心拱手让给那些来路不明的绑匪吗？"

英子："没办法，我们被盯上是因果报应，是作为全日本第一豪门的报应。绑匪肯定认定，全日本只有我们家付得起一百亿。说句不好听的，有这么多资产，真的不是什么好事。"

国二郎："英子，你什么时候成了这样？你是信神的，为什么这么说？"

刀自："不要再争了，时间已经不多了（此时离节目结束仅剩五分钟）。大家的心情是一致的，都愿意做出牺牲来救我，只是想不出办法，对吧？"

国二郎："是的，虽然我们能力有限……但从根本上是这样的。"

刀自："太好了。虽然你们作为我的孩子和柳川家的后代，这么想是理所当然，但能听大家亲口说出来，我还是高兴得快掉眼泪了。好，那我讲讲。你们想不到筹集资金的办法，是很正常的。国二郎手下工厂部门的资金不能随便动用，我的林业部门就更不行了。农林省的林业白皮书上也说了，近四五年来，因为供需状况失衡，林业不是赤字就是收支相抵，所以根本凑不出多少资金。不过，这是从事业的角度来说。如果从资产的角度来看，情况就大不相同了。"

国二郎："妈妈，您的意思是？"

刀自："我是说把林场卖掉。即使我这次没被绑架，这件事也迟早都得做，只不过是在将来你们继承遗产时。如果走继承，尽管须考量公司的营收，但核心仍是资产本身。从这个角度来讲，这跟处理掉没有区别。我已经考虑过了，决心趁这次机会，把名下所有的山林都送给你们。继承和赠与，在税率上完全相同。你们也知道，柳川家的山林约有四万公顷。我会全部送给你们，作为你们的共有财产。你们抓紧去办法律手续吧。这种形式的赠与虽然特别，但井狩先生在场，还有全国的数千万观众作证。在这种公开场合宣布，应该不会受到质疑。你们听懂了吧。这是计划的第一步。"

国二郎："但是，妈妈……"

刀自："先听我说完。办完赠与手续，这些山林在法律上就归你们所有，至于如何处理，全凭你们说了算。你们中有的人不清楚柳川家的资产状况，我详细说明一下。据目前的固定资产评估价格，我们家的土地平均每公顷十八万日元。至于林木，根据种类和树龄不同各有差异，况且其中还有三成是原生林、无法植树的荒地、不能作为固定资产的树苗，不好算平均值，但我估计每公顷大概是一百七八十万。所以合计估价，土地大约七十二亿，林木大约七百亿。办理赠与的征税标准，土地是一点五倍，林木是零点八五倍，所以土地价值一百零八亿，林木价值五百九十五亿，总计七百零三亿。既然制定这样的征税标准，表示国家认为这些林地具有相应的价值，你们将获得这些具备公认价值的财产。当然，赠与税是必须缴的。财产总额超过七千万，适用百分之七十五的最高税率，缴纳完后剩余四分之一，也就是一百七十六亿。而基本扣除额只有六七千万，暂且忽略不计。这笔钱足够付我的赎金了，但前提是能把这些资产全换成现金。"

摄影棚内的所有家属，包括频频表达意见的国二郎，都茫然地望着刀自，一时无语。电视机前的观众更是目瞪口呆。除了对巨大的金额感到震惊，人们更是对刀自迅捷无比的计算能力钦佩不已。事后验证，刀自所说的数字分毫不差。

刀自："这是一项大工程。我们必须保留一定的林地，供应国二郎工厂的原料需求，即便决定了出售的范围，还得找到合适的买家。估计没人能以个人名义出这么多钱，只能委托金融机构。而土地与林木都属于不动产，容易产生呆账，银行工作人员通常会不太乐意。这就需要你们展示出足够的诚意。反正这个情况早晚都要面对，这次我遭此劫难，你们无论如何都要筹到一百亿。如果靠一家银行不通，那就多找几家协助。我估计，T银行、F银行、S银行还有本地的W银行，都和柳川家有长期合作关系，应该不会断然拒绝，但关键还是得靠你们。另外，光准备好钱还不够，你们应该还记得，绑匪设定了交付的期限。我不清楚绑匪为什么指定十月一日，但他们也是进退两难。从今天到十月一日，只剩五天了。如此大金额的融资工作，一般而言短则一两个月，长则一年半载，你们却必须在这么短的时间内处理好。如果没有绑匪那种拼命的决心是做不到的。对你们来说，这可能是一生中最艰难的工作。"

"好的。"（国二郎点了点头。他迷茫的神情已经消失，眼神透出一股坚定，宛如换了个人。可奈子、大作，当然还有英子，都异口同声地立即答应。既然刀自心意已决，他们就只能这么回答。电视机前屏住呼吸聆听的观众，不禁都松了口气。）

刀自："另外再提一点，此事闹得这么大，难免会引来一些图谋不轨的人，就像那个洛克希德公司[①]一样。这个节目直播期间，估计就已经有人蠢蠢欲动。你们都不识人心险恶，我得特别叮嘱你们，不管是什么人想要帮忙出主意，你们都不能答应。跟银行也必须直接沟通，且由你们亲自去做。我们柳川家的血汗钱，一分钱也不能落入那些败类手中。"

家属："是！"（这次的回答异口同声，刀自脸上露出微笑。）

刀自："你们都吓了一跳吧？我会下如此大的决心。其实，心里最难受的是我。柳川家的山林，是靠我的祖辈太右卫门打下基础，花了三代人的心血打造出来的。如今它号称纪州最美山林，也都是各位先祖的功劳。现在为了救我一人，却要牺牲整个基业。然而，我一生八十二年，一直在保护和培育这片山林。山就是我的命、我的命就是山，两者早已合二为一。这么说可能有点过分，但为了救我，先祖们应该可以谅解，山林应该也愿意替我承受这些。国二郎、可奈子、大作、英子，那就拜托你们了。"

刀自话音一落，摄影棚内的大时钟刚好指向九点五十九分。

（各大报纸）

[①]洛克希德航空公司（Lockheed Corporation）于二十世纪七十年代为争取三星巨无霸客机在日本的订单而行贿，此事曝光造成多名官员遭到逮捕，包含前首相田中角荣。

▼刀自在"电视对谈"节目中现身，津之谷村的村民顿时兴奋到了极点。女人们泪流满面地望着电视上的刀自，各户人家互相打电话告知消息，男人们则忙着奔走联络。五分钟后的九点五十三分，村民们便看出转播地点是村子以东小杉地区的高地。住在该区的村民山中父子等八人，迅速开摩托车以及货车赶往现场。一行人发现转播车时，正是刀自结束谈话的前一刻。山中等人不顾工作人员的制止，沿着溪谷的斜坡滑下，想到对岸控制绑匪，救出刀自。然而溪流宽达三米，水势湍急，两名村民一跳进水中，就被冲到下游方向几米远处。等到爬上岸时，绑匪早已逃跑。愤恨无比的村民们围住转播车的工作人员，险些酿成乱斗惨剧。（Y报）

▼节目最后，柳川刀自还向县警本部长井狩说了几句话。直播时间只剩一分钟，现场已出现赶来救援的村民们所驾驶的摩托车和货车，画面中手电筒灯光交错，人声鼎沸。在这杀气腾腾的气氛下，刀自的言谈令观众感到格外震撼。而在这极其紧张的时刻，绑匪竟然也毫不慌张，允许刀自继续发言，这也令观众颇感印象深刻。

刀自的话如下：

"井狩先生，抱歉给你添了麻烦。最近这两周，你心里一定很痛苦。想到这点，我就非常内疚。实在对不起。在此要向你和警方的每位同志致歉。井狩先生，你刚才听到了，接下来是柳川家与彩虹童子的对决，不管最后一百亿赎金能否支付，这都是柳川家的私事。我知道你可能不会听，但还是想劝你，后续就交给我的家人处理吧。为了我一个人，动用大批公务员，花费国家那么多钱，我实在过意不去。彩虹童子虽然可恶，却并非言而无信之人。只要交了赎金，我一定能平安回家。能否相信我，从此不再过问此事？我在此衷心请求你答应。那么，井狩先生，请多保重身体……"

摄影棚内的井狩本部长一言不发，双手抱在胸前，听着刀自的话，双眸似乎闪动着泪光。他有一两次似乎要开口，但终究没有做出任何回复。（W报）

▼刀自将麦克风交给一旁戴着白面罩的矮个儿绑匪后，对摄影机深深鞠了一躬，展现出日本人特有的礼节。绑匪把麦克风装入提前预备的塑料袋并封好。事后发现，这是考虑到归还时需要对岸的转播车手动拉线，防止麦克风浸入溪水中损坏。涉案金额百亿日元的绑匪，心思竟然如此细腻。

当刀自和绑匪们转身背对摄影机时，大家都以为这场大戏已经落幕，摄影棚内传来了家属的啜泣声。

刀自和绑匪走进距直播地点右侧五六米处的一片树林，随后传出汽车发动声。直播过程中人们能听到车载收音机的声音，但只闻其声不见其踪，原来是藏在了树林中。

时间只剩三秒，灯光与摄影机依然追逐着刀自和绑匪离去的身影。结果，就在最后一秒，观众们目睹了戏剧性的最后一幕。

结束前一瞬间，一辆车钻出树丛，迅速消失在另一片树丛中。

啊，这是个什么怪物？！

记者只看到一团巨大的彩色色块闪过，但记者的日本朋友表示那好像是一辆彩车。所谓的"彩车"，是日本在庆祝传统节日时使用的一种装饰华丽的特殊车辆，一般充当表演的舞台。

总之，车上涂满了眼花缭乱的颜色，且是细碎的马赛克图案。在灯光照射下，色彩异常夺目，宛如狂人肆意挥洒创作的彩色粉笔画。这是一幅既无画面平衡感，又无格调可言的神经质的作品。

在人们印象中，绑匪使用的车辆一直是黑色的 Mark II。或许他们是为了掩人耳目才将车子涂色，但这也确实像他们的行事风格。虽不知他们是不是有意为之，但在这一瞬，这种与"彩虹童子"名号非常契合的情景无疑深深印在了观众心中。至此，今夜这场大戏终于落下帷幕。（世界报）

第六章 童子隐于雾

1

"老太太,我实在想不通。"

"想不通什么?"

"你的真实想法。为什么要如此努力帮我们呢?"

当晚,健次的这句话终于问出了口。平时是正义和平太轮流值夜班,但今天健次禁不住心中疑惑,主动替了班。正义与平太费了很大力气,才将按刀自提议贴在车上的伪装彩色纸清理干净。之后他们回仓库二楼休息,只留健次在客厅。这是健次第一次与刀自独处。隔壁寝室不断传来阿椋雷鸣般的鼾声。

"我们不是约定好的吗?"刀自的回答轻描淡写。

"不,没这么简单。起初或许的确如此,但最近你做的事早就不再是为了遵守约定或是服从指令。比如今晚,整个行动都是你策划的。我要潜入电视台,你还提出毒药胶囊这个'护身符'。电视直播过程中,更是从头到尾都是你的独角戏……自从提出一百亿的金额后,似乎变成了我们只需按照你的意思行动。正义与平太甚至说,已经快分不清到底谁才是绑匪。而且,这种情况并非最近一两天的事。我刚才想起,来这里的第一晚,你就多次跟大姐说过,要打扰好长一阵子。我当时就很奇怪,按我们的计划,最多待两三天就解决问题。原来你早就预料到,情况会发展到现在的持久战局面。但那个时候,才是你被绑架的第一天……

不明白，我真不明白，老太太你到底是怎么想的？"

"你追问得这么紧，我该怎么回答呢？"刀自委婉地说道，"阿椋的想法也有道理，我就用她的话回答吧。"

阿椋是个非常"天真烂漫"的人。

一行人回到家时，她飞奔出来迎接，大声赞叹道："我用收音机认真听了，夫人，您这可真是大手笔啊。"

"你们几位也辛苦了。"她为健次等人各热了一壶酒当作消夜。

"我虽然愚钝，但也稍微看出了夫人的想法。"她开始阐述起自己的理论，"夫人，这次的重点，其实不是一百亿赎金吧？我猜您是想趁身体还硬朗，设计好柳川家的未来。虽然这么说很失礼，但您在直播中也提到，几位少爷和小姐都不知人心险恶，如果按普通方式继承家产，恐怕会被一些鼠辈设计欺诈，最后被骗得一干二净。其实，很多人都担心，有您主持大局还好，可未来柳川家发展如何尚未可知。然而，不动产并不是那么好交易的，如果要强行出售，露出了自己的底牌，买方就会趁机狠狠杀价，那就真的亏大了。因此，您才策划了这场绑架案吧？真是太高明了。如今全国都知道您被绑架的事，搞不好会有性命之虞，谁还敢做乘人之危的无耻交易？或许还会有人为了展示豪侠气概，愿意出风头加价呢。就算保守估计，资产的售价也会比您评估的高。这样一来，不仅能做好资产整理，还拿到了一百亿现金，不愧是夫人。一百亿虽然很多，但以这种方式获得，税务局也不敢再去征税，所以入手时分文不少。有了这笔巨款，不管将来柳川家遇到什么困难，都能轻松化险为夷，家族能一直稳定安宁。啊，您太厉害了，怎么能想出这么绝妙的主意？而且，听了刚才的节目，谁都不会怀疑绑架和筹措赎金的真实性。您心里的真实想法一点儿都没有暴露,表现得像个真的人质。有个词叫'千金演员',您可不止千金了,您是万金演员……不,是亿金演员。"阿椋佩服得五体投地,滔滔不绝地称赞。

她白天做农活非常辛劳,加上平时很少熬夜,所以此时鼾声如雷。

"大姐说的不能算数。"健次苦笑道,"她是你的忠实粉丝。崇拜一个人能到她这种地步,我也是佩服得很。不过,我此前的猜测其实与她说的类似。"

"哦,怎么讲?"

"我猜你跟子女关系不和,故意不让他们继承财产。依你今天所说,一百亿能占到实际继承金额的一半以上。但若只是为了达到这个目的,你还有很多其他办法,没必要给我们任何东西。况且,通过刚才的对谈,我能感受到你和儿女间的感情。你把他们当作温室的花朵疼爱,他们也如此敬爱你。所以……"

"嗯?"

"我还曾想,你或许私下急需一笔现金。拿到赎金后,可以自己出了一半力为由,要求平分这笔钱。实际也的确如此,而且我们拿到五千万已经很理想,不会多说什么。不过这也不太可能,你如果有类似打算,一开始就会告诉我们。何况你聪明过人,根本不必跟我们这些人合作。这是我多疑了。"

"所以?"

"所以,我们想不出其他原因。既不是与子女关系不好,也不是想独吞赎金。如果是施舍给我们,一百亿的数目也太大了。真是搞不懂你的真正目的。"

"如果只是我心血来潮呢?"

"心血来潮?"健次瞪大藏在墨镜后的双眼,随即意识到她又在打太极。

"老太太,别绕来绕去了,告诉我实话吧。接下来就得去领赎金了,不搞清楚这事,我可睡不着觉。"

"真拿你没办法。反正有钱拿,理由根本不重要,你不这么想吗?"

"不。"

"好吧。但其实并没有什么特别明确的理由。"刀自一边往火炉里添炭,一边严肃地说道,"非要说的话,大概是猜疑心跟虚荣心吧。"

"猜疑心?"

"就是怀疑别人。你读过一本叫'忠直卿行状记'的书……哦,你应该没读过吧?"

"没有。"

"那是菊池宽写的一部小说。有位身份高贵的城主,希望与他人以普通人的方式相处,于是试着打破自己和家臣之间的主从关系。但是家臣却拼命坚持,维护这种关系。最终,城主因为方式过于暴力,被认定为暴君,受到惩罚。这世上的名门望族或者大富大贵之人,虽不至于如此极端,但应该能体会城主的心情。我也不例外。我是柳川家的千金大小姐,从小被周围的人奉承照顾,我本来对这些已经习以为常。后来渐渐明白,大家奉承我,不是因为我这个人,而是因为我的家世与财富。说来也怪,尽管身边也有真心待我的人,但一旦有了这种想法,我就不分青红皂白,把身边所有人都当作向柳川家名号和钱财摇尾巴的狗,最后连自己的丈夫及子女也不例外。这些年我心里也累得很,虽然不像少女时期那样感情丰富,可是猜疑心早已深植体内。社会上的人都尊称我为老夫人,儿女和孙子也亲热地喊我妈妈或奶奶,但我不知道，这样的尊敬有多少是针对我这个人的。恐怕大多数人看重的还是我背后的家产吧。所以，这次被你们绑架时，我的第一反应不是担心自己的安全问题，而是好奇社会和家人会作何反应。他们是真的为我担忧，还是表面上出于情面假装关心，心里却拍手称快，觉得我这个牛气冲天的老太婆终于遭到了报应？这是测试他们真实想法的绝好机会。如果事情闹得不够大，情况不够复杂，我可没办法做出判断。嗯，这是我的真实想法之一。"

"哦，猜疑心是这个意思啊。有点复杂，我没能全听懂，不过这方面我们跟你很不一样。我们从不在乎别人怎么想。那另一个理由是？"

"算是虚荣心吧。虽然年纪大了，但还是希望人们能称赞柳川家，认可我这个老太太。靠赎金抬高身价，就是个很好的办法。而且，这金额必须高得让人们跌破眼镜。如你所说，被绑架的第一天，我就已经开始盘算，按柳川家的财产最多能够支付多少赎金。计算的结果是一百亿。如果随便说个天价，结果付不出来，反而会让柳川家蒙羞。所以，从直播中也能听得出，我算得相当仔细。我以为你们至少会开价五亿，谁知道你们竟然只要五千万。真是气坏我了。"

"我越来越听不懂了。"健次提高了嗓门，"即使是想抬高身价，但如果真的把一百亿都给了我们，难道你也不心疼吗？"

"心疼的话，我一开始就不会开这个口。损失一百亿，柳川家也不会破产，反倒能让子女们紧张起来，更认真地对待生活。对了，我还没提过他们几个的事，不如顺便讲讲吧。"

刀自用倾诉的口吻说道："年纪最大的叫国二郎，在几个孩子里混得最好，但毕竟是在温室环境中长大的。看他的工作就知道，至今仍是砍后山的木头加工贩卖，完全是家庭工厂的模式。

他既没有开拓新的销路,也没有设法刺激市场需求,只是循规守旧,缺乏真正的创业精神。他表面上是企业家,但本质上跟靠祖宗财富的利息吃饭的人没什么区别。柳川家资产庞大,养活国二郎这一代人还算可以,但到孙子那一代,情况就很难讲了。本应担当全家顶梁柱的国二郎尚且如此,弟弟大作就更让人费心了。他已年近五十,别说对社会、对他人做贡献了,连自己都照顾不好。今天在电视上,他说愿意替我当人质,实在勇气可嘉,但就凭他,恐怕连三毛钱的赎金都不值。可奈子的情况也差不多,或许女孩子缺乏主见也正常,但她总是听丈夫指使,每次回家都要向我伸手要钱。虽然我不喜欢他们经营酒廊生意,但如果能自食其力,倒也无可厚非。但她丈夫不知在想什么,总是让妻子回娘家一千万、两千万地借钱。小女儿英子算是特例,她从小就不热衷欲望和财富。我本想出钱帮她修一座小教堂。唉,这次损失一百亿,我一点都不觉得可惜,但是没法实现建教堂的愿望,就有些遗憾了。不过按她的脾气,肯定会说拿赎金这笔钱盖教堂,也不会得到神的眷顾,就算送给她,她也不会接受……不好意思,说了这么多废话。"刀自略显羞涩地笑着,"雷,这次的事情,对他们来讲未必是坏事。这几个孩子共同的缺点是太过依赖安稳的环境,没尝过用真刀真枪竞争的滋味。而这次,他们必须与很多老江湖打交道,不仅要筹措一百亿,还得保住今后的生活费。这次的事关系到我的性命和他们自己未来的生活,相信国二郎、大作、可奈子,还有英子,无论是否乐意,都会拼命努力。光是这一点,花一百亿都买不来。"

"……嗯,有道理。"

"不过说起来,你们也没空去担心别人。"刀自话锋一转,"事已至此,你们得好好思考怎么处理这一百亿。要是继续以泡面为单位思考问题，无论如何也花不完这笔钱。就算有花的渠道，这笔钱也还是太多了。如果拿到了钱，却不知如何处置，那可成了天大的笑话。你们还是多花点精力，好好想清楚吧。"

"多花点精力？我现在一点真实感都没有，就算想，也定不下来……对了，老太太，我也有件事要告诉你。"

健次似乎突然想起什么，转换了话题。

这事他很早以前就想说。现在正好别无旁人，他决定趁机提出。

"嗯？"

"今天的节目里，播了你过去访问慈善机构的影像。那个地方叫爱育园，你还记得吗？"

"现在还在经营吧？在新宫的郊外。"

"是的，你觉得园长为人怎样？"

"你想说什么？园长他人很好。以前的第一代园长很不像话，把机构当作沽名钓誉的工具，并借助孤儿院为跳板，进入了市议会。为了避免重蹈覆辙，我也进入管理委员会，选拔出现在的第二任园长。他对孩子们都很照顾。你怎么突然提起这个？"

面对满脸疑惑的刀自，健次摘掉了口罩，接着摘下墨镜。绑架行动之后，这是他首次向同伴以外的人露出面孔。一种异于平时的紧张感令他的手微微颤抖。

健次把脸凑到刀自跟前，声音有些沙哑地问道："老太太，你还记得这张脸吗？"

刀自有些困惑地歪歪头，出神地望着健次。

客厅里只能听到阿椋的鼾声与挂钟的滴答声，时间已不知过了多久。

健次从一开始就未抱期待。关键并非刀自是否记得，而是她根本不可能认出来。刀自的记忆力就算再好，光靠这点提示也不可能认出他是谁。何况对于如此忙碌的刀自而言，健次的存在仿佛沧海一粟，她当然不会记得。健次虽然这样想着，但心中依然隐隐作痛。

但是。

"其实……"健次掩饰着失望的心情，正要开口时，刀自眼中突然闪耀光芒。

"你是不是那个想要登山小刀的孩子？"

"对，对，你竟然想起来了。"

健次眼眶发热。此刻他既开心又感动。果然，这个老太太并非只会作秀的假慈善家，她能真正体会少年心中的痛苦，是个温暖而体贴的人。

"原来是这样。你竟然就是那个男孩。"

刀自摇摇头，感触颇深地看着健次，又回忆起另一件事。

"那么，那个大便的孩子也是你？"

那是第二年，健次离园出走时的事……

第一任园长完全是个恶棍，他借着慈善事业的名义筹集各类资金，不仅侵吞单位的费用，连孩子们的伙食费和生活费都要克扣，并以此为本钱参与竞选。对于十四岁的健次来说，园长利用职务之便做坏事也就罢了，但连餐费也要被他中饱私囊，实在是忍无可忍。一天夜里，园里举办盛大的晚会，庆祝园长成功当选。健次与另一个出名的捣蛋鬼一起偷偷潜入会场，将装饰礼坛的不倒翁的头部和身体拆开，把头部吊到天花板上，并在其身体里拉了大便，随后逃出爱育园。

不知是幸运还是不幸，两人顺利逃到大阪，经捣蛋鬼的大哥介绍，拜了扒手"大匠"为师。这就是健次职业生涯的开始。

刀自记得登山小刀的事，自然令人感动，但她竟连这事也记得，健次不禁有些尴尬。

"还有这事啊，算是年少轻狂吧。"

"十三四岁的孩子，算不上年少轻狂。对了，当时大家都很奇怪，把不倒翁的脑袋吊起来，代表斩首示众，但你为何要在它身体里留下大便？大家议论纷纷，也没得出结论。"

"没什么特别意思。当时我们只是想抗议，告诉大家，经常挨饿只能拉出这种东西。"

"哈哈，原来如此。你们这么认真，本来不该笑你们，但没人理解你们要表达的意思。哈哈，你这孩子想法真有趣。哈哈哈……"

刀自笑得前仰后合，还笑出了眼泪。过了好一会儿，她才收起笑容问："那么，你绑架我，是为了报登山小刀的仇？"

"怎么会？我又不傻。现在回想起来，那时我向你大喊，其实是在撒娇。在那之前，我从来没对人撒过娇，也从来没人对我那么好，所以才忍不住那样说话。"

刀自轻轻点头。"哦，难不成是为了报恩？"

"你这样讽刺，我不知道该怎么回答。我们一开始定的目标就不是小孩或年轻女子，而是上了年纪的老太太。再加上必须得是有钱人家，我认识的人中，就只有你一个了。而且还有一个条件，家属必须愿意为其支付大笔赎金。如果不小心绑了个惹人厌的老太婆，家属巴不得我们留下她，反而欢天喜地，盼我们代为照顾老人，可就亏大了……不过，如果我不认识你，可能当初也不会想到这个计划。"

"原来如此。因为山在那里，所以要去攀登……因为我在那里，所以你要绑架……世间的缘分真是奇妙。"

刀自感慨万分地低声细语,接着目光锐利地盯着健次。

"户并健次,这是你的名字吧?"

健次大吃一惊,但也不再发怵了。

"是啊,你竟然还记得。"

"就算我现在想不起来,只要查查爱育园的资料,马上就能查出你的名字。户并,为什么要向我亮明身份?难道今天的影片里有你?"

"是的,你怎么知道的?"

"爱育园的纪录片是创立十周年时拍的,那是昭和三十八年,而大便事件应该是昭和四十年。所以那时你应该还在园里。"

"老太太,你真是太厉害了。"

健次忍不住点头,佩服刀自惊人的记忆力。

"我确实被拍到了,只有一点镜头。不过这不是主要原因。"

"我想也是。绑架集团的首领,怎么会为这种事自报家门。那你到底是为了什么?"

健次听刀自语气严肃,不由得转头面向她。两人坐在一起,健次要高出一截,自然形成俯视的姿势,但心理上他却感觉在瞻仰一位巨人,实在不可思议。

健次思索片刻后说道:"和刚才你的感受一样,心情这种东西,很难讲出个所以然。你也看到了,为了不输给你,我付出了很多努力。正义与平太没两天就乖乖就范,在你面前像猫一样乖,而我与他们不同,如果说出的话做不到,会有失大哥的威信……但是,我渐渐觉得如此摆架子既愚蠢又空虚,就像在演独角戏,毫无意义。我今天琢磨了,现在的我跟小时候对你大吼的我,并没有什么不同。而你却把我当集团首领,给足了我面子。如果你愿意,不费吹灰之力就能从正义他们口中问出我的身份,但你并没这么做，而是严守作为人质的本分。而我只不过是靠这一点摆摆架子而已，本质上就像你在哄孩子一样……坦率讲，我不想在你面前继续演戏，不想继续戴墨镜与口罩，也不想让你再叫我'雷'。我想以真面目轻松地跟你相处。"

阿椋的鼾声渐弱，火炉里的木炭发出爆裂声响。此时已是深夜。

刀自平静地问道："你为什么这么信任我？我可是人质，一旦恢复自由，马上会告诉警察绑匪的情况。"

健次微微一笑。"如果你这么做，那一定是我们不好，只能认栽。对了，我还没讲过和歌山公寓的事。"

和歌山公寓，指的是健次等人原本计划藏身的公寓。刀自对此曾有一番推论，为了验证情况，健次在潜入电视台前，专程去了一趟。

现场乍看上去毫无异样，但在公寓附近走了一会儿，健次便察觉被人盯上了。幸好他此时男扮女装，于是取出小化妆镜，透过镜子发现对面二楼的窗后有个男人在往下看。此人面相凶狠，不像普通市民。

健次找到公共电话，试着打电话给房东。房东态度异常亲切，询问健次人在哪里，还不停地搭话闲聊。健次觉得蹊跷，轻轻放下话筒，走出电话亭，装成路人观察情况。不出一两分钟，便看到三辆警车疾驶而来，其中两三人奔向电话亭，其他人则冲向公寓。刚刚站在对面公寓二楼的男人也在其中。

警方果然早已盯上这栋公寓，严加防备。健次不禁起了一身鸡皮疙瘩。

"事情就是这样。当时要不是你提醒，我们早就自投罗网了。即使以后你告发我们，也不过是扯平了，我们不会怨你。"

这并非场面话，也不是奉承对方，健次自认为生平从未如此诚恳过。

此时，即便刀自要求健次自首，他也会毫不犹豫地答应。健次虽不是阿椋，但也开始相信，老太太说太阳会从西边升起，太阳就不该从东边出来。如果事与愿违，不能怪这件事情，而是要从自身找原因。健次已觉得这些道理非常自然。

刀自轻轻叹口气，说了句令人意想不到的话："健次，你的眼睛很漂亮。"

"啊？我吗？"

"是啊，你的眼睛像水晶一样清澈。就算我这只经验老到的九尾狐狸，也不忍心辜负了这双眼睛。"

"啊？狐狸？"

"去休息吧。心里话都说出来，应该舒坦了不少吧。好好休息，养精蓄锐，才能应付接下来的难关。"

"那我们真的……"

"你在想什么？事已至此，难不成你还胆小退缩吧？"

"这倒不是……"

"那就听我的，快去睡觉。"刀自露出了爽朗的笑容，"一百亿现金交易可能史无前例，我们如何才能成功接收呢？要拿到孩子们千辛万苦筹到的钱，我也必须拿出我这代人的智慧才行。我们已经推心置腹，你就不用再值班了，回仓库休息吧。我也想试试在没有呼噜声和磨牙声的环境里好好睡一觉。"

仓库二楼，正义和平太睡得正熟。健次钻进两人之间，不一会儿便已入睡。正义的呼噜声跟平太的磨牙声完全没有妨碍到他。

2

次日，即九月二十八日，县警本部坦承昨夜的行动彻底败北，并发表以下声明：

绑匪在通告中已经有一两处暗示性的表述，但我们受表面言词迷惑，竟没能看穿绑匪的真正用意，痛失逮捕绑匪的绝好机会，我们为此深感自责。然而，绑匪在这次行动中也冒了很大风险，尤其是以下几点，这让我们对'彩虹的另一只马脚'，也就是现在绑匪的藏身之处以及其情况，掌握了一些重要线索。

1. 转播现场位于津之谷村小杉地区，与奈良县接壤，交通往来十分方便。昨晚，村民根据节目判断出绑匪所在的具体地点，之后完全封锁了村内所有道路，却没发现绑匪的踪迹。由此基本可以推断，绑匪应该已越过县境，逃往奈良县去了。

2. 绑匪精心挑选了转播地点，现场具有便于通信、村民干扰较少、有利于防止追踪等优点，可见绑匪精通津之谷村的地形情况。我们本以为绑匪是外地人，不过从这点看来，绑匪中或许有该村村民，或是至少有过该村居住史。因此，警方将重点调查此前疏忽的村民群体，以及已经离村并对柳川家心怀怨恨之人。

3．当夜，绑匪所用的汽车车身刷满鲜艳的迷彩。单凭录像无法判断是真的刷了漆还是用了其他方法，但警方认为绑匪此举是掩人耳目的惯用伎俩，当夜过后，车子就会复原。然而，问题在于，车子花花绿绿的造型令人过目难忘，但为何至今都没有任何目击者？即使是偏僻的山村，只要是有路的地方，不被发现几乎是不可能的，大城市更不必说。先前主流论断认为'彩虹的另一只马脚'在大城市周边，现在看来这一点推测已被完全推翻。

4．原本在绑匪指定路线上待命的各部队，在转播现场的位置确认后立即调头，配合在周边地区布起警戒线的奈良县警，大约两小时后就封锁了通往现场的所有主要道路。绑匪绝不可能逃离这个封锁圈，只是尚未发现绑匪的车辆，且无从获得相关信息。

5．昨晚现身的三名绑匪，身高和其他特征与已掌握的资料完全一致。虽不知他们是否隶属某个团体，但几乎可以肯定，参与本次行动的只有这三人。

综合以上几点，可以推断绑匪现在的藏身处具有以下特征：（一）位于奈良县东南部（二）在人口稀少的山村（三）可能是远离其他人家的独立民宅（四）抑或是山中的洞窟（五）离转播现场大约八十公里范围内。（六）而潜伏在独立民宅或洞窟里的，包含刀自在内共有四人左右，而且（七）其中至少有一人熟悉津之谷村。

县警和特别搜查总部为应对接下来的交付赎金行动，将拟定万全之策，并在奈良县警的支援下，持续追踪绑匪的潜伏地点。恳切希望两县县民继续为警方提供协助。

记者会上，当记者问起井狩本部长对刀自的呼吁有何感想时，他面露沉痛之色，回答道："从老夫人恳切的语气可以听出，那绝非绑匪的指示，而是她本人的意思。老夫人非常清楚，案发后警方历经辛苦，所以才说这些话，以稍微减轻我们的压力。然而，老夫人应该很明白，警方不可能坐视不管，让案件变成私人交易。因此，虽然有刀自这番话，但警方的立场也不会有丝毫改变。就像声明里提到的，在距交付赎金的这最后五天内，我们能找出绑匪的藏身地点固然最好，但若不能如愿，交付赎金当天将是最后的决战。一百亿日元不论是纸币还是金块，分量都是此类案件中史无前例的。任凭绑匪再诡计多端，要顺利取走巨款也绝非易事。这场对决我们必将取得胜利，我们相信，这也将是报答老夫人关怀的最好方法。"

另一方面，柳川家的筹款行动也在全速推进。

原本迟疑不决的老大国二郎，一下定决心，办起事来效率高得惊人。英子自不必提，连原本畏畏缩缩的可奈子和大作，行动起来也完全不输哥哥。

绑架案发生以后，英子每天都坚持写日记。她写道："自从对谈后，两位哥哥和姐姐都变得更加积极。总的来说，我们都是敬爱母亲的孩子。虽然我们经常吵架，但一旦出现外敌，我们就立刻回到了过去团结一心的状态。"

除此之外，促成家属团结的，还有在四千万观众面前公然许诺的责任感。更何况时间只有五天，他们根本没时间犹豫彷徨。

深夜，一行人回到津之谷村大宅，第一件事就是着手调查山林的相关文书。结果证实，刀自所说的数字果然极其精确。

"那么，赠与税的总额是五百二十七亿多一点。这么庞大的数字，如果靠一点点变卖山林支付，一百年也凑不出来。因此，只能用一次性实物缴纳的方式。如母亲所说，用我们核定的评估额度，无论换多少钱，国家都只能同意。"

众人一致通过了处理方案。

"问题在于哪些用来变卖换钱，哪些用来缴税。百分之七十五的税率，就是全部的四分之三，粗略来算，要交出约三万公顷的土地，手里留一万公顷。但每块地的林相与地形不同，不能这样一刀切地处理，只能参考这个比例，先决定留下哪些。保留的条件是离家较近、完整相连、林相和土地情况较好的，其余那些品相一般的就用来缴税。"

商定完毕，他们动员串田总管等负责宅中事务的员工，一起开始筛选。

这项工作比想象中还要困难。林相情况千差万别，既有每公顷价值超过三百万的美林，也有一文不值的荒地。如果以土地面积为参考值，则总价过高；若以土地价值为参考，则会在面积上吃亏。若能以土地编号为单位划分，后期处理会方便得多，但同样是带编号的土地，面积差异太大，有的面积达到一千公顷，有的则只有两三公顷。

"这座山是上上代的太右卫门老爷最先着手经营，可以说是柳川家的发祥地，虽然林相和土地状况都很差，但就这样交给国家，未免让人遗憾。"

串田总管不时会有感而发，导致工作速度并不快。

"到底为什么要把这么多土地上交国家？"英子的疑问点颇有她的个人风格。

"我们家都是山地，所以才能延续保留下来。战后，占领军认为中产阶级是资本主义的关键，必须加以扶持，所以在土地改革中，没有把山林和住宅用地划为对象。假如当初家里的资产是耕地，柳川家早就不复存在了。"国二郎做了解说。

最后打破僵局的，竟然不是身为企业老板的国二郎，而是慵懒的画家大作。

他年龄四十多岁，平日给人"超脱世俗"、又喜欢信口开河的印象，实则在金钱方面有着敏锐的观察力和判断力，直到这种关键时刻才被激发出来。

在他眼中，多愁善感或所谓因缘都是多余的，他只看重实际利益。二十年来，他几乎不曾进山，此时却拿着地图、行政区域图反复比对土地面积列表，指出实际面积可能比账面记录大的区域，竟与串田总管的估计基本一致。而且，他并没有单从林相或土地状况来判断土地价值。

他发言道："这块地要保留，别拿去抵税或卖掉。"而他标记的这块地方，位置和山林价值只有C级。旁人问他原因，他回答："再过二十年这里将成为最高级的别墅区，如同现在的轻井泽。"他连土地将来的旅游价值都考虑在内。

他单手拿着计算器，运算的速度之快、正确率之高，连在酒廊收银台工作而精于计算的可奈子和算盘高手串田都难以与之匹敌。原本不知得花多少时间才能完成的筛选工作，到黎明时已大概有了眉目，其中多半是大作的功劳。

统计最终完成是在早上七点。众人挑选出近一万公顷土地，价值约一百八十亿，完全符合当初的预估。

"实际面积和价值应该能再多两成。这样如果还凑不够一百亿，我们可真的会变成全日本的笑柄。"

随着国二郎的这句总结，众人在案发以来第一次如此爽朗地笑出声来。

"哥，这样就不用急着卖了。我看不如全都拿去抵押，以冻结三年、分期十年、年息一分二厘的条件向银行贷款。虽然全卖掉也能够换回一百亿，但我们若能留下这一万公顷土地，岂不更好？一年的利息十二亿，等于每个月一亿，应该能做到。"大作提议。于是，这成为接下来众人与金融机构交涉的思路。

英子在日记中补充道："可奈子姐揶揄大作哥，'你别画画了，去哥哥公司当会计吧'，他一本正经地回答'我正有此意'，国二郎哥调侃'不过在赚回一百亿前，可是没有薪水的，这是你给妈妈添麻烦要付的辛苦费'。像这样兄弟姐妹间毫无隔阂的欢乐场景，已经许久不见。大概不仅是因为赎金筹备有了眉目的安心感，还因为大家都感受到了团结一致达成目标的力量和喜悦。"

吃完早餐后，四人只休息了三十分钟，就继续开展行动。先去村里的办事处办理财产赠与手续，再到法务局办理名义变更，然后去与银行进行协商，他们的日程排得非常满。

各个机构也都格外配合。工作人员都看过昨晚的电视节目，已经提前了解情况，完全不需要再多费口舌解释。

他们一到达村办事处，村长便立即奔到门外迎接。

"各位要办赠与手续吧？一次性赠与四万公顷土地的情况，可谓史无前例了，我已让全体职员待命。老夫人是赠与者，各位是被赠与者，只要有老夫人的印章，手续就没问题。但是法务局和税务署比较麻烦。税务署的事在后面，现在先不用管，但法务局那些家伙，平时就算办一公顷土地的名义变更业务，也得通过司法代书人，办理起来得花一周到十天。总之，我们会全力去做。不过四万公顷的土地，有三千几百多块区域，恐怕一两个小时内无法完成。"

村长亲自上阵，指挥职员从一行人的车上将资料搬进办事处，服务得无微不至。他与柳川家交情很深，昨晚与村民们燃起篝火，在路上监视往来车辆，一直工作到深夜。

包含午餐时间在内，一行人在办事处待了四个多小时。其间他们不断回答问题，帮忙搬运文件，等回过神，才发现每个窗口前都空空如也，没有任何村民前来办事。

"你们平常都这么清闲吗？"大作不小心问了蠢问题。

"当然不是。"村长有些不快，"村里的人都知道，今天这里要处理柳川家的事情，一定会忙得焦头烂额，所以不来打扰。对了，刚才警察在电视上的声明，真是莫名其妙，说什么正在搜查对柳川家心怀怨恨的津之谷村村民。其他村如何我不知道，但你就算把津之谷村翻个底朝天，也找不到这种居心不良的家伙。"

不只是村政府，全村居民都在举全力协助此事。

这天恐怕是村办事处成立以来工作效率最高的一天。柳川家一行人将处理好的全部文件资料搬上车，下午便赶到新宫的法务局。

四人刚下车，就被直接请往局长室。

"各位的担忧，我们感同身受。各位也了解，我们的工作不允许有丝毫错误，通常会花些时间。但这次是特例中的特例，我们一定会尽全力，在一两天内全部完成。请不用担心我们这边，马上开始与银行交涉吧。如果在名义变更手续上耽误了时间，让老夫人的生命安全受到威胁，那可就成了人道方面的问题了。"

局长考虑得非常周全。如此一来，法律手续相当于已经全部完成。

时间极为紧迫，接下来是真正的资金筹措环节。众人先分别打电话咨询市内各银行支行，得到的回答如出一辙：支行虽有权限决定融资金额，但因时间太短，技术上存在困难，建议直接与和歌山的负责人进行交涉。于是由安西开车，众人立即赶往和歌山。

抵达和歌山时已是傍晚，众人首先拜访地方W银行的总行。"后面就交给我吧。我跟各个银行打交道多，尤其是W银行，从它创立之初便跟我一直保持合作。一开始的两亿日元也是W行的分行帮忙准备的，而且董事长和我私交也不错。我来办吧。"途中国二郎自信满满地拍胸脯。但实际上，此事根本无须他出力。董事长事先接到了支行联络，已经恭候多时。一见面他便开门见山道："这次承蒙老夫人专门指定，我们感到非常光荣。"他也把柳川家人当作贵宾，说道："其他三家银行还没做出回应，但本行很乐意尽绵薄之力。什么？拿一万公顷土地抵押，作为贷款条件？既然是柳川家，其实本来不用拘泥于形式。至于文件，我就先收下了……对了，我曾在书上读过，这类绑匪一般不喜欢连号的新钞票，而是要求提供用过的旧钞。不过，二三十亿的旧钞，可不是随要随给的，应该提前准备比较好。"言语之中竟开始顾虑起后续问题来。

"确实如此。不过绑匪还没提任何要求，我们也还没考虑过。不过你说得有道理，早做好准备，到时候就不会慌乱。"

国二郎等人反而是在被银行引导着。

此外，董事长"其他三家银行……"的说辞只是为了迎合客户随口一说。因为，一行人接连拜访这三家城市银行的分行，同样受到热烈欢迎。

其中有银行表示："尽管权限上没有问题，但毕竟此事是全国级别的大案，我们希望先征得总部同意，现在已经在联络了。

如果没问题,将由 W 银行牵头,明天办一场四家银行的碰头会,然后再和各位正式商谈。"可见,融资早已是既定事实,且四家银行已私下商定好具体步骤和日程。

各家银行非但没有坐视不管,反而争先恐后主动合作,甚至有本地出身的分行长坦承道:"老夫人点名,最后一个才是我行,我当时盯着电视很紧张,唯恐老夫人不提我们。如果不提,我们肯定会被高层责怪,怪我们平日工作不够努力。"

离开最后造访的 S 银行,一行四人坐上车,脸上神色终于放松,不约而同地笑出声来。

"人们都说,船到桥头自然直,但没想到会这么顺利。"

"多亏了母亲的名声和电视的威力。不过,我们好不容易才做成抵押物品清单,这几家银行竟然都没正眼瞧一瞧。"

"这也是我们柳川家的实力。啊,这下肩上的担子终于放下啦。大家的努力没有白费。"

回程的车上,欢乐的谈笑声不绝。

当然,在当地之外的地方,多少有些不和谐的声音出现。首先就是当晚的国会质询。

关于这部分,我们再次借用英子略带文学色彩的日记来了解大致情况。

3

【英子的日记】

……（前略）一行人胜利打道回府，串田慌忙出门迎接说："今晚有电视转播。"众人惊诧道："母亲又要上电视？"串田回答："不，是众议院的转播。"

大伙不解，细问后得知，电视台的中泽来电，告知在今夜的众议院预算委员会上，议员沼袋一寅将就本案提出质询，于晚八点由NHK教育台全程直播。

"沼袋是谁？"

"他是有名的鹰派①。"国二郎哥回应道。

"哪方面的鹰派？"

"我也不清楚，但他做什么事态度都很强硬，肯定是鹰派。"

国二郎哥对政治最为熟稔，也不甚了解此人，其余人更是初闻其名。

这只来历不明的老鹰，不知将发表什么高论。众人心中颇为不安，草草用餐后，便一起来到电视机前。

转播开始。在一两名议员质询其他事宜结束后，委员长点名

---

①鹰派，指在政治立场上采取积极、强硬态度的人物。

沼袋，一名议员起身上前。此人面相丑怪，与其叫鹰派，不如叫螃蟹派。他清清喉咙，发言道："根据昨晚媒体报道，和歌山绑架案人质的家属已同意绑匪要求，正在筹措一百亿赎金。此事乍看属于地方个案，实际绝非如此简单。若是一两亿倒也罢了，一百亿可是笔巨款，相当于很多城市的年度预算了。这样一笔巨款，家属如果轻易支付，势必会给民众的心理带来巨大冲击，成为严重的社会问题。关于此事，我想请教首相的意见。"

首相？我们面面相觑，没想到首相竟会参与此事。只见首相起身前往答辩席。

"关于此案事态进展，我也非常忧虑。"

首相语毕行礼，退回座位。语言虽简明，却令人不得要领。

"他忧虑什么？怎么个忧虑法？"国二郎哥嘀咕道。所谓"小巫见大巫，神气尽矣"，一听到首相的名字，他面色苍白，甚至浑身发抖。随后沼袋再次站起来。

沼袋说："意大利前总理莫罗遭到绑架的事件举世震惊，相信大家依然历历在目。那次事件的赎金据说是二十二亿，涉案金额巨大这一点，与本案如出一辙。现在世界越来越小，在西方失败了，就跑去东方，是激进派组织的惯用手段。本次案件会不会是在莫罗事件中失败的团伙卷土重来？"

我直骂"这人是傻子"，他显然连报纸都没读。首相又返回答辩席。

首相说："两起案件涉及赎金确实都是巨额，但莫罗案的绑匪提出释放政治犯等政治诉求，本案却单纯索要赎金。从其他方面来看，本案也应该与赤军等极端组织没有关联。"

"就是，就是，这人为什么要找茬儿呢？"我拍手道。但没想到，这只是论战的前半部分。

沼袋（立刻起身）："即便与极端组织无关，此案的绑匪如果得逞，也可能像劫机案后会诱发多起巴士劫持案一样，第二起、第三起类似事件会接踵而至，给我国的治安带来颠覆性的打击。关于这点，不知首相有何看法？"

他说的确实有理，我们紧张地等候首相答复。

首相："刚才我说的忧虑，正是这一点。"

这下我们才明白。身为一国首相，理应有此远见。但即便如此，我们也不知到底如何是好，大家议论纷纷。国二郎哥抖得愈发厉害了。

沼袋（奋然站起）："那么，您打算如何处理此事？"

他言毕迅速就座。首相与身后之人对视一眼，回应道："除了加强治安、坚决取缔非法行为外，没有其他办法。"

沼袋（再次迅速起身，环顾四周，声势咄咄逼人）："但是一旦开了先例，今后防范将会更加困难。当前，我们应再进一步，禁止柳川家支付赎金，以免引起社会问题，这才是最佳做法。"

原来此人的用意在此。

"可恶，这个混账！""开什么玩笑，敢对母亲见死不救？""想就这样袖手旁观，简直是个禽兽！"我们在电视前破口大骂。此时，首相再度临席。

首相："如同刚才所说，绑匪并未向包含政府在内的第三方提出任何要求。因此，从法律上讲，政府或执法单位没有理由禁止支付赎金。而且，就算只是劝告，若由此导致人质遭遇不幸，谁来承担责任也是一个问题。总之，依据现行法律，我们认为只能将选择权交给家属。"

我见首相驳回了沼袋的无理要求，保证了我们的权利，正要拍手叫好，但看到大作哥的表情，又憋了回去。男女差异当下显露无遗。

他目光锐利，但并不欢喜，而是带着怒气说道："你的意思是规定不能做，所以不做，那要是规定可以，你难道要照做？堂堂一国首相居然说出这种话。子女营救母亲天经地义，你为何不提？"

国二郎哥此时也不再颤抖。估计他是听到大作哥所言，心中义愤填膺，不再顾忌首相的权威。

我不禁肃然起敬，盼望母亲能听到这番话。本次事件实属家门不幸，我们承受了巨大的痛苦和无尽的煎熬。而大作哥一改往日慵懒面貌，展示出男子气概，着实令人欣慰。然而常言道，好了伤疤忘了疼，大作哥今后能否彻底洗心革面，尚未可知。

委员会上，沼袋因观点遭到首相反驳，神情失落，却也不肯善罢甘休。他愤然起身，转向法务大臣。

"那么，我要请问法务部门。按照常识，因遭到胁迫而做出的行为，并不具有法律效力。既然如此，柳川刀自在绑匪胁迫下将主要家产赠与子女，并令子女变卖，是否欠缺合法性？若是如此，受理家属申请的相关机构是涉嫌违法的。财产变卖的结果，当然也是无效的。这点您怎么考虑？"

这确实是我们的盲点。倘若沼袋所言成立，那我们连日奔波的辛苦都将付诸东流，百亿赎金也将无法筹集。我们心中一惊，往政府席位望去。一位官员弯腰向法务大臣轻声细语，递过一张纸条。法务大臣将眼镜拉到额头，读罢，缓缓走向答辩席。

法务大臣："如您所说，凡明显因受胁迫而发生的行为，不具有法律效力。但本案的情形，绑匪只是胁迫家属支付赎金这件事本身，而并未涉及筹措赎金的方法。简单讲，绑匪只管要钱，并不关心这笔钱怎样筹集。因此，柳川刀自及家属的行为是出于自由意志，在法律上是合法的。况且，刀自之所以赠与子女家产，是因为如果一直放在自己名下，今后通过第三者处理会有种种不便，这只是为了规避不便而为之，并非绑匪胁迫而导致的必然结果。法理上，两者间不存在因果关系。因此，只要资料完备，相关机构当然需要受理。而不论家属如何处置被赠与的资产，也同样合法。"

"没错。""那当然。"我们松了口气。"瞧，他这是自找麻烦。"可奈子姐道。她与我一样并不精通法律，原本担心不已，听到法务大臣这一番话，才放宽心批判沼袋。

不料沼袋仍不认输，瞪着政府席发言道："总之，看来政府无法采取任何法律手段。依我看，政府过于轻视本案对财政方面的影响。一百亿巨款如果落入绑匪手中，普通民众将对货币发行产生不信任感，进而导致货币币值不稳定。为规避类似风险，政府应当阻止赎金支付。对此也应当有法律依据。"

欲加之罪，何患无辞。此人言论虽毫无道理，却又不易反驳。我们惴惴不安，只能等候答复。

这次轮到了财务大臣。有官员凑到他耳边低语，同样递上一张纸条。他走上前说道："由于本案的类似案例很少，缺乏足够数据证明，究竟绑匪握有多少不法货币，才会引起刚才议员提及的状况。在本案中，我们假设绑匪收到的一百亿现金都是一万日元面值。按照现在日本银行的纸币发行量，至上个周末为止大约是十三兆四千三百亿日元，其中万元纸钞占百分之八十二点四，约为十一兆六百亿元。绑匪若获得总额为一百亿的万元纸钞，则仅占总发行量的百分之零点零七，万元纸钞占发行量的百分之零点零九。根据常识判断，此举应不会影响货币稳定，也不会引发混乱。"

可怜的沼袋想要强词夺理，却再次败下阵来。"看，不管他怎么找茬儿，都不会得逞。"我大声叫好。此时，沼袋的脸色已如同煮熟的螃蟹。

沼袋："政府口口声声说深感忧虑，实际上的所作所为却几乎是在包庇绑匪。我想再次请首相负责任地回应。莫非政府不能有任何作为，只能对此事袖手旁观？"

首相显然不悦，起身答道："刚才已经提过，这类案子除了加强治安、坚决取缔非法行为外，没有其他根本性的办法。"

言毕，首相立即回座。

沼袋（毫不退缩，拍桌大叫）："但是，现实情况是，警方目前根本找不到绑匪的行踪。日本既然是法治国家，岂可容忍绑匪在光天化日之下绑人勒索？警察机构到底在干什么？"

进攻的矛头这次转向了警察厅长。对此我其实多少有些同感。然而，就在今天早上，警方在柳川家中重设前方调查小组，众位警官忙于奔波调查，从清晨一直忙到深夜，实在令人感动。井狩本部长的工作热情毋庸置疑，而警察厅长的回答也得到了大家认同。

警察厅长回答："相信当地警方正在尽最大努力调查此案。"

事后我将此话转告前方负责人，他紧咬双唇，默默点了点头。

沼袋勃然大怒，仪态尽失，猛然起身道："政府和警方的回复不成体统，无法让人信服。"他高声呼叫，极其愤怒，最后终于爆发。

"政府没有认清问题的本质。例如财务大臣提到，百分之零点零九不会造成经济恐慌，但百分之零点零九已接近百分之零点一，也就是千分之一。也就是说，如果纵容下去，日本的每一千张万元纸钞，便有一张落入绑匪手里。这难道还不够严重吗？只要一百亿的二十分之一，就足够把首相赶下台①。一旦默许绑匪得逞，本案就等于开了先例，赤军等极端组织以后就会把目标从劫机转移到绑架政界、商界的重要人士上，勒索赎金也必定会水涨船高。敢问首相，到时您的赎金会是多少？"

在这紧张时刻，忽然有人起哄道："你又值多少？"惹得满场哄笑，我们也随之捧腹。沼袋怒视对方，却哑口无言。他那副模样，看起来真是一文不值。委员长笑着望向政府席，见首相板着面孔，没有再站起来的意思，于是宣布"答辩到此为止"。沼袋黯然归席。最终，真是"沼"里的水也干了，"袋"子的底也破了，这场质询最终变得有头无尾……（后略）

---

① 暗指日本前首相田中角荣因受贿五亿日元而下台一事。

4

虽然沼袋的质询在起哄中收场，但他毕竟是国会议员，此事掀起的波澜颇为令人意外。

因为本案件背景具有相当大的话题性。

当刀自在直播中说出四万公顷和七百亿等数字时，连许多专家都大吃一惊。在他们的认知里，姑且不论北海道，在本州地区拥有一千公顷林地便可称为林业大王，目前已知的仅有十多人。其中山林资产最多的是岛根县的三个家族，俗称"出云三名族"，但其中排首位的田部家也只有一万公顷。其下樱井家有四千公顷，丝井家有三千公顷。

"据说田部家从前也有两万四千公顷。柳川家能维持四万公顷，大概是因为六十年来资产没有换过手。"一名专家补充解释。

基于相应的保护政策，山林当年在土地改革中被排除在外。山林在遗产继承上也不同于其他资产，有"五分五乘法"的特别优惠。即先以总额五分之一的额度所适用的税率计算基础额，再乘以五倍，即是最终的税金。适用税率较低，税费减免程度很大，这就是山林地主能一直传承下来的重要原因。不过，像柳川家这样，平均每人继承额高达一百八十亿，便享受不到优惠了。因为这个数字即便除以五，都远远超出最高税率规定的五亿，所以适用税率并没有变化。本次的赠与手续完成后，柳川家的林地将急剧缩小为一万公顷，与田部家水平相当。

即便如此，在一般民众听来，刀自列举的数字也完全是天方夜谭。

"四万公顷到底有多大？"

"电视上说相当于一万多座甲子园球场大小。"

"报纸上以成田机场为例做了说明。目前机场占地面积五百五十公顷，等二期工程完工后，面积将变成一千零六十五公顷，几乎是目前的两倍。而四万公顷是这个数字的四十倍。"

"真是想象不出来。我们过的都是以平方米为单位的生活。"

"换成钱竟然价值七百亿，有钱人真是太有钱了。"

次日早上，类似的对话在各处不断上演。

有人说"钱那么多，难怪会被绑匪惦记"，有人则说"绑匪还真会挑人"，"想到一百亿落入绑匪手中真让人生气，我为了赚一万日元都得拼命工作"。这样的感慨，随处都听得到。

沼袋的发言煽动了民众情绪，虽不清楚他原本是否有此意图，但此前不敢出声的反对派抓住机会，趁机行动。

二十九日，国会质询的第二天，柳川家收到的信件量是当初刀自遭绑架时的两倍以上。各色人物纷纷来访或来电。

某外国特派记者访问柳川家时，记录下了经过：

> 接待我的是身穿美丽和服的可奈子夫人。她外语流利，所有外国访客都由她负责应对。以下问答若有任何不合逻辑之处，全是因为我的英文能力太过拙劣，请各位读者见谅。（注：该记者为德国人）
> 我："国会议员提议'不可支付赎金'，引发社会上赞成与反对的两种声音，站在家属的立场，您对此作何感想？"

夫人："我们收到的来信中，有三分之二是反对支付赎金的。"

我："反对的理由是什么？"

夫人："声称'这是扼杀民众勤奋工作意愿的罪恶行为'的意见最多。他们担心，靠一次犯罪就能获得如此巨款，谁还会傻傻地认真工作？"

我："您对此有何看法？"

夫人："真正踏实本分的人，绝对不会说这种话。比如你心中一定也不这么想。"

我："此外还有什么理由？"

夫人："理由无奇不有。许多人认为'这笔钱应该花在其他更有意义的事情上'，这些人肯定不知道，过去半个世纪，我母亲给社会贡献的财富，绝不少于这笔赎金。其他的理由就不值一提了，有人只是说'太可惜'，或者'有那么多钱应该借我点儿'，甚至有头脑简单的人声称'不能忍受除自己外的人获得这么多钱'。"

我："这些人是否考虑过，不支付赎金会给刀自带来什么后果？"

夫人："大概没有。几乎没有信件提到这点。不过有封信写道，根据最新统计，日本女性的平均寿命为七十七点九岁，八十岁老人的平均剩余寿命则为七点二一年。即便赎回母亲，她已经八十二岁了，说得极端点，或许她第二天就会驾鹤西去，往最多了说，也只能再活五年左右，那么母亲的每一秒、每一天会值多少钱？此人详细计算了活一年、两年等各种情况下的这些数字。由于我妹妹读到一半就气得把信撕个粉碎，不知对方的结论是什么，但估计是要提醒我们这笔交易有多么昂贵。"

我:"对于这些反对意见,您有何看法?"

夫人:"这次案件其实很简单,金钱跟人命孰重孰轻,纯粹是在这个问题上博弈。那些反对者,如果被问到这个问题,肯定也会毫不犹豫地回答'人命重要'。他们只是被一百亿这个数字冲昏了头脑。对我们来说,一百亿和一百万并没有什么区别。柳川家刚好有能力支付一百亿,绑匪才要求这个金额。假如我们最多只付得起一百万,绑匪的要求也会压在一百万这条线上。如果这样,谁还会指责这是'罪恶的行为'?回归问题的本质,答案其实再简单不过。"

我:"赞成派都有什么观点?"

夫人:"大致可分为两类。一类是'淳风美俗'派,认为通过本案让大家重新意识到被忘却已久的'孝道',这是向全世界展现日本传统美德的绝好机会,所以支持我们的行动。另一类则是处境多少有些不理想的老人,称近年还没有其他事件能如此聚焦'老人的价值',他们不仅因此更有面子,儿女媳妇也变得更加孝顺了。对此他们表示感谢。特别是后者的来信,我们读罢感动得热泪盈眶。这些人不仅谴责沼袋的发言,还对首相的暧昧态度表示愤慨。我们非常感谢他们。"

我:"听说柳川家目前承受了来自各方面的压力,是这样吗?"

夫人:"我不知这算不算压力,但确实有很多人给我们提出了宝贵意见。你走进这间访谈室时,应该也看到了一两位吧?"

我:"他们都是些什么人?"

夫人："从政界的大腕，到类似黑社会的思想团体，甚至真正的黑道帮派都有，鱼龙混杂。"

我："他们都给出了什么建议？"

夫人："也是各种各样。有的只是笼统含糊地建议，要寻求和平解决之道……所谓的和平解决，似乎是指不必花一百亿。还有不少人自愿申请担任中介调停的角色，与绑匪交涉。其中甚至有人自称在江湖上大名鼎鼎，任何罪犯都会唯他马首是瞻。"

我："那您是怎么回应的？"

夫人："感谢他们的好意并送他们离开。由于此地交通不便，有时还得奉送人家一点交通费。令人遗憾的是，此事显然只有通过直接与绑匪交涉才能解决，但那些毛遂自荐的人既不知绑匪的身份及行踪，也没有给出说服绑匪的具体方案。我们也没有能力筹措第二个一百亿，所以，除非有绝对保证，否则我们不会委托中间人去做。"

我："那您的意思是，不管遇到来自何方的何种压力，柳川家支付赎金的决心都不会变？"

夫人："我们只是想尽自己的义务。"

我："最后想向您咨询案件相关的一点信息。据警方判断，绑匪可能藏身于距此地八十公里内的范围，比如在奈良县东南部山村里的隐蔽住宅，且绑匪中至少有一个对柳川家心怀怨恨的前津之谷村村民。各位对这样的人物完全没有印象吗？"

夫人："警察问过好几次同样的问题。我们只想到一个人，除了其中一点外，她完全符合条件。但是仅凭那一点，便足以证明她并非绑匪。那就是，这位女士对我母亲绝对崇拜，就算全世界都与我母亲为敌，她也会是最后那个支持我母亲的人。"

夫人回答时，或许是因为回想起那位女士，美丽的脸庞上露出了亲切的微笑。我当然不便再失礼去问此人的姓名，只是深深道谢后，便离开了柳川家。

然而，其他来访者可不像这位外国记者这般绅士。当中不乏胆大包天而出言威胁之人，声称绝对无法容忍这种连首相都无法认同的、具有反社会性质的交易行为，必要时候将以武力出面阻止。

不过，柳川家对此毫不退让。起初，国二郎等人碰上这类来访者时，要么看人下菜碟，要么狼狈不堪，逐渐习惯后，就算面对平常闻之色变的重量级人物派来的使者，也能从容应对了。

"您总说不能放任一百亿被绑匪取走，其实支付钱跟取走钱是两回事。您知道一百亿日元有多少吗？绑匪再蠢，也不会要求用支票付款，换成金块则难以脱手，所以他们极可能是要现金。一百张万元纸钞有多重？答案是一百三十克。以此推算，一千万纸钞重一公斤零三百克，一亿重十三公斤，十亿重一百三十公斤，一百亿便有一吨零三百公斤。以体积来看，银行常用的硬铝材质箱子，一只可放一亿五千万，一百亿便需装六十七箱。这不是按月付款，不可能分期。如此庞大的量，您觉得绑匪要怎么搬走？就算搬得走，警察会袖手旁观吗？按常理讲，恐怕绑匪取款之时，就是他们完蛋之日。完成赎金支付之前，责任在我们这边，我们会认真准备并支付。但也许第二天，甚至当天内，这笔钱就会全部回到我们手上。这样的概率其实相当大。既然如此，我们何必讨价还价，或者按照别人的建议将纸钞偷换成旧报纸，甚至出钱请别人居中斡旋呢？再或者说，难道您有办法，能在警察的监视之下，成功取走塞满一吨零三百公斤纸币的六十七只大箱子？若真有办法，请务必提供给我们，这比替我们从中斡旋更值得感谢百倍千倍。"

此外还有关键一招，即论述若不支付赎金，刀自会遭遇何种凶险。而从伦理上讲，既然有能力，他们就应该支付，这是做子女的本分。

然而，这些鬣狗般贪婪的人们不止出现在柳川家，还将魔爪伸向了相关金融机构。甚至有一两家银行因此动摇了信心。

幸好家属们以同样的逻辑和理论，说服了银行有关人士。

当然，这背后有警方的支持。警方已在为赎金交付的大决战做准备，根据各种预设的可能性做了方案，但在确定绑匪的动向前，一切都只是假想。筹备赎金是行动的前提，所以对井狩等人而言，此事也是燃眉之急。

各种消极的声音仍然没有停歇。从政府部门，国会，县议会……甚至可以说，这些舆论正在全日本蔓延。

但是，这些风言风语毕竟无法成为大气候。家属们的努力终于有了回报。三十日是电视对谈后的第四天，也是最终期限的前一天。这天，柳川家与四家银行于和歌山展开正式会谈，确定四家银行按照柳川家提出的条件，发放一百亿元融资。

融资比例为W银行以及扎根于关西地区的T银行各出资三十亿，F和S银行各出资二十亿。同时，由此事的总协调人、W银行董事长出面宣布，为应对绑匪可能提出的要求，将预先准备总额为一百亿的万元旧钞。

准备工作至此已全部完成，接下来只需等绑匪的联络。

此时，"一百亿"这个数字已通过媒体宣传为普通民众所熟知,相关人士自不必说,大学的教师休息室、拥挤的通勤电车内,甚至田间地头,只要是人群聚集的场所,人们几乎就在讨论绑匪将如何带走巨款。

"赎金的体积能装满一辆卡车,总不能命令家属放在某个公园的长椅后面吧?"

"绑匪没准儿会直接劫走运钞车。不知会开到哪里,但应该是事先准备好的地下仓库之类的地方吧。怎么甩掉警察?……那谁能知道……"

"我猜绑匪会把钱装上飞机,逃到国外,比如还没与日本建交的国家。比如朝鲜离得就很近……什么?中途被韩国空军攻击怎么办?我怎么会知道。"

"我认为坐飞机逃亡几乎不可能。又不是政治犯,应该没有国家愿意接纳。真要逃亡,海上的某座无人岛或许可以,但这样有什么意义?嗯,为什么选无人岛?带着一百亿日元,如果去有人的地方,你觉得会怎么样?很显然,肯定会立刻被当地军队歼灭啊。到时这一百亿究竟该归哪国,恐怕会成为国际法上的大问题。"

众说纷纭之中,有许多人心怀鬼胎,暗自盘算"如果他们成功了,我也来照猫画虎搞一搞"。

于是,从哲学家到黑手党,全世界的人们都密切关注着"彩虹童子"的动向。

此时,县警本部查出前两次信件上的邮局工作人员指纹,判断出信件是先被投入和歌山车站前的邮筒,在邮政车上被分类,再运往津之谷村邮局。在新闻报道了融资事宜敲定的三十日晚上,警方彻夜在车站周边布置警戒。

然而,直到天亮,都没有任何可疑人物出现。

"会不会是绑匪知道我们已经察觉,于是换了地方?"

"但是,今天是期限的最后一天。也许绑匪只是想等交通高峰时段再下手。"

此时,车站的上班族和学生们逐渐开始增多,警员们保持警惕,密切监视。然而此时,绑匪的答复早已送达柳川家。

发现者是串田总管。

串田向来早起,由于这天是筹备阶段的最后一天,所以他醒得比平时更早。他打着呵欠正要到院子里锻炼时,注意到负责打扫庭院的新太裤子口袋露出了某个白色物体的一角。

串田原以为那只是张废纸,但棱角分明的形状看上去很像信封,于是招手问新太:"那是什么?"新太指着信箱回答:"从那里捡来的。"

邮差送信到柳川家一般是中午前后,特快邮件则多为下午派送,最快也得早上十点。因此,大早上信箱里不可能会有信件。

收集废纸用来烧洗澡水是新太的工作之一。串田本来点头走开,但突然意识到不对,又折回来要求新太交给他过目。接过来一看,墨迹的笔法优美,正是刀自的亲笔书信。大概是因为信箱投信口里的玻璃板翘了起来,信投入后便滑落到了院子里。信封上没贴邮票,当然也没盖邮戳。

"这可怪了。没贴邮票,这信是怎么寄来的?"

串田以为还在做梦,揉揉惺忪睡眼,才突然惊觉道:"对了,一定是绑匪直接送来的。"

他慌忙跑回屋,叫醒前方调查小组的镰田课长。

"什么?绑匪亲自来送信?"

镰田也吓了一跳,但转念一想,马上就明白了其中缘由。

"原来如此,电视对谈之后,绑匪知道藏身处距这里不到八十公里这事已经暴露,没必要再耍小聪明。不过这些家伙竟然敢把信送到我们眼皮子底下。想来昨天深夜确实听到了摩托车引擎声。不过万幸的是,新太没把这封信拿去烧掉。"

这封险些被"火葬"的"彩虹童子"来信,其内容在几小时后便通过电波传遍了全世界。内容的一字一句,都是绑匪绞尽脑汁,煞费苦心写成的。

5

"亲爱的柳川家家属:通过媒体报道,我们得知赎金已备妥。各位预判出我们的要求,准备的全是万元旧钞,表现出了足够的诚意,对此我们非常满意。我们在此说明交付赎金的方法。无须多言,其中任何一项,无论何种细节,都不容许有丝毫违背和变更。若未依此行动,我们以及刀自今后将永远不会再与诸位接触。这封信会成为我们最后的指令。"

刀自以熟悉的笔迹,在这封长信中如此写道。
首先是关于纸钞的处理方式。

第一,柳川家须将各银行提供的现金全部装入箱子,集中存放在一间指定房间,然后取出现金,另行包装在塑料袋中。
该房间必须位于屋顶有直升机停机坪的建筑内。
每只袋子均装入四亿日元。
袋子至少要有一毫米厚,每一包都套两个袋子,袋口要保证密封。
装袋工作务必要按照顺序一袋一袋地进行,不能拿两个或以上的袋子同时操作。
装袋结束后,用直径八毫米以上的塑料绳用力绑紧,并附上一至二十五号的号码牌。必须保证这些号码牌即便浸水也不会损坏或脱落。

全部捆装完毕后，将塑料袋按顺序搬上电梯，运至屋顶。

上述工作须自十月一日下午三点开始，用时约四十分钟完成。

这是第一项。

"之所以这么规定，是有考虑的。"刀自做出说明，"对照后面关于电视、广播的规定条款，你们自然会明白。这是为了确认袋子里确实装了钱，且没有其他可疑物品，如跟踪用的信号器之类的。如果只是我家孩子，不会动这种歪脑筋，但此案有太多专家介入，不知他们有何企图，我们可不能大意。"

"哦，那要让电视转播装袋过程？"健次问道。

"对，从头到尾。"

"原来如此。塑料袋是透明的，整个工作过程有电视转播，他们绝对没法作弊。可是老太太，我们没有电视啊……对了，他们不知道这事。"

刀自解释，如此装袋还有个优点。六十七箱数量太多，不容易计数，而换成二十五个袋子，目测即可轻松计算总量。

纸钞的查收方式解决后，接着便是运输的方法。

"这个我知道，用直升机。"正义说，"一开始提到带停机坪的建筑，我就明白了。"

"不愧是正义哥，竟然知道这种大家都知道的事。"平太说道，"能不能给我讲讲，为什么非用直升机不可？"

"你这家伙，最近讲话总是阴阳怪气。理由很简单，用直升机是最合适的。"

"为什么呢？"

"这还用问？既然在地上危险，那就只能飞上天咯。"

"要是飞上天，可以坐飞机啊，不比直升机快多了？"

"飞机确实快，但并不是越快越好。对不对，老太太？"

"没错。"刀自帮他解围，并补充理由。

用飞机接收赎金，确实是不错的办法。刀自回忆道，某部法国犯罪小说开创了此举的先河，虽已不记得书名和作者，但书中描写在暗夜的草原上点火，指引飞机投下赎金的情节，在当时可谓是构思宏大。黑暗中熊熊燃烧的火焰记号，在刀自心中一直留有鲜明的印象。因此，本次她原本最先想到的是这个经典方法。

"但是，我们这次不能用这个办法。二十五个大袋子，从飞机上丢下，根本没法处理。"

说起降落，健次想起从前在电影中看到的场景，伞兵部队要强行降落在敌人阵营中，结果有的挂在树上，有的掉进井里，有的摔在屋顶上。

这回的情况类似，甚至更麻烦。况且这次降落的不是人，而是塑料袋。如果被树枝或岩石划破，纸钞散落出来，就无法收拾了……健次醒悟，这种笨办法难怪没人去尝试。

因此，明眼人都清楚，此事只能使用直升机。

"警方当然也想得到这点，这里就需要我们下些功夫了。"

刀自的下一项指示极其周密详尽。

第二，柳川家需准备一架运送赎金用的直升机（以下称运输机），事先停在屋顶待命。

运输机须是和歌山航空公司的大型直升机，并挑选配备一名技术最出色的飞行员。

机上除飞行员外不得乘坐其他人。除飞行必要的仪器和燃料外，不可装载任何其他物品。

前述赎金袋搬到屋顶后，须立即装入直升机。大型机应能全部装下，万一空间不够，需要捆绑并吊在机身下方运输，所以请预先准备绳索和钩子。

如果发生袋子有缺漏，或因捆绑不紧中途掉落的情况，不论是否有意为之，我们都认定是违反指令，全部计划立即取消。我们要求的是一百亿，不是九十九亿，更不是九十六亿。

装载工作须在二十分钟内完成。

即，运输机要在下午四点完成出发准备。

以上为第二项内容。

"这样提前规定好，对方就无法派警用直升机搬运，或在机上暗藏警员。"刀自解释。

"柳川家是这家航空公司的大股东，常用他们的直升机喷洒消毒剂，所以所有飞行员我全认识。因为要上电视，如果敢偷换人，马上就会露馅。虽然我们其实看不到，但警方会顾虑这一点。而且警方知道，绑匪一定会让我确认飞行员的身份，如果撒谎，后果他们也很清楚……好了，接下来就是决一雌雄的时刻了。"

下一项便是最重要的"赎金交付"，健次等人屏气凝神，聆听刀自的"指示"。

第三，运输机须在四点整从停机坪起飞。之后的飞行路线如随信地图上的黑线所示，运输机须严格按照箭头方向前进。

我们会在适当时间，利用以下无线电频率及呼叫代码指引运输机着陆。

无线电频率：二七点〇〇兆赫

呼叫代码：CORRC

运输机起飞后，将FM信号调整至上述频率，绝不允许漏听指令。指令只发出一次，不再重复。

收到指令后，运输机应立即降落到指定地点。

之后的指示，将改由口头下达。与上述指示一样，飞行员同样务必遵守。

如果运输机沿路线绕行一圈仍未收到信号，请按同一路线和方向继续飞行。因此，至少需准备足够环绕该路线三圈的燃料。据我们计算，绕行一圈约为三百公里。

运输机须维持在时速两百公里，对地面高度维持在一千米。

以上为第三项内容。

三人听着都不禁变了脸色。

"老太太，这可不太妙。"健次开口道，"虽然早知道收赎金这事非常危险，但这做法可能行不通。这个过程，一直到直升机起飞都没问题，但从哪里降落、怎么降落就是大问题了。我原以为你有什么妙计，谁知道只是给飞行员发送信号，这也不怎么需要动脑子嘛。直升机一降落，就暴露了我们的位置。不，或许根本等不到那时候。画了路线的地图今晚就会送到柳川家，而警察已大致猜到我们藏在奈良县东南方的山村里，或许天一亮，警方的直升机就会先找上门来。在这条路线上，离津之谷村八十公里内的地方，恐怕没多少吧？"

刀自点点头说："你们果然这么想。"

健次等人瞪大双眼。

"你的意思是……直升机不是降落在附近，而是去远处吗？可是接下来怎么办？二十五个大袋子，重量是一吨零三百公斤，如果靠那辆汽车慢慢搬，迟早会被逮住。"

"一般来讲，确实如此。"

"老……老太太，你可不能这样啊，你这意思好像是在说'反正抓的不是我'……啊，对了，你是打算拿到钱后，就换个据点吧？你还认识其他阿椋式的人物？"

"想什么呢，世上哪还有像阿椋的人？何况，连电视都没有的据点，还能去哪里找？"

"那该怎么办……"

不过，刀自却显得胸有成竹。她看着茫然无语的三人微笑道："我继续读。"

下一项是电视和电台广播相关条目。

第四，柳川家须事先征得电视台及广播电台的同意，通过电视和广播直播上述第一至第三项的全过程。

此项目的在于监视指示事项是否得到严格落实，是绝对必要的，无论付出何种代价，都必须予以实施。

运输机出发后，就不能再用地面转播设备，因此当局需安排一架转播用直升机（以下称转播机）随行。

为避免妨碍运输机的通讯，转播机须完全采用无声转播。机上除飞行员及摄影师两人之外，其他人员不得同行，也不可携带任何武器。运输机出发一分钟后，转播机由同一停机坪起飞，保持约一百米的距离尾随飞行。

我们对转播机的指示都会通过运输机发出，转播机必须听从命令。即，如接到着陆命令，就必须按照要求降落在指定地点；如接到停止尾随的命令，之后便不得继续尾随。

负责转播的媒体，必须连续转播以上全部过程，不许有一秒的中断。

电视台、广播电台，以及上述的转播机，若有任何违反指示的举动，将由柳川家承担全部责任，全部计划将立即终止。

"以上是电视相关条目。"刀自说着将信纸放在膝上时，三人不约而同地叫出声来。

"老太太，这样岂不是更糟糕？"健次反驳道，"转播从赎金打包到直升机起飞的情况没有问题，我们只要坐在这里监视……不对，用收音机监听就行。总之，这办法可行。但接下来安排转播机，就太多余了吧？命令转播机降落，也会落在运输机附近。那拍的就不光是飞行过程，连运输机降落、卸下赎金的场景都拍下来了吧？这等于告诉全日本，我们就在这里，赶快来抓我。这简直是自杀行为，我从没听过这么荒唐的主意。老太太你头脑聪明，考虑问题有格局，但有时候一得意，会有过火的举动，跟着你的人可就没法安心了。上回的 Mark II 就是如此。你让我们用彩纸把车身贴得花花绿绿，说这才是彩虹童子的风格，结果最后差点儿让警方查到我们的藏身之处。听到他们公布的内容，我吓出了一身冷汗。这回的主意又是这样，就算这是老太太你提出来的，我也得坚决反对。"

面对健次的抗议，刀自答道："那个彩纸的风格确实有点过火了。"她勉强承认了这一点，却明确驳回了健次有关转播机的意见。

"转播机可不是为了摆摆样子，而是绝对必要的。首先，它有利于杜绝干扰，保障运输机的安全。详细内容下一条会提到。总之有了转播机，等于全世界都在监视着整个过程，不管是警察还是不法分子，都不敢乱来。其次，这次计划的关键，在于如何及时、准确地向运输机发出着陆命令。你们似乎都不太擅长数学，但要知道，时速两百公里，相当于秒速五十五米。你们的无线电通讯范围是一千五百米，那么你们算算，直升机以每秒五十五米的速度在一千米高空飞行，信号传到飞机上究竟需要多少秒？看你们算不出来，答案是大约四秒钟。而且这是在理想条件下的状况。如果飞行路线偏了些，或者高度不对，这个时间就会变成三秒甚至两秒。这几秒钟事关生死。如果对方错过了指示，就完全没有办法补救。所以，我们必须知道运输机在每个时间点的准确位置，如果等听见声音或看到飞机再行动，根本就来不及。声音可能会被风声遮住，飞机也可能因为偏离航线而根本看不到影子。这些状况必须要考虑到，再说我们不可能一直传输呼叫代号。这下明白为何要安排转播机了吧？"

"嗯，这事的成败就在一瞬间。"健次不禁打了个寒战，"那刚才说的缺点怎么办？因为必须要用，所以就要忽略缺点吗？"

"其实，跟不跟转播机差别并不大。反正运输机总要降落，差别只是有没有出现在电视上而已。"

"有没有出现在电视上……哎，我搞不明白了。老太太，你到底在想什么？"

"信还没读完呢。别急着抱怨，先把话听完。"

刀自开始读最后一条。

第五，为保证本计划顺利实施，柳川家须向当局提出要求,确保采取下列措施。

自十月一日下午四时起,至我们通知解除禁令的时间为止,除运输机及转播机外的任何警用、军用或民用飞机,无论国籍,一律禁止在纪伊半岛上空飞行。

另外,对可能违犯此禁令的所有航空基地(包含航空母舰)须提出严格要求。

如拒绝此项要求,或有任何违反禁令的飞机出现,我们将认定为计划无法执行,并中止一切行动。届时,国家军队或政府最高负责人将承担全部责任。

我们与柳川家家属一道,希望当局能妥善处理此事,避免发生不幸。

以上是"安全保障"的内容。

"或许这是最重要的一项。"刀自严肃地说。

"与上次的转播车不同,直升机的路线即便保密,一旦起飞,就会被全世界看得一清二楚,说不好会有胆大妄为的家伙出来惹是生非。信里虽没有明确提出,但最大的危险来自于附近的自卫队、美国空军,及可能停留在日本近海的美军舰队机动部队。载着一百亿日元,也就是五千万美元巨款的直升机从眼前飞过,就算有人不顾后果发动攻击,也并不奇怪。万一有人敢下狠手,钱倒罢了,只怕那无辜的飞行员会白白牺牲。这是我目前最担心的一点……不过,经我这番警告,那些司令官顾虑自身前途,应该会严格管理。"

"我明白老太太的担忧。"健次心中已暗自服输,但嘴上还是如此说道,其实他并没能考虑到这层危险,"可是,我们担心的是能否顺利拿到钱。老太太,这样真的没问题吗?"

"还有最后的结尾。"刀自没有回答,径自读起最后几段文字。

以上便是我们指令的全部内容。只要诸位拿出诚意,认真履行,我们以彩虹童子的名誉保证,刀自将于三天内,也就是十月四日的中午前安全回家。

时间上的延迟纯粹基于技术性原因,诸位不必多虑。与诸位一样,我们也盼望刀自届时能平安返回。

希望愿望能够成真。

此致

彩虹童子

全文到此结束。

"三天?"健次等人最后又吃了一惊。

"为什么拿到钱不立即放人?"

"那当然了。马上放走我,你们哪还有时间收尾?"

"可是多这三天,好像也做不了什么大事。"

"就算实际做不了什么,也要引导对方往这个方向考虑。好了,信的内容就是这些。健次,之前你买的纪伊半岛地图,现在拿出来吧。"

刀自让健次取出地图,让正义向阿椋借来尺子,又让平太研墨,在三人围绕下,她拿起毛笔。

"你们刚才说了很多意见。现在我在地图上标出直升机的飞行路线,你们仔细看。如果还有意见……嗯,我还是先画好吧。"

刀自找到地图中央位置,放好尺子,蘸足墨水,斜向左上方轻轻画出第一条线。接着,把在地图中央的尺子另一端移至正下方,画出第二条线。最后,再次用尺子找准,连接剩下的两个点，画出第三条线。

加上若干箭头符号后，刀自移开尺子。

"完成了。"

三人眼前的地图上出现一个大三角形。

上方的线以和歌山为起点，延伸至三重县松阪市附近的平原入口处附近；右线以此为起点，经过尾鹫、新宫的左侧，延伸到半岛南端的潮之岬；左线自潮之岬北上，在饭盛山附近与第一条线交会。这个大三角形沿着巨大的纪伊山地的边缘绕了一圈，将大部分山地纳入其中。

而他们身处的纪宫村，大约位于三角形中央，离三条线距离都很远。津之谷村则只有村子西侧一角跨越最后一条线，其余大部分位于线内。

"飞行路线没有经过我们头顶？"

"那当然。"

"你家所在的津之谷村大部分也都避开了。"

"那当然。"

"从这条路线来看，距这里最近的点，直线距离有四十公里。远的则有八十公里，而且到处是山，恐怕没一条像样的路能走。"

"那当然。"

"把钱空投到这种地方，接下来怎么办？如果要运回来，山里估计走不通，只能从沿海公路绕一大圈。"

"那当然。"

"你总说'那当然''那当然'，"三人终于忍不住着急了，"这算什么回答？我们是绑匪，却连自己在做什么都搞不明白，这成何体统？你得给我们讲清楚。"

在三人的追问下，刀自开口道："这不就是答案吗？"

"什么?"

"你们所说的话,就是答案。"

"……?"

"还不明白?那很好。你们都一头雾水,警方就更糊涂了。不过……"

刀自望向远处,眼中闪烁着斗志。

"井狩先生一定能一眼看穿我的用意。到那时才是真正的较量。"

这是三十日下午,四人聚在昏暗的内客厅中所做的最后商议。七八小时后,健次骑着摩托飞驰而去,将附有地图的这封信投进了柳川家的信箱。

6

早上六点半，井狩在和歌山郊外的自家小宅接到关于信件的紧急汇报，此时距串田在新太口袋中发现信件不过十五分钟。

"是吗，这么快就送来了？"

井狩的第一句话没有控制住音量，连在厨房准备早餐的妻子也不禁回头。但他很快就恢复了往常的沉稳。

他一边听着，一边用铅笔在纸上作记录。听完全文后说道："什么？镰田道歉说发现得太晚？这信的内容，昨晚或者今早知道都差不太多。告诉镰田，立刻带柳川家属回总部，别忘记带上信和地图，我们马上召开行动部署会。"

向负责联络的总部警员下完命令后，井狩拿着笔记，坐在狭窄走廊的藤椅上。

他目光茫然，既非惊恐也非迷惘。那是他专心思索某事时的眼神。他平时忙于与各类人员和案件打交道，几乎没有时间独处，清晨这段不被人打扰的短暂时光，对他来说尤为珍贵。

妻子端着茶具走近。

"彩虹童子有消息了？"

妻子一边观察水的温度一边问道。家里除去厨房只有两个房间，应答的内容她自然听得一清二楚。

"嗯。"

"都说什么了?"

"叫我们用直升机运送现金。"

"跟你之前说的一样。"

"没错。可恨的是,他们指定和歌山航空的大型直升机。那里确实有架专门运货的旧款西科斯基[①]式直升机,越战初期美军曾用来输送士兵,一次可载十至十二个武装士兵,确实装得下一百亿日元。没想到绑匪调查得这么清楚。"

"然后呢?"

"他们还要求把钱装入塑料袋,并且从装袋、登机运送直到降落,全程都要电视直播。"

"哎呀。"

"外行也许会觉得这么做对绑匪不利,其实不然。有了直播,就能看到仅凭肉眼无法看到的画面,而且在家就能轻松完成监视。有的罪犯会挟持人质躲在屋里,借助电视报道及时了解外部动向,从而拟定应对策略。绑匪的思路或许就是由此而来。不过,能如此带有计划性地利用电视平台,也算是前无古人了。无论是上次的'对谈',还是这次,都足以证明他们是善用媒体的高手。"

"但这种事可强求不来。电视台会同意吗?"

"电视台巴不得如此,怎么会不同意?交付赎金的实况转播,可是难得一遇的节目。能播这种节目,没有一家电视台不心动的。"

"这次还是指定和歌山电视台吗?"

"啊,这也是与上次不同的一点。他们只要求转播,并未指

[①]西科斯基(Sikorsky),美国著名直升机制造公司,创建于一九二三年。

定电视台。这下不仅民营电视台,大概连NHK都会加入激烈的转播权争夺战。况且这是国际级的热点大事,一定会通过卫星向全世界转播,转播费恐怕不是笔小数目……嗯,对了,说不定绑匪是想给柳川家一些补偿吧。但被卷走一百亿,就算靠转播费拿回一千万左右,也是杯水车薪。"

两人看似一问一答,但实际上只是井狩的自言自语。妻子的话只是起到引导作用,帮助丈夫通过发言整理思路。井狩直直地盯着庭院里萎靡的菊花,几乎无意识地将妻子倒的茶端到嘴边。

"直升机的飞行路线最重要,对方也提前告知了吗?"

"嗯,这也是个问题。一般而言,绑匪为避免警方防备,最后一刻才会公布路线,但这些家伙居然提前十几个小时便来投送路线图。而且,这条路线围着日本最大的纪伊半岛绕了一圈。"

"这么大范围?那现在部署警力,还来得及吗?"

"来不及。这路线一圈的精确长度是三百一十六公里,而且都是无人居住的山区地带。以地表实际距离计算,恐怕不止六百公里。如果每公里配置一名警察,需要六百人;如果每一百米配置一人,则要六千人。若能让我指挥近畿地区六个府县的全部警察,或许还可以应对,而现在即便取得奈良县和三重县的全力支援,最多也只有两千人。别说只有半天,就算绑匪留给我们一整天,也无法完全准备好。"

"那么……"本来只是担任引导角色的妻子,声音中也饱含关切之情,"那这次岂不是还抓不到绑匪?电视对谈时让他们逃跑了,这次如果再说'因为人手不足,又让绑匪跑了',恐怕无法获得民众的谅解。"

"这下正中对方下怀。"

"嗯?"

"我认为,绑匪正是在引导我们这么想。"

井狩陷入沉思,手掌下意识地转动空茶杯。

"镰田看完路线图也直叹气,眼下这种情况,根本没有办法防备。尽管知道绑匪不可能让直升机飞到藏身地点,却没料到路线竟如此之长。连镰田也这样认为,或许这才符合人们的常识。但是,我总觉得不对劲。一旦这样思考,便中了对方的圈套。这正是他们的模式。"

"模式?"

"每个人都有自己的思维模式,这些绑匪虽然并非泛泛之辈,但其思路也有固定模式。他们惯于迷惑对手,声东击西。上次的电视对谈就是个好例子。故意吸引我们密切关注第一辆转播车,实则暗中安排的二号车才是关键。这次他们无法故伎重施,所以定了一条如此夸张的路线。"

"哦……"

"刚才听报告时,我就认定绑匪想故意把我们往这条路线上引,所以它只是幌子。不单纯是靠直觉,从信件的字里行间也能看出端倪。绑匪只写会在沿线某处发出指令,直升机收到后必须马上降落。读到这里,我们容易以为绑匪将在此处卸货,但其实信中只说'之后的指令将改为口头下达',并没提到怎么处理赎金。于是我就明白了,让直升机降落不是为了收款,而是要下达新的指令,让其继续飞往真正的交易场所。也就是说,绑匪取走赎金的地方,并不在这条路线上,而是完全在别处。"

"但是,"妻子忍不住插话,"绑匪就这么诚实地写下来了?"

"他们可没写,这些都是我猜出来的。这一点确实有些奇怪,作为绑匪,他们做事倒挺有原则,虽然喜欢搞些混淆视听的事,却从不撒谎。例如上次的电视对谈,绑匪对转播车的指令非常详细，但仔细读会发现，他们完全没提过会安排老夫人去转播车那里，只是大家都理所当然地这样认为。绑匪没准儿会说，一切都是我们的误解而已。这次的指令也一样，没写的内容恐怕比写上的内容更重要。"

"这种互相算计的事，我搞不明白。"妻子发现丈夫茶杯空了，便伸手接过，并递上他喜欢的点心，"如果你的推测是对的，绑匪的目的地不在飞行路线上，那要怎么办呢？这么一来，需要警戒的区域反而会更广，更没办法布置了。"

妻子虽是外行，却指出了问题的关键。井狩放下话筒后，心中不断盘算的也正是这点。

"所以，昨晚的事就显得格外重要。往常信件都是通过和歌山邮局递送，这次绑匪却亲自投到柳川家的信箱，这究竟传递了什么信号？镰田认为，这代表绑匪承认我们对藏身地点的推测，于是改变了此前的做法。若果真如此，问题就简单了。出动两千名警察，重点关注位于奈良东南部、距离津之谷村八十公里左右的山村地带，集中展开搜查即可。我们的警戒不是一条线，而是一个面。凭借这张高密度的警力网，十之八九，不，百分之九十九能揪出绑匪的巢穴。可是，恐怕事情没那么简单。"

"你的意思是？"

"可以参考此前搜查的成果。如果绑匪真藏在这个区域，我们早把他们揪出来了。最近四天，每天三百人，总计一千两百名警察挨山挨村地进行地毯式搜查，何况行动是由镰田指挥，在流程和精确度上不会有问题。然而，直到现在，我们连绑匪的影子都没见到。"

不过，警方也并非一无所获。曾有搜查员如此报告道："纪宫村有户人家，与设定的条件十分吻合。它独门独户，周围四公里内没有其他住户,夜晚有人进出也不会被察觉。住户是一名出身津之谷村的妇女,并无他人合住。但可惜她家没有电视。由于地处山区,无法使用室内天线,要收看节目,必须在高处另外架设。经过详细侦察,确认她家没有天线或类似设备。假如她有电视,条件就完全符合。"

但是听到该妇人的姓名后,井狩不禁失笑。

"我说你啊,中村椋,就是阿椋。难道你没读可奈子女士接受外国记者采访的报道?阿椋以前是柳川家的女佣主管,对老夫人忠心不二,不管有没有电视,她都不会有问题。她最近过得怎么样?"

"据附近居民说,最近有个年轻的男性远房亲戚来给她帮忙,还有一位邻村的年轻姑娘,他们三人一起下田做农活。"

"哦,阿椋还有亲戚啊。我以为她自从丈夫死后就孤身一人,一直觉得她挺不容易。这样也好。看这情况,就算这人不是阿椋,也应该没问题。绑匪怎么会优哉游哉地跟邻村人一起帮忙干活?"

"确实如此。只是外部条件太吻合……我才没敢置之不理。"

虽然井狩一笑而过,但该情况足以证明警方搜查工作的严密程度。然而,警方仍然没能发现……

"要么是绑匪的藏身术太过高明,要么是我们此前的想法存在较大漏洞,推测的方向出了差错。"

井狩边说边吃点心,又喝了杯茶。他做这些动作完全是无意识的。

"那么,绑匪直接送信来,也是声东击西?"

"嗯,没错。或许绑匪是故布疑阵,误导我们认为他们就在附近。倘若如此,警戒网的部署便得在根本上做出改变。之前多次说过的奈良东南部,我们称之为R地区,仍是部署的重点,但其他区域也必须做好配置。此外,还有一点必须要考虑。"

"还有?"

"绑匪现在的藏身处和收取赎金的场所,未必是同一个地方。他们只要拿到钱就万事大吉,所以自然会选择最利于逃跑、最接近退路的安全地点。如果他们的老巢真在危险的R地区,就更是如此了。如此想来,将重点放在R地区本身就是错误的。这可能会重蹈电视对谈的覆辙,当我们集结精锐蓄势待发之时,绑匪早已经溜之大吉。如果发生这种事,我们就没脸见人了。"

"逃到哪里才安全?"

"应该是海上吧。一百亿现金在陆地上是沉重的负担,但在海上只要一艘小渔船就能装下,根本不成问题。而我们纪伊半岛临海,这次三百公里的飞行路线,外侧全部是海洋。我们会向海上保安厅寻求协助。不过,他们的经费也很紧张,而且工作繁忙,顶多派两三艘巡视艇来支援。我不清楚海警的工作,但靠一艘巡视艇在一百公里的警戒水域内找一只小渔船,跟用大箩筐捞一条小鱼并没什么区别。我们县警也没余力去做海上巡逻……等下,我这想法可能正中了绑匪的圈套。"

"老公,你到底要怎么做?"妻子忍不住大声问道。

井狩猛地回过神来。他愕然看着妻子,又转头望向窗外。

"今天真是好天气,适合跟绑匪一决高下……"他自言自语,视线又移回妻子身上。

"这次的信,有个特点与以往截然不同,那就是通篇都以柳川家属为对象,强调一切责任都由柳川家承担。不仅是电视转播,甚至连禁止各国飞机和航空母舰上的飞机进入半岛上空这种柳川家根本无能为力的事也不例外。恐怕这是老夫人的想法。她在电视对谈结束前的那番话,充分表达了不想给警察添麻烦的意思,想必绑匪也尊重了她的意愿。当然,我们不会为此放松对自己的要求。即便有老夫人的这番好意,但只要这封信一公布,民众的反应一定会是'警方将如何应战',就像刚才你的反应一样。"

井狩最后说了一句:"我的答案是,只能竭尽全力。"

7

之后的几个小时，势态已是火烧眉毛，时间如奔马一般飞速逝去。

上午八点，井狩与县知事等高层商讨信中的安全保障相关事宜。

知事虽是保守派，却也以"刚腹"①之名著称。而在部下们私底下议论时，"腹"字的月字旁被改成了竖心旁，也就成了"刚愎"。

"什么？要向航空局和自卫队提出禁航要求？而且要三个县的知事联名？我为何要受绑匪摆布？"

自一开始，他的刚愎性格便展示得淋漓尽致。

"这不是要受绑匪摆布，而是出于搜查工作的需要。也就是说，本次决战的关键，就在于能否追踪到绑匪真正的目的地。但这片区域到处都是海拔超过一千米的高山，无法使用雷达跟踪，只能靠地面人力以及天然的监视工具，也就是眼睛、耳朵以及测音机、望远镜。由于直升机降落时很可能已是晚上，所以听觉尤其重要。这种情况下，最怕有其他飞机干扰。必须做到，只要天上出现飞机的声响，就一定是敌人的直升机，否则根本无法跟

---

①刚腹，即日语词汇"刚腹"，有"意志坚定、度量大"之意。

踪。绑匪或许害怕其他飞机巧取豪夺，然而警方也有必要排除一切妨碍搜查的飞机和直升机。"

经过井狩恳切的解释，知事从"刚愎"变成了"刚腹"的一面。

"听说绑匪提出，如果我们不同意这个要求，就要中止计划，且不保证刀自的生命安全？看来就算没有搜查需要，从尊重生命的角度，也必须采取措施配合。好，我负责与航空局和防卫厅交涉，你专心负责搜查吧。"

知事爽快做出承诺，但当井狩告知他还须设法让驻日美军及第七舰队同样遵守要求，"刚腹"的形象再次不见踪影。

"你这话可不能开玩笑。驻日美军这边可以通过防卫厅沟通，因为不管是日本还是美国的飞机，都会妨碍办案，何况他们的飞机噪音更大。但要约束航空母舰，性质就变了，听起来像是认定对方会来抢赎金。我说你啊，这可是国际问题啊。何况，我们连这些家伙目前在哪儿都不知道。"

"这方面的风险是很大的。"井狩继续努力劝说，"我也不知道第七舰队的位置，但肯定是在海上。不管在菲律宾海域还是萨摩亚海域，都距离日本很近。载着五千万美元的破旧直升机，等于就在他们的眼皮底下摇晃。这些人喜欢搞破坏，脾气火暴又贪财，至于事件关系到一个日本老太太的生死，对他们而言就像一只虱子一般，并不放在心上。我觉得他们才是最大的危险因素。不得不佩服绑匪，心思细密得竟能考虑到航母这方面。刚才知事阁下说这是国际问题，但其实，如果舰上的数百名空军中，哪怕有一个冒失鬼鲁莽行事，导致的国际问题可都比这要严重得多。我不敢请您直接打电报向美国国防部提出要求，但恳请您妥善处理此事。"

知事沉思片刻道："这倒霉事，偏偏让我赶上了。"停顿片刻后，他又说："不过，还是比县警本部部长幸运多了。"

最后，他刚愎的一面再次复活。

"我会尽力。要让他们看看，我们日本男儿可不会放任金发碧眼的洋人夺走赎金。"

上午九点，柳川家属及镰田抵达总部，召开行动会议。

井狩首先注意到的，是地图上所画的墨线。笔触清晰、粗细一致、墨色均匀，优美得宛如能工巧匠用雕刻刀切割出的直线。整张地图上只有刀自一人的指纹。

"这些家伙连画线也要老夫人代劳，未免谨慎得过头了吧？清理指纹应该不是难事。"

但此时井狩根本顾不上细想。会议从一开始便呈现白热化状态，台上台下激烈的辩论声不绝于耳。

井狩提出的全员集结至R地区的方案，遭到包括镰田在内所有人的反对。

理由一，既然到目前为止没有进展，那么绑匪的藏身地很可能不在R地区。

理由二，就算绑匪真的藏在R地区，或许昨晚已转移至其他方便逃跑的地点。

井狩自己也清楚，这两点恐怕难以反驳，所以不便运用总指挥官的权限强制执行方案。

但他为坚持自己的立场尽了最大努力。

大部分搜查员都认定，飞行路线上的某处就是实际交付赎金的地点。

然而，仅是国道、县道，其上空与飞行路线的交会点便有三十四处，如果将其他小路都算进来，则总数多达三百处以上。

经分析，其中非查不可的重要地点数量达一百六十一处，约占总数的一半。假设每处配置一辆警车及十名警员，便需一千六百名人力。

而井狩将这个数字减到了一千人。

"一千六百人已是最低限度了，只能勉强构成一张薄弱的戒备网。如果绑匪使出什么手段，突破了这道防线，一切就都完了。本部长！到时您要负责吗？"

属下拍着桌子逼问，井狩却丝毫不为所动。

"警方人力总共只有两千，分出一半已是极限。幸好最近没有其他大案子……罪犯或许暗中关注着事情动向。奈良县和三重县都最大程度提供了支援，才有了这个数字。所以，再多派一人也不行。"

剩下的大部分搜查员认为绑匪会从海上逃走。

"加强路线内所有沿海部分的巡逻，才是最重要的措施。我们不提过分的要求，但至少要给我们两百辆警车、一千名警员。这是最低配置了。"

但井狩只答应派五百人和一百辆警车。

"这种破绽百出的警戒网，还不如不设。海岸线实际长度超过三百公里，才安排五百人！每公里只有一人半！本部长，无论如何，这个数量都太少了！"

面对部下的抗议，井狩充耳不闻，最后为他认定的 R 地区确保了五百人的力量。

R 地区东西宽三十余公里，南北长六十余公里，总面积约两千平方公里，几乎是津之谷村的三倍。

"要是能投入全部的两千人警力，绝对能抓到绑匪，如果投入一千人，成功的概率大概不到三分之一。如今只有五百人，就算加上当地居民的协助，成功的概率最多也只有十分之一。计划成败与兵力多少的关系，大概就是如此……但确实没办法，只能寄希望于每个警员都能眼观六路、耳听八方。"

会议结束后，井狩不禁叹一口气，对镰田说道。镰田自愿担任 R 地区的责任人。虽然见解不尽相同，但井狩执着于这片区域的坚定信念终究打动了他。

上午十点，记者招待会准时召开。

除了飞行路线、呼叫代号及安全保障条款等涉密内容外，信中其他内容全部公布。

与以往不同，本次记者会由柳川家主导，警方只是陪同。井狩指派刑事部长代为列席，自己则在办公室观看电视转播。

面对记者们的疑惑，国二郎解释道："不久前的电视对谈中，家母曾说，本案可以说是柳川家的私事，我们想借此机会明确表态。各位知道，我们的做法引发了上至首相、下至社会各界的批评，有人警告我们，这样会导致不良的社会影响。但我们愿意为此承担全责。当然，我们的决定与警方执行公务完全是两码事，不能混为一谈。"

在井狩看来，经过这几天，国二郎已从普通的地方名人，蜕变成忠于自身信念的堂堂男子。两旁的可奈子及大作，身上也不见了有闲阶级贵妇和纨绔子弟的影子。

"即使真被绑匪夺走一百亿，柳川家也并非完全没有收获。"井狩忍不住低声说道。

这场记者会引起的骚动，某外国记者的形容最为贴切："就像世界杯足球赛席卷整个阿根廷，彩虹童子让整个日本陷入疯狂。"

会场中沸腾的情绪迅速蔓延到街头。新闻时间一到,电视机前就立刻挤满人群。刊载信件内容的报纸,刚一发售便被抢购一空。

其中最为狂热的一群人,当数电视台相关人士。

正如井狩的预期,转播权的争夺战异常激烈,柳川一家夹在中间几乎不知所措。最后结果是由NHK与本地和歌山电视台系的民营广播台联播。虽然对外宣称是不希望任何一家电视台垄断转播权,其实是各台难以承受无休无止的转播费加价竞赛。英子事后悄悄透露,各台的转播费共计达一亿两千万日元,是井狩所估计数额的十二倍。

转播权问题解决后,KDD[①]宣布该节目将通过卫星向世界各地转播。

而井狩等人,根本无暇理会外界的这些事情。

警方忙于设置三县联合搜查总部,统一作战方案(联席会议上,和歌山县警提出的方案获得认可),根据方案配置部队,保护各金融机构(据称有来自阪神地区的众多黑社会成员正在潜入本地),与有关当局进行联络协调……

午餐没时间吃,烟也没时间抽,转眼已临近下午三点,转播即将开始。

准备工作已经敲定,或者说仅差最后一步。

应三县知事的联名请求,大阪航空局同意在下午四点后,命令辖下的机场、飞行场地禁止在纪伊半岛上空飞行。定期航班须全部绕道,其他飞机及直升机则禁止起落。

---

① KDD,即日本的国际电信电话株式会社。

各空军基地也于同样时段中止飞行计划，经防卫厅出面交涉，美国空军亦将予以配合。

和歌山航空公司一大早便忙着整修西科斯基式直升机。因最近两年完全没有执行任何任务，这架来自上个世纪的遗产一直沉睡在仓库的角落，已布满灰尘。在工作人员的努力下，整修有望在执行任务前完成。

警戒部队的部署方面，虽多次发生指令失误、听错命令、车辆故障等往日常见的混乱场面，但工作进展同样迅速。

装送赎金的场所选在县警本部。这一点当然并未对外公布，但本部周围埋设的机动部队的盾牌森然闪着寒光，正午前后有运钞车、巡逻车和护送警车陆续抵达，此等景象必然引人注目，人们也都有所察觉。

下午一点，所有赎金安全抵达，在会议室中，金属现金箱堆成小山。

下午两点五十分，井狩接到知事亲自打来的电话。

"驻日美军提了一个你会感兴趣的建议。"

"哦？什么建议？"

"空中雷达。你说过有山阻挡，地面雷达很难发挥作用。对方愿意提供配有雷达的侦察机，机型是现在热门的E2C预警机。军用侦察机有很强的隐密性，通常是在超高空飞行。除非绑匪也有雷达，否则绝对无法发现。它的仪器非常精密，能够精准追踪直升机。如何，是个求之不得的好消息吧？"

井狩差点欣然答应，但转念一想又忍住。

"听起来确实很好，稍后我们会开会讨论，但我个人不赞成这么做。或许在我的意识里，国内的犯罪搜查行动不需借美军之力。更重要的是，此举带来好处的同时，可能会导致更大的危险。侦察机获得的情报一定是先传回美国空军，再转到我们手上，如此一来，每时每刻都会有几个甚至几十个这类外人掌握着直升机的情况。对我们而言，为顺利救出老夫人，并以此为线索逮捕绑匪，得先将赎金平安送到绑匪手上。在此之前，我们必须极力避免情报泄露。这不仅是针对美军，也包括一般民众。直升机一旦起飞，是否会有好事之人从中作梗，我们现在无法预测。所以，我并不是怀有偏见，认为美军里一定会有强盗，而是考虑实际情况，应该规避任何可能外泄机密的行动。请您谅解。"

知事沉默片刻后开口道："你们背后怎么称呼我，我心知肚明。不过你可比我还刚愎……罢了，又要提防美军飞机，又要接受其援助，的确有些矛盾。那你有多少把握？侦察机能做到的，你也能完成？"

"我最信任的是两千名人肉测音机。目前我只能这么说。"

"那就这样吧。你真够顽固的。"

知事也并未生气，随即挂断了电话。

这是在最后一刻发生的小风波。决战时刻即将到来。只是警方尚未获知关于美国企业号航空母舰的消息。

8

下午三点。

街上空无一人，公司、工厂和学校都已停工、停课。

全国的人们同时打开电视，电表的指针骤然上升。家庭主妇们自不必说，连平常不屑收看电视节目的专家学者们也抱着书本走出书房，端坐在电视机前。

整点报时响起，画面打出"特别报道节目"的字样，主持人出现在屏幕上。今天肩负播报重任的是和歌山电视台的主播。

"全国的观众朋友……"

这句开场白似乎已成为他本人的一部分。紧接着，他把握住这恐怕是毕生唯一的机会，发出了激动人心的呼吁。

"以及世界各国的观众朋友。目前是日本时间下午三点，东南亚正值中午，欧洲时间为早上七点，美国东部时间为凌晨一点，西部时间为晚上十点。[①] 现在起，由NHK及和歌山电视台联合转播的百亿日元绑架案，即'彩虹童子'绑架案的赎金运送实况，将通过卫星向全世界同步转播。正式开始前，我们先来看受害人柳川敏子刀自与绑匪的照片。这是在九月二十七日的'电视对谈'中由和歌山电视台拍摄的影像。"

---

① 此处的时间换算遵照原文数字。

画面中，刀自站在中央，旁边分别是戴着肉色、黑色和白色面罩的三个绑匪。

镜头拉近，锁定在手持麦克风的刀自脸上。

"各位观众，柳川家的家属已来到现场。"主播的声音插入，"我谨代表观众向各位请教两个问题。"

镜头跳转，画面上四位家属的表情略显紧张。

主播问："关于赎金的运送，绑匪指定了详细的条件，其中有些内容并未公开。各位是否打算遵守所有内容？"

国二郎代表家属回答："是的，包括细节在内，一切按绑匪的指示执行。其中有些要求，并非我们力所能及的，幸好在当局的理解和帮助下都已实现。我们在此向和歌山县警及各相关单位致以衷心的感谢。"

主播提出第二个问题："绑匪承诺，只要柳川家按照约定行事，三天内刀自便能平安回家。各位相信他们的话吗？或者，是否对这三天时间心存疑虑？"

国二郎答道："相信绑匪一定会遵守承诺。的确，我们有些担心三天的期限，希望在支付赎金后立刻能见到母亲。不过，我们愿意相信绑匪所说的技术原因，毕竟处理一百亿现金绝非易事。"

主播追问："相信绑匪的理由是什么？"

国二郎答道："是家母。我们说这话显得有些自夸，但家母的确头脑非常聪明，世上任何骗子都奈何不了她。何况此事关系到身家性命，她更不可能上当受骗。既然她不惜付出柳川家的全部财产，说明她认定绑匪并非杀人狂魔，只要肯付钱，就一定会释放她。对我们而言，家母的判断就是我们的判断，不需要任何其他理由。"

画面再次回到主播身上。

"本次转播是为了服务公众,而非服务绑匪。不过,绑匪既然主动提出要求,想必现在也在收看本节目。作为负责转播的机构,我们奉劝绑匪,柳川家不惜牺牲一切来满足你们的要求,你们有义务拿出男子气概,堂堂正正地遵守约定,保证刀自平安回到家属身边。请你们牢记,如果万一,不,是千万分之一的可能性……你们敢背信弃义,那就是毫无人性的人类公敌,必须承受严厉的制裁。这是全日本,也是全世界的诉求。那么,我们将画面转到直播现场。首先进行的是赎金的装袋和捆包。"

开场白结束,好戏正式开始。

堆积如山的六十七个金属箱出现在画面上。

由于箱子表面光滑,所以只堆了三层。每层都呈纵横各五排的方阵,整齐码放在会议室中央的地板上。

箱子反射着灯光,看上去宛如巨大的银块,又像是巨人的积木玩具。

"这就是一百亿!"

不知是出于惊讶还是哀叹,电视机前的观众们同时喊出声来。恐怕所有人都是头一次目睹一百亿现金的模样。

"这里是位于和歌山市内某大楼的房间,具体地点恕不能透露,理由……相信不用我多作说明。"主播语带诙谐。

"柳川家属负责将纸钞装袋,各位用人负责捆扎。除了柳川家的人,整个房间内没有任何警察或银行职员等其他人士。现在请开始操作。"

这令人垂涎的景象曾出现在无数人的梦中,令人难以忘怀。

万元纸钞以一百张为一捆,塞满了每一只箱子。国二郎和大作负责取出纸钞,装入塑料袋。

他们双手各取一捆，互相摩擦以证明都是真钞，然后迅速丢进袋中。

"太可惜了。看着就像扔垃圾一样。"

电视机前的观众忍不住感叹，却也无可奈何。根据事前的排练，如果一捆一捆轻拿轻放，处理一箱要花两分钟以上。而若要在限定的四十分钟内全部完成，每箱最多只能花三十秒。而平均一箱装有一百六十捆纸钞，因此一秒需处理五捆以上，根本没工夫磨蹭。

连计数方式都是每两个一数。

"二、四、六、八、十，二、四、六、八、十……这些是一百……"这场景简直像小学运动会上的投球比赛计数。

可奈子和英子负责拉开袋口装钱。

两人也已摸索出技巧，接到纸钞后不急着往里压实，而是等积攒三四十捆后才动手，让钞票一股脑落到袋子底部。他们不顾虑，也没有时间顾虑纸钞堆放得是否整齐。

打包环节则更加简单粗暴。

"给，四百。"

串田总管确认数量后，从可奈子和英子手中接过袋子，传给两名强壮的小伙子。两人运用装粮食的技巧，搬起袋子往地上颠几下，让纸钞都落到底部，然后扎起袋口，捆上绳子，用脚反复猛踢袋子使其转动，以牢牢捆绑扎紧。

"这些钱真可怜……"

电视机前的主妇们看到透明塑料袋里的纸钞遭到挤压、折损后扭曲变形的样子，心里都不是滋味，有人竟忍不住流下眼泪。

但不管受到何等对待，纸钞毕竟是纸钞。在强光照射下，它们像彩虹般闪耀着奇异的光彩，透出一股强大的气势。整个过程，犹如这些彩虹色彩的一场没有止境的大游行……

接下来是将塑料袋搬上直升机。

画面移到屋顶，主持人换成NHK分局的职员。

"四十分钟转瞬即逝。百亿赎金已经如约捆装完毕，正通过电梯陆续搬运至屋顶。我们先来介绍今天的主角，驾驶运输机的飞行员，和歌山航空公司的高野先生。"

画面停在驾驶员身上。他看上去年逾四十，性格温厚。

访谈开始。

　　主持人："今天辛苦您执行这项重要任务。请允许我问一个外行的问题，有人担心直升机载着一百亿现金会很吃力，真有这么重吗？"

　　驾驶员："是很重，况且飞机上还载着足够续航九百公里的燃料，不过……"

　　主持人："不过？"

　　驾驶员："这都不如任务带来的心理压力重。柳川老夫人是我的大恩人，如果没有她，我大概早就沦为强盗土匪，惨死街头。想到今天的任务关系到老夫人的命运，我就觉得心头无比沉重……无法形容的沉重。"

　　主持人："原来如此。虽然不清楚您与老夫人的故事，但我们能体会您的心情。那么，您此前已猜到会被选中执行任务？"

　　驾驶员："是啊，毕竟我的资历最老。不过，假如公司出于安全考虑没有选我，我也打算毛遂自荐。我不能把危险的工作交给年轻人去做。何况，这附近的地形和气象情况我最熟悉。"

主持人:"请问具体有何种危险。"

驾驶员:"飞行本身就很危险。下午四点才出发,大部分时间是夜间飞行。除了地形因素外,我们不知道绑匪会如何现身,而我又会成为重要的证人……另外一点担心是怕有人阻碍任务执行。载着这么一大笔钱,如果遇上打劫的,我的飞机飞得慢,又没有武器……必须做好这些思想准备……老实说,若不是为了老夫人,我或许也不敢接这个任务。"

主持人:"您的意思是,万一碰到这种情况,您会选择自爆?"

驾驶员:"机上堆那么多燃料,想不爆炸也难……这是迫不得已的事,相信老夫人能谅解。"

主持人:"绑匪安排了如此危险的任务,您对他们怎么看?"

驾驶员:"怎么看……恐怕他们是别无选择吧。不过,有些地方的确考虑得挺周全。规定飞行高度一千米,从地面看飞机只有豆子般大小,不受枪支的威胁,地面虽是山区,但也不会影响飞行安全。"

主持人:"飞行路线并未对外公开,您是否知晓具体路线?"

驾驶员:"还不知道。起飞前,柳川家会交给我一个信封,等起飞五分钟后才能开启。"

主持人:"原来您也不知道路线。对于您接下这项危险任务的勇气与决心,我们深感敬佩。祝您成功。"

驾驶员:"谢谢。"

一般民众恐怕没有料到,此趟飞行竟隐藏着如此大的危险。驾驶员虽语气木讷，似乎缺乏激情，却流露出一股异常的紧张感。

主持人接着介绍转播机上由NHK指派的驾驶员及摄影师。两人都是二十多岁的小伙子，听到刚才的访谈，紧张得脸色发白。

主持人提问："刚才驾驶员高野先生说，此行可能会遭遇空中抢劫。如果真的发生这种状况，两位将如何应对？"

两人回答："假如在转播中发生，我们只好和运输机同生共死。即使我们想单独逃跑，敌人也不可能放过我们。但是，我们一定会拍下对方的样子。哼，敢在全世界观众的眼皮底下打劫，那就让他试试看。至于我们……请多发点抚恤金吧。"

访谈过程中，现金袋不断从电梯搬出，像装满芋头的麻袋般堆在直升机周围。

西科斯基式直升机的机腹向外突出，宛如伊索寓言里那只吸饱空气的青蛙。

在高野的指挥下，袋子由机身中央的出入口搬进飞机。执行此项任务的全部是柳川家的用人。他们平时习惯了搬运木材，因此配合默契，动作干净利落。每个袋子都要由分别站在直升机内外的三个人经手。在一片吆喝声中，二十五袋赎金安全转移至机舱内。只是因为袋子体积太大，机舱门险些无法正常关闭。隔着飞机窗户，还能看到袋中的一捆捆钞票。

至此，绑匪们担心存在陷阱的疑虑，应该也已一扫而空。

例如，装袋工作的场景，警方和家属原本可以用假袋子，提前拍下假画面。而现在的工作流程完全连贯起来，想要调包极为困难。何况所有工作人员都不是专业演员，让他们作假时保持表情和动作自然，恐怕再高明的导演也做不到。观众能看得十分清楚，现金袋完全没有问题，且机上没有多余空间可供警察躲藏。

终于到了出发的时刻。

高野从国二郎手中接过文件，举手敬礼后钻进直升机。

巨大的螺旋桨开始旋转，发出的声音却意外很小。柳川家众人的头发和衣服随风飘动。此时正好是预定的下午四点整。

隔着窗户，驾驶员再次举手致意。

"拜托你了。""加油。"

家属的喊声夹杂在引擎的轰鸣声中，断断续续地传入观众耳朵里。

运输机飞上天空。一分钟后，体积只有其一半大小的转播机跟着起飞。

一大一小两个影子不断上升，变成蓝天中的两个小点。

此时，不少观众发现情况不太对劲儿。装袋工作开始后，包含井狩在内的警方人员便从镜头前消失了。

刀自、健次和平太通过Mark Ⅱ的车载收音机收听了直升机起飞的广播。

"大家的想法都一样。"听到高野担心空中劫机的话时，平太说道。

"只有我们没想到。"健次接着问刀自："老太太，关于枪击的问题，你当时就考虑到了吗？"

"你是说规定飞行高度在一千米吗？那当然了。价值一百亿的鸟从眼前飞过，哪个猎人会不开枪？不过，我这么想，或许是出于悲哀的猜忌心吧。"

之后大家不再交谈，只是看着时钟，静静听着广播。

纪宫村的一处梯田，正义与两个"KU 酱"①正在割稻子。

"正义越来越熟练，快能靠这行吃饭了。"中年"KU 酱"阿椋说。

"可惜刚练熟就要结束了。"年轻"KU 酱"，也就是邦子，说道，"正义哥，你真的割完稻子就要回去？"

"嗯，这事我自己说了可不算。"正义思索着，"即使想留下来，大姐也不一定同意……我干起活来总是犯错。"

"没这么严重。"邦子安慰道，"把糯米和粳米混在一起脱粒，挂倒芝麻秆子的方向把芝麻撒一地，这种错误一开始谁都会犯的。你若能留下，她肯定会很开心。自从你来了，她连精气神儿都不一样啦。"

"啊，真的吗？哎哟，好痛！"

正义吃惊地望向邦子，手上的镰刀一滑。

刚从旁边经过的阿椋回过头来。

"哎呀，又割到了手？真是禁不住夸。"

"不是的，他还没完全适应。"邦子替正义辩解，"啊等下，你别甩手。我给你包扎。"

"这点小伤，不要紧的。"

"那可不行，流了这么多血。"

邦子迅速撕开手帕，裹住正义的手指。正义腼腆地别过头，但还是乖乖伸出手。阿椋一边捶着腰，一边看着他们两人。

刺眼的阳光从蓝天洒下，三人额上的汗水闪闪发亮。割稻工作即将结束。

---

①在日语中，"椋"读作"kura"，"邦子"的"邦"读作"kuni"，两个人的名字都有"ku"这个音。日语中表示亲昵的称谓"ちゃん"，此处音译为"酱"。因此此处写为"两个'KU 酱'"。

美军第七舰队的旗舰——"企业"号核动力航空母舰，此时并不在萨摩亚，而是位于比菲律宾距离日本本土更近的小笠原群岛东部，正朝着夏威夷航行。在这片南方之海，比纪宫村明亮数倍的阳光闪耀在蔚蓝的水面上。

司令官亨德森中将在舰桥接过通信兵呈上的电报。他此前已命令，收到共同通信社的海外新闻稿，必须立即上报。

电报内容很简单：

"东京（共同社消息）和歌山分社最新消息，载着五千万美金的直升机，已按预定计划于日本时间下午四点自和歌山市出发，由NHK转播机随行，具体路线仍未解密。"

他将电报交给身旁的金舰长，舰长读完后将其用力揉成一团。

两人都面色铁青，脑中正在思考相同的事情。自今天下午，舰队已连续两次接到来自东京的电报。

"东京（共同社消息）和歌山分社最新消息，和歌山县三须知事特别会见《星条旗报》（美国军方报）记者，表示在彩虹童子一案的赎金运送过程中，最担心的是中途有其他飞机来抢劫。知事声明，为避免此类事态发生，已向防卫厅提交申请并取得支持，禁止任何外国飞机以任何理由在下午四点后接近纪伊半岛上空。如有犯者，防卫部队将采取强硬手段驱离。他还表示，若本次行动因中途抢劫而受到影响，不但将危及人质的生命安全，亦会引发日本与抢劫方所属国家间的严重国际纷争。"

两人同时俯视着下方的飞行甲板。

十八架战斗轰炸机齐聚于此，正在待命。如猛兽的獠牙般闪着银光的机翼、鲜艳的星形标志……这是美国海军引以为傲的最新精锐部队，是海军的核心战斗力。

当然，这些飞机要飞到八百海里（接近一千三百公里）外的纪伊半岛是轻而易举的。两人也知道，从今天早上起，舰队便陷入狂热的赌局，目前赌彩虹童子成功的下注倍率，士官之间是三比七，下级士官是五比五，士兵是七比三。

我们不必借用社会心理学的专业语言也可明白，赌博最能直接反映一个人的内心愿望。十个士兵中有七个希望彩虹童子成功，或许意味着他们在心底隐藏着另一种愿望……不，绝不会有这种事……虽然没有，但还是存在风险……

亨德森忍不住咒骂："下地狱吧！这个叫三须的家伙真该死。这种混蛋，地狱也不会接收他。"

"没错。"金附和道，"那篇报道里他三次提到'抢劫'。这附近又没有其他飞机，人们自然知道他指的是谁。光凭这点，他就得下三次地狱。"

亨德森继续谩骂。

"当然，那小子不敢指名道姓，不过这不是减轻他罪恶的理由。这个狗娘养的！"

"简直是恶魔生的！"金配合着骂几句，随后问道："那怎么办？我们主舰的计划，尤其是十八架战斗机的……"

亨德森正色道："日常的飞行训练也是我们'企业'号的神圣任务，不能受这些胡言乱语的影响。"

"有道理。"

"过去占领日本期间的司令官……应该是艾克尔伯格说过，

一桶苹果里总有一两个坏掉的。但眼下,我们根本不必在乎这句话。"

"我也有同感。"

"不过,最近连日密集训练,我们的士兵似乎都累得不轻。计划可以做些调整,比如暂停今天的飞行计划,让他们休息休息,有利于提高士气。舰长你觉得呢?"

"完全赞成。"金舰长松了口气答道。

9

特别搜查总部。

直升机起飞后,这里的氛围变得更加紧张,犹如野战司令部般剑拔弩张。

井狩端坐在正前方的座位,左手边的黑板上记录着运输机陆续传来的信息。

一六〇五 引擎正常,目前位于停机坪上空,对地高度一千,风向西北偏北,风速每秒十五米,云量零。开启信封,确认飞行路线。目视确认转播机起飞、升空。待其接近,将通知其飞行路线,朝指定方向前进。

这是第一次联系。接下来则实行定时联系,每十五分钟一次。

一六一五 引擎正常,风向西北偏北,风速每秒十六米,时速两百,到达预定地点上空,周围情况无异常。

一六三〇 引擎正常,风向西北偏北,风速每秒十五米,高度、时速不变,位置为预定地点上空,云量零,但山间逐渐起雾。周围情况无异常。即将到达第一转折点,准备通知转播机变更方向及位置。

一六四五　引擎正常，风向西北偏北，风速每秒十六米，已通过转折点，位置为预定地点上空。山间浓雾范围扩大，此外周围无异常。

为避免被窃听，联络内容非常简单，并刻意避开了机密事项。

井狩面前是一个由四张桌子拼成的平台，上面铺着一张纪伊半岛的大地图。地图的横向和纵向各画着一百条经纬线，将地图分割成一万个小区块，以便确认位置。

除运输机的联络外，无线收发室也不断收到地面部队传来的报告。

A6　一六一五　二三一二方向传来飞机引擎声
C3　一六一八　二二三四上空发现飞机，正向西前进
D7　一六二〇　二〇三六方向传来飞机引擎声

起始的两位是部队名，接着是时刻。最后四个数字，前两个代表横向方位（东西），后两个代表纵向方位（南北）。

六名女警根据播报，在地图上标记红色圆圈和箭头，示意运输机当前所在位置。圆圈为目击飞机出现的地点，箭头为引擎声的来源方向。后者尤其重要，因为天黑后便无法再靠目击跟踪，只能依靠听声辨位这一种方法。这直接关系到本次行动能否成功。

目前，两者的报告完全一致。尽管高空风势强劲，运输机依然按照预定时间，精确地在预定路线上飞行。

"做得很好。"

井狩自言自语，专注地盯着地图对面的电视屏幕。

这台二十七寸电视机可以暂用一天，是特地向平时往来的电器商借来的，其屏幕比普通电视大出一倍有余。

运输机出现在画面的正中央。这种直升机腹部突出，被美国人称为"空中海豹"。而现在在日本人看来，它则更像"空中河豚"。这只河豚旋转着巨大的螺旋桨，拼命拨开空气向前飞行。夕阳斜照，白色机腹不时闪着薄薄一层红光。

转播机跟在后方大约一百米的位置，画面中当然看不到运输机的驾驶员，但井狩眼前却清晰浮现出此前高野的紧张神情。当时运输机刚抵达停机坪，高野来向井狩打招呼，说道："有些话想私下跟本部长您谈。早上我们召集所有维修人员，全力维修好这架直升机，试飞一切正常，刚能松口气，维修组长便把我叫到一边告诉我：'维修成效不错，直升机外表跟新的一样，而且我有信心，技术上不存在任何问题。但是……''但是？''您也知道，机器长时间不用会老化，即便试飞情况再好，正式使用时内部仍有可能出问题。依我的直觉，引擎出问题的概率比较大。直升机有保险，倒是没关系，但如果换作我……'这名维修组长和我有将近二十年的交情，他是个很认真的人，不喜欢开玩笑，而且直觉通常很准。我只想告诉您，万一因为引擎故障无法完成任务，那完全是不可抗力，不能怪罪任何人。我们已尽了最大努力，接下来也会一直如此。请您将此事放在心底，别向家属透露。"

高野的定时报告，第一句总是"引擎正常"，大家都以为这是例行内容而并未在意，但其实这是在向井狩和同样心怀担忧的维修组长暗示"引擎还没出问题"。

实现如此精确的飞行，体现出的不仅是高超技术，还有男儿誓死完成任务的坚毅雄心。

此时，直升机似乎已进入气流变化剧烈的山区。画面大幅上下左右晃动。转播机的工作人员水平也相当高，不管机身怎么摇晃，运输机都保持在镜头范围内。如果运输机是"空中河豚"，那转播机就是紧咬猎物不松口的"空中之鳖"。

现在全世界不知有几千万、几亿双眼睛注视着这对河豚和鳖的动向？井狩忽然闪过这个念头。

日本的傍晚，正值莫斯科的中午、巴黎的早晨、纽约的深夜。

这无数双蓝色、褐色的眼睛，以及来自亚洲的诸多观众，究竟怀着怎样的心情？

恐怕大部分人是出于好奇心。绑匪随时可能与运输机联络，抢劫者随时可能出现，局势的变化没人能够预测……全世界都关注着这群勇敢飞向未知世界的日本人，时而替他们捏把冷汗、时而幸灾乐祸一番，享受着这场现实中的空中大戏。

前方不时出现的紫色山体，眼下绵延着遍山红叶和深绿群山，逐渐微弱的日光呈现出千变万化的色彩……诉说着日本美丽的大自然秋色，是最适合这场大戏的背景。观众们自然不会知道，那位耿直的驾驶员高野正惴惴不安地握着操纵杆，唯恐引擎突然失灵……

无线收发室收到一则消息：

"运输机发来定时联络。一七〇〇，引擎正常，云量三，风向西北偏北，风速每秒十四米，位于预定地点上空。数分钟后将抵达下一个转折点，已通知转播机变动方向及位置。浓雾逐渐扩散，覆盖地表大半范围。周围无异常。本次联络结束。"

消息同时被发送至电视台和广播电台，数秒后，电视中传来记者的播报声："五点已过，距出发整整一小时。我们刚刚收到运输机传来的第五次消息，飞机正按照预定路线飞行，时间也符合预期。飞行时间已有五十五分钟，估算离起飞地点超过一百八十三公里。如画面显示，天空出现了一些云，季风有所转弱，日落即将到来……啊，现在前方这座山，能看到山峰如同发生过雪崩一般铺满白雪，还能看到深邃的峡谷。一千米的高空尚能看到太阳，地表却完全被阴影遮盖，浓雾像白烟般流动着，并且在不断扩散。以上是运输机的报告内容。重复一遍，预定飞行路线和时间都符合预期。山区气流紊乱，且有西北季风干扰，竟能做到如此精准地驾驶，可见驾驶员高野先生技术高超。我们不禁要为他鼓掌加油……"

井狩命令下属调低电视音量，问道："一直没接到地面部队的报告，这是怎么回事？"

"这一带都是深山野岭，车辆无法进入，所以没有安排部队。不过 E 部队就在南方二三十公里处。"

"原来如此，看来只能等了。"井狩靠在椅子背上。

刚才播音员提及日落，今天的日落时刻为五点二十六分五十二秒，此时直升机刚好绕完路线一圈，回到起点。绑匪正式行动大概会在完全进入夜间，也就是进入第二圈飞行后。毕竟有上回电视对谈的先例，何况还有绑匪自己主动要求随行的转播机，他们不可能在白天现身。第一圈只是预演，以此确认警方是否遵照指令。这是总部人员的一致看法，井狩也认为以常理推断的确如此。

但他总是隐隐不放心，心想："虽然常理如此，但不按常理出牌，正是那些家伙的拿手好戏。"

井狩翻阅手边的文件，上面有几篇关于小案件的报告。

案件一，下午三点半左右，五名男子乘车闯入大阪某民营机场，不顾工作人员的制止，企图开走一架小型飞机，被及时赶到的大阪府警逮捕。经审讯，确认其中四人为黑社会成员。另一人为民营机构的飞机驾驶员，其被捕后神情明显放松下来。案件详情尚待深入调查。

案件二，下午三点左右，警卫部队在奈良县南部山区发现一名携带猎枪的男子。男子称记错了禁猎令解除的日期，提早一个月进了山。目前该名男子暂时被拘留。

案件三，京都某小公司老板带着枪支驾车外出，家人报案后，警方立即展开搜查，到下午四点，仍未发现其踪迹。

案件四……

每一起案件，都像是围绕在刀自绑架案这片巨浪周围的肮脏泡沫，成不了什么气候。

此外，街上还传来不少流言蜚语，其中有人说高野会卷款潜逃，不知他本人听到会作何感想。有一派人没头脑地认为，直升机上燃料充足，机不可失时不再来，应该趁机直接"远走高飞"。另一派则煞有介事地宣称，某个重量级调停人已经涉入此案，将以收取一半赎金作为代价，帮助飞行员逃亡海外。各种谣言层出不穷，混乱不堪。

"这些人就随他们去吧。"

井狩把文件推到一旁，目光移回电视。

"空中河豚"没有多少变化，机身不时映射着淡淡的夕阳余晖，转动着巨大的螺旋桨，划破空气前行。或许是转播机上的摄影机拉近了镜头，画面上的机身似乎变大了些。

"这些事你还是不知道为好，反正就算知道，也不能怎么样。"井狩自言自语道。

就在一瞬间，井狩猛然一惊，瞪大双眼。

运输机突然迫近眼前，几乎占据整个画面。

"异常接近？"井狩吓出一身冷汗。瞬间，机身消失在画面下方，天空与地面开始翻转。

"怎么了？怎么回事？"

井狩等人后来才知道，这是由于运输机突然减速，转播机为避免碰撞而紧急爬升所致。

全会议室里的人都紧张地站起，此时无线收发室传来兴奋的呼喊声："运输机发来紧急联络！一七〇三，收到绑匪指令，将与转播机一同降落。重复，运输机紧急联络，一七〇三，收到绑匪指令……"

10

两架直升机缓缓下降。运输机在前，转播机在后。地表起起伏伏的山峦，如同卷起旋涡一般，迅速向运输机接近。

随着高度降低，雾气意外地愈发浓厚。白色微粒如同雨滴般自下而上喷洒而来，肉眼即可看得一清二楚。摄影机的镜头蒙了水汽，画面一时变得模糊不清。

无线收发室将模式切换为同步广播，整个会议室都听得到驾驶员的声音。

"绑匪似乎就在附近，无线电状况良好，转播机的着陆地点为前方的山脊，本机则将越过山谷，降落在山腰地带。绑匪说，地面上分别会有黄色及红色的布作为记号，并引导我往左前方移动。对方应该可以从地面看到本机……还没发现任何记号……目前对地高度两百……还是没发现……高度一百……啊，发现黄布。还有指示本机的红布。"

摄影师擦拭镜头，画面恢复清晰。驾驶员话音未落，屏幕上出现黄点，紧接着出现红点。

左右皆为险峻的山峦，黄布铺在一处较高的台地上，隔着一道幽深的溪谷，红布铺在对岸下方森林中的褐色小路上。两块布都很不起眼，看上去宛如掉落在地的红枫树枝。峡谷中已是暮色沉沉，到处飘散着云朵般的白雾。

"快确认位置!"

井狩大喊,双眼未曾离开画面片刻。

绑匪在哪里?逐渐接近的红点,其前方是溪谷,另外三面是森林。绑匪躲在右边树丛中,或是左边树后?他们肯定藏在某处,却仍未现身。

"现在的位置是尾鹫市以西约二十公里的乱发岭附近。海拔约一千三百米,那道溪谷就是熊野川的源头。"瞪大双眼在地图上确认信息的警员回答。

"二十公里?这么近?有路能从尾鹫过去吗?"

"没有。这一带一千米以上的高山鳞次栉比,别说车辆,连人都难以通行……"

"鳞次栉比?这种时候你怎么还文绉绉的?那些家伙怎么上去的?"

"乱发岭以西二十公里处有国道一六九号线经过,绑匪应该是从那里上山的。"

"国道有小路可以上山?"

"没有。"

"什么?"

"地图上确实有条细小的山路,但打着很多叉号,说明已经不再使用。"

"什么狗屁叉号,既然他们在山上,就说明走得了。赶紧通知附近部队,封锁入口。"

"附近没有部队。"

"什么?"

"飞行路线与国道一六九号线的交汇处只有两个,分别在吉野和熊野附近,因此警力只部署在了这两处。比较近的是刚提过的熊野 E 部队，但直线距离也有二十多公里，走国道恐怕超过四十公里。"

"不到一百公里，你就谢天谢地吧！快命令他们出发！"

此时画面突然剧烈晃动，接着完全静止。转播机似乎已降落在高台顶端。

井狩忽地瞥见画面下方角落有块白色方形物体。

"那白色的东西是什么？"

"看起来像卡车。"一名警员仔细观察后说。

"卡车？山路不能通行，卡车是怎么上来的？"

白色物体迅速藏入树林，虽没能看清，但井狩也觉得那是卡车的车斗。

难道大多数人的猜测是正确的，绑匪打算在此把赎金搬上卡车？

但这依然很可疑。如果真要拉上赎金逃跑，谁会把卡车专门涂成显眼的白色？这难道又是绑匪的诡计？

运输机也即将着陆，地上的枯草和尘土四处飞扬，布块随风飘舞。转眼间，运输机平稳地降落在红布正上方，不愧是精准无比的驾驶员高野。

扩音器传出高野木讷的声音。

"一七〇八，已经降落地面。接下来等候绑匪的指令。"

螺旋桨转速逐渐变慢，最后完全停止。

两机相距超过两百米，画面上的运输机只有文库本书籍般大小。

会议室里一片死寂。若让美国推理作家克蕾格·莱斯来形容，她大概会说"谁来往地上扔一个别针试试"。电视画面中同样悄无声息。除了机身周围不住摇曳的芒草，以及缓缓飘动的雾气外,一切都静止不动。

五秒、十秒、十五秒……

这段时间长得令人感到恐怖。

"卡车呢?"有人轻声问道。画面上显示,白色卡车停在直升机左后方至少五六十米远处。它明明早就该开过去,却始终没有动静。

"不对劲儿。"连井狩也难掩焦虑,脱口而出道。

但是,这段"空白的时间"或许是这些"戏精"绑匪的计谋。

说时迟,那时快,芒草丛中突然出其不意地闪出三条人影。他们是从与卡车相反方向的右侧窜出来的。那场景仿佛在说,"让各位看官久等了"。

摄影师没能第一时间跟上,他赶紧转动镜头。只见夕阳余晖下,三个快步奔向直升机的身影清晰地出现在画面上。高个子的戴黑色面罩,中等身材的戴肉色面罩,矮个子的戴白色面罩……那正是大家在"电视对谈"时见过的绑匪三人组的装扮。

"是他们!"

"原来躲在那里,而且全员出动了!"

在众人接连的呼喊声中,三人奔跑着一起接近直升机。

"一七一〇,绑匪现身。"

扩音器中驾驶员的声音依然沉稳,但也已略带沙哑。驾驶舱的门随即打开,白色面罩矮个子绑匪在两个同伙的协助下爬了进去。

数秒后……

驾驶员的嘶哑声音传入屏息聆听的每位观众耳中。

"绑匪指示,转播机禁止继续尾随本机,立刻返航……重复,转播机禁止继续尾随本机,立刻返航……转播机,听到请回答……对,是的。辛苦了,祝你们回程顺利。这将是来自本机的最后一次联络……以上是绑匪的指令……各位,再见。"

声音突然中断,像电器插头突然被拔掉一般突兀。

禁止继续尾随!那么,这里并非终点,接下来直升机要前往的地方,才是绑匪们真正的目的地。

井狩感到所有警员的目光都集中到了他身上,有的带着懊悔,有的带着感叹,表达的意思却完全一致——果然不出本部长所料。

当然,井狩并未借此自我吹嘘,他既没有兴趣,也没有时间。

由于转播机上未装载录音设备,画面并没有声音。但在这个无声世界,一切都在让人目不暇接地快速变化着。

白色蒙面绑匪进入驾驶舱后举手示意。他手上也戴着白色手套。该信号表示指令传达结束,可以立即出发。

站在外面的黑色和肉色蒙面绑匪似乎早已迫不及待,敏捷地关上舱门。驾驶舱虽然狭窄,但应该可以再容下一人,只是他们似乎早已决定只让白色蒙面绑匪一人乘坐直升机。

舱门一关好,运输机便发动引擎,螺旋桨开始旋转。黑色及肉色蒙面绑匪猫着腰冲了出去,朝着他们现身的反方向,也就是卡车方向,奔去。

这究竟是在做什么?盯着屏幕的警员都面露疑色。

……如果不打算在这里卸下赎金,为何要准备卡车?

……不对,那个白色物体真的是卡车吗?

……三个绑匪中,白色蒙面绑匪身材最为瘦小。控制直升机这个重要任务,为什么不是带头的肉色蒙面绑匪亲自上阵,却交给最弱的同伴负责?何况他看上去并未携带手枪之类的武器。

……开卡车一个人绰绰有余,为何这两个相对强壮的绑匪,却着急跑向似乎并无用武之地的卡车？他们的行动疑点重重。

画面上的直升机已经起飞。随着螺旋桨转动，机身周围的浓雾如同旋涡般翻腾。

就在一瞬间，观众又被突发状况惊得目瞪口呆。

原本随着直升机爬升的镜头猛然拉回地面，拍摄到了异样的场景。

一场爆炸。那辆卡车爆炸了。

无声的爆炸画面更为恐怖。火焰在晚霞的照耀下愈发红艳，爆炸产生的浓烟翻滚着升空，无数碎片向四周飞散。一大块白色板子旋转着飞上天空，随即又跌落回火焰之中。

"这又是怎么回事？他们起内讧了吗？"

多名警员目瞪口呆，不禁望向井狩。

"肯定不是。"井狩苦笑道，"这不过是他们最爱玩的障眼法。我推断那其实是Mark Ⅱ，他们只是装上一块白板子，伪装成卡车而已。对他们而言，Mark Ⅱ现在已变成最危险的证据，所以利用机会把它处理掉。拿到一百亿后，要买多少新车都没问题。不过……"

井狩突然停住。

他露出微妙的表情。盯着画面的目光依旧如老鹰般犀利，却在一瞬间闪现出一丝不曾有过的苦恼之色。

"不过？"待一名警官追问时，井狩的神态已恢复如常。

"没事。他们这场表演很精彩，但表演结束之后，才是真正的对决开始之时。那是电视上看不见，外界也不知道，只属于我们之间的地下对决。"

因爆炸一时移开的摄影机镜头，再度对准持续爬升的运输机。机身下方不时映出的红色，是地面爆炸的火光。

运输机早已越过山棱线，升至高空。它似乎在等着镜头跟上一般，一被拍到，便又猛然加快了爬升速度。

四周是浓雾的海洋，逐渐变小的灰色机身，仿佛一颗沉入海底的小石子。

八十米，一百米……

机身已有一半融入白雾中。

"啊，一百亿……一百亿要消失了。"一名年轻女警哽咽道。

"可恶，就这么让它跑了？"年长的搜查警员怒吼着。

运输机的距离已无法测量。机身像滴入水中的淡淡墨珠，漂浮片刻后便溶化不见。消失后仍然感觉隐约可见的，其实只是眼中的残留影像。

一百亿消失了。彩虹童子也消失了。只剩下浓雾形成的旋涡在无尽地旋转着。

11

关于直升机接下来的行踪,根据两千名所谓"人肉测音机"和上万名居民所提供的信息,警方搜集了数量庞大的数据。

居民中有个我们很熟悉的名字——中村椋,也就是阿椋。她曾对次日上门的搜查员提供以下证词:

我以前长年服侍老夫人,这次她遭遇绑架让我非常痛心。昨天我与正义、邦子在田里割稻子忙到傍晚,错过了现场直播,听了七点的新闻后才知道详情。

再说说直升机。昨晚邦子回家后,我和正义在家吃完饭,正在喝茶。突然听到一阵轰鸣声,从屋顶正上方经过。我大喊"正义,直升机来了",匆忙跑到屋外。外面雾很大,周围什么都看不清,更别提直升机的模样。但从引擎声听来,应该离得很近。正义跟着跑到院子里,轰鸣声再次接近。直升机似乎开着探照灯,我看见亮光,大喊"来了"。然后直升机开近,在我家屋子附近盘旋一阵,像是在找东西。直升机好几次经过我们头顶,打着探照灯似乎在观察我们。不久,引擎声越来越远,灯光也渐渐消失。我始终没看到直升机的样子,在远处时因为雾太浓看不到,在近处又因为灯光太刺眼看不清。不过,我确定直升机飞得很低,经过我们头顶时,我和正义虽然体重都不轻,却都差点儿被风吹倒。因为周围全是雾,我没搞清楚直升机来去的方位。要说直升机绕了多久,我当时没戴表,不知道具体时长,但感觉时间不短。至于当时是几点,我离开屋子时也没看表,所以说不准,大概是七点左右吧。(另外,与她同住的外甥正义的证词大意完全相同)

她的叙述符合典型的居民提供线索的特点,如实再现了当晚直升机的飞行情况。

根据已经确认的情况,直升机在日落前自乱发岭起飞后,至晚上六点间的四十分钟时间,完全不知去向。它究竟是在杳无人烟的深山地带飞行,还是降落在了某处,目前无法判断。

直到接近六点时,直升机才进入警卫力量的视野。地点为奈良县东南部,也就是井狩最为重视的R地区南端,位于乱发岭以西约三十公里处。

"这里果然是绑匪的老巢。本部长料事如神,实在让人佩服。"

会议室里人声鼎沸,但问题也接踵而至。众人根据五百名警卫人员不断传回的报告在地图上推演,发现直升机忽而往左、忽而往右,一会儿前进、一会儿调头,这边停留片刻、那边盘旋一阵,像醉汉开车一般到处乱撞,且一直没有停止的迹象。

"真是自作孽不可活。肯定是浓雾让他们迷路了。本部长,这就是天谴吧?"

警员们大呼痛快。地图上标记的飞行轨迹,宛如一团混乱纠缠的毛线。而直升机经过住在纪宫村的阿椋家上空,也正是这个时候。

但是，绑匪们会那么容易迷失方向吗？

答案不久便会揭晓。

直升机在R地区上空徘徊了一个多小时，七点过后终于恢复正常状态，朝津之谷村飞去。经过柳川家正上方时，直升机在超低空飞行，并投下一个传信筒。

传信筒里有张市售的收据，收件人是"柳川"，金额栏写着"一百亿日元"，备注写明"赎金"，发件人则是"彩虹童子"，背面写着"X时为晚上九点"，照例全是刀自的字迹。

所谓的X时，指的是解除半岛上空飞行禁令的时间。这是当初信中约定的"另行通知"，众人没料到竟是通过这种方式，而且绑匪还附了张收据。

"可恶的绑匪，真是一帮混蛋！"

警员们恨得咬牙切齿。然而，从飞行路线来看，直升机进入津之谷村后便直飞柳川家，投下传信筒后又笔直飞向东南方的吉野国立公园方向。

当晚半岛中央地区完全笼罩在浓雾中，R地区与津之谷村的天气状况并无太大差别。在这种情况下，直升机能准确找到柳川家，并在办完事后迅速离开。可见并未迷路。

那么，之前它为何要到处乱飞？

这里面也许有地理方面的原因。绑匪比较熟悉津之谷村，对R地区相对陌生。可是，仅凭这一点，怎会产生如此极端的对比？

或许绑匪是仿效"藏木于林"的典故，为了隐藏真正的目的地，刻意在周围到处乱飞以迷惑警方。

这种可能性很大。本部的实验结果显示，如果合两人之力，从低空飞行的直升机上丢下所有袋子，只要三分钟足矣。

而直升机在R地区上空徘徊长达七十分钟。其中任意抽出三分钟，便足以完成此事。

此外，有人认为绑匪的这些行为都是虚晃一枪，只是想将警方的注意力吸引到R地区，目的地则在完全不同的地方。那张令人气恼的收据就符合该观点。

收据！从未听过哪个国家的绑匪，厚颜无耻到会为赎金专门开个收据。然而，收据是否能证明，绑匪此时已收到赎金？他们显然不可能如此老实。所谓收据，不过是使得R地区那场故弄玄虚的飞行演得更像而已，这是绑匪们的拿手好戏。

警方内部一时众说纷纭，谁知直升机接下来的动作，让情况变得更加扑朔迷离。

直升机进入吉野的山区后，再次突然失去联系。

按照一般巡航速度，直升机上的燃料约可飞行四个半小时。如果一直不停地飞行，坚持到晚上八点半已是极限。

八点已过，此时燃料应该所剩无几。直升机终于现身，在熊野以西十公里处向南飞行时被附近部队发现。

直升机出现的地点令人起疑。熊野以西十公里处，位于起飞点乱发岭以南二十公里，两者距离极近。

"为什么又绕回这里了？一开始直飞，只要五六分钟吧？"

"从R地区到津之谷村绕一大圈，竟然又回来了。他们究竟要做什么？"

警员们固然吃了一惊，但直升机接下来的行动更加匪夷所思。

直升机不断南下，经过新宫上空，沿海岸线通过半岛南端的潮之岬，接着转而向西飞行，在燃料应该见底的八点半，从日置川附近进入纪伊水道的海面上。

此后，直升机再未出现。

之后，沿岸各地部队、在附近航行的船舶及前来支援的海上保安厅巡逻艇,都没有发现任何踪迹,直升机仿佛在海面上凭空蒸发了。

"终点原来是海上……那中途为什么来回绕弯?终点在哪里是瞒不住的,绑匪绕这么一大圈,又有什么意义?"

"这样不仅麻烦,也浪费时间。燃料或许在某处降落休息时节省了一些,但在这种情况下飞到海上,也未免太过冒险。驾驶员真是什么都敢照做。"

本部的警员们有些茫然若失。

直到三天后,所有谜团才逐一解开。

在此需要补充两三个细节:

由国道一六九号线进入乱发岭的山路已在今年春天完成修复,小型车可以通行。

搜查队抵达现场时,绑匪早已离开,只找到烧毁的汽车残骸及木材碎片。如井狩判断,车型正是 Mark Ⅱ。

绑匪并未遗留任何物品,但地面上除汽车胎痕外,还有类似摩托车和自行车的胎痕,黑色和肉色蒙面绑匪似乎已借此逃走,目前行踪不明。

彩虹童子就这样与浓雾一同消失了。然而,整出戏还需要两名人物出现才能落幕。那便是刀自,以及随直升机失踪的驾驶员高野。

在彩虹童子约定释放人质的四日早上,警方首先发现了高野。

地点是在以奇岩和绝壁闻名的熊野鬼城与楯崎正中间的一个小海角。但此处位于半岛的另一侧,与直升机最后消失的方向完全相反。

海角中央有座海拔约两百米的小山，名为幽鬼山。北、东、南三面临海，其间延伸出数条细长陆地，带有几处小沙滩。西侧的海角根部有道陡坡，连接至一处名为悠木的村落。

四日清晨，高野跟跟跄跄地走下陡坡，向村子最边缘的一户农家求助。

据熊野市的医院检查结果显示，他的健康状况虽无异常，但从体内的残留物质判断，前晚他曾服用大量安眠药。

驾驶员高野的话：

坐上直升机的是绑匪中最矮的一个，身高大概一米五三，年纪也很轻。后来才知道，他体重也是最轻的，在飞机上钻来钻去很方便，所以绑匪才安排他押机。

对方一上飞机，便拿出一封老夫人的亲笔信。我表示想留作证据，向他要了过来。如果没有这个，恐怕大家无法理解我为何要那样到处乱飞。我收到过老夫人的贺年卡，所以认识她的字迹。

请看。在绑匪的指令后，老夫人写道："绑匪一直竭尽全力蒙蔽警方，或许他们的要求会很无理，但请看在我的分儿上稍加忍耐。我日后必会全力报答。这是我个人的请求。当然，他们绝不会危害你的性命。"

别说什么报答，只要是老夫人的吩咐，我就是赴汤蹈火也在所不辞。

白色蒙面绑匪首先命令我，离开现场后，先飞到人烟稀少的山区，找个安全的地方降落。问他理由，他一开始生气道"你不用管"，但略一思考后还是告诉了我。

"这架直升机上的燃料只能飞九百公里吧？等警方推算

的时间一到，他们一定以为我们已经降落而放松警惕。而到那时，我们再飞往真正的目的地，所以得节省一些燃料。"

这段时间在飞行记录上的显示是：

一七一二　自 A 地点起飞

一七二八　于 B 地点着陆

A 就是转播时的现场，B 是第二次的降落点，位于三重县的野又山附近。白色蒙面绑匪看着地图，说这地方很合适。

我们在那里等到天色完全暗下来。

接下来的命令便是那段胡乱飞行。

他看了一眼手表说道："该出发了。（指着地图）大概飞到这一带，尽量找有居民聚集的地方，在周围来回绕圈。在这一带怎么飞都没关系，但接着还有别的行程，时间要把握好，一个小时。这段时间，尽量在低空飞，在住家的屋顶绕圈，好引起居民注意。"

然后，他似乎觉得应该解释一下，不等我问就主动说道："这是今晚的重头戏。你看过报纸就知道，警方认定我们藏在这个区域。在这里来回飞一小时，所有警察都会过来，别处自然就没人了。用个难点的词，这叫'明修栈道，暗度陈仓'。那就拜托你了。"

我想起老夫人的嘱咐，庆幸此时是由我驾驶飞机。若老夫人没交代，或换成其他年轻飞行员，谁会愿意配合绑匪演戏？即使不是出于自己的意愿，这也是助纣为虐、欺瞒警方的行为。

接下来的飞行记录如下：

一七四八　自 B 地点起飞

一七五七　进入 C 地区

一九〇五　离开C地区

C地区就是绑匪所说的居民区。

为发泄心中怒火，我故意贴着民宅屋顶、森林树梢以及山顶飞行，不时来个急转弯或故意摇晃机身，吓得绑匪直发抖。最后他已经头晕眼花，看着手表慌忙喊道："不好，已经七点了。有个重要的事得做。"

不用说，当然是到柳川家投递传信筒。

完成后，我们返回野又山休息了大约三十分钟，便进行最后一次飞行。

大致过程你们都很清楚，我就不再重复。绑匪要求我飞过沿岸市区及高速公路上空，表面装作从纪伊水道往西前进，实则出海后再绕回来，在幽鬼山降落。

这个计谋很简单，但从结果来看，绑匪的计划似乎得逞了，至今警方都没找到这里来。

从飞行角度而言，这次任务非常困难。为避开雷达，必须贴近海面飞行，既不能开灯，还得时常提防被渔船发现。燃料虽通过休整保留了一些，但也仅是勉强够用。一路上多次遇到惊险情况，我已经发挥出了自己最好的技术，尽了最大努力。

我知道大家最想听什么，那我加快速度。

九点二十八分，我在海角处降落。

黑色和肉色蒙面绑匪正在地面等候，拿着手电筒指示着陆地点。

他们一上前便蒙住我的双眼，带我到山脚下。两个人语气都颇为焦急。

"怎么这么慢？早就过了X时，警方可能已经派直升机跟来了。"

"没办法，碰到不少情况。"

听他们的对话，或许是由于差错导致计划延误，他们本打算将我带到更远的地方，因时间不够只好作罢。

他们把我反绑在树上，接着直升机附近传来几个人的脚步声。

他们几乎不开口说话，我只能靠各种声响想象当时的状况。伴随海浪声，我听见袋子落地声、搬运时的吆喝声以及"好了，装满了"的制止声。我推测他们是从直升机上搬下现金袋，装进了橡皮艇之类的交通工具。接着，他们发动引擎，至此完成了一轮操作。估计海面上稍远处停着大船，他们要将袋子运过去。

每隔一段时间，旁边就会传来相同的装货声和吆喝声，过了很久才结束。

直到全部完成后，才有人开始对话。尽管海浪声太大，听得并不清楚，但我确定一人说"剩下刀自和驾驶员，看你的了"，另一人则回应"OK，你们也加把劲儿，路上小心点儿"。

等我身上的绳索松绑、眼罩被拿开时，沙滩上只剩原先的三个绑匪。不过看地面的脚印，他们的同伙至少有五六人。

更令我吃惊的是，直升机已消失不见。

我问"直升机在哪儿"，白色蒙面绑匪用下巴指着山的方向。我走近后仔细看，才发现那儿有个大洞，他们把直升机推进洞里，入口处竖着几棵连枝带叶的树用来遮掩，树根处还堆了很多沙土固定。现在那里应该没人动过，你们去查一下，就会明白为什么空中和海上都找不到直升机的影子。

之后，我被绑匪带到山腰的一个洞穴，一直囚禁到今天。

"抱歉，因为老太太三天后才能回去，你也只能在这里待上三天。"他们说道，"如果你不听话，倒霉的可不止你一个。就算我们想放走老太太，恐怕也不敢放。你别忘记这点。"

这句话对我来说简直是紧箍咒。其实留下看守我的只有戴黑色面罩的高个子，这三天我有多次机会可以逃走，但担心连累老夫人，让大家的牺牲付诸东流，所以一直拼命忍耐。希望大家能谅解。

我再简单介绍昨晚发生的情况。

黑色蒙面绑匪本是个不苟言笑、极其冷淡的人，但昨夜他难得心情好，告诉我说："明天是最后一天，我们终于要收工了。老太太中午前可以离开，早上放你走应该没问题。我们只有今晚能聊聊，喝一杯吧。"

他拿出前一晚白色蒙面绑匪送来的罐装清酒，自己喝了一点，也给了我一罐。我陪着喝了几口，忽然有股强烈的睡意，但察觉到有问题时已睁不开眼。只听他说道："别担心，只是安眠药。"接着又说："可惜我不像白色面罩那家伙那么矮，不然就能坐你的直升机了。"之后我就失去了意识。

早上醒来，黑色蒙面绑匪已不见踪影，洞里只剩下我一人。我想起他昨晚的话，连忙下山。以上就是我这几天的大概情况。

我唯一感到欣慰的是，飞行过程中那个破旧的飞机引擎没有出问题。

现在几点了？老夫人还没回来吗？

（注：警方随即赶往现场调查，在海岸的石洞里发现了

那架毫发无损的直升机。监禁驾驶员的那个洞穴里,有两条作为寝具的毛毯,以及到处散落的各种罐头、食品、饮料和空瓶等,而凡是疑似绑匪用过的东西,都被擦得非常干净,检测不出指纹。此外,现场找不到任何有助于搜查的遗留线索。)

直到最后一刻,柳川家都笼罩在不安的情绪中。

"四日中午"的期限一分一秒逼近,却不见绑匪有任何动静。

发现驾驶员高野的新闻传来时,大宅内外一时欢声雷动。大家都不由松了口气,认为既然驾驶员没事,刀自自然也平安无虞,但听完驾驶员的遭遇后,不禁再次担心起来。

"绑匪背后果然还是有个大组织,当初我就知道,凭两三个年轻人根本作不成这种大案。"

"他们会把钱运到哪里?肯定不是近海,大概是香港、澳门或印尼的某个岛,总之是在日本管不着的地方。"

"事已至此,他们的承诺恐怕靠不住了。驾驶员只是负责运送,放了他没什么大碍,老夫人可就不一样了。"

"老夫人的观察力比一般人敏锐得多,这么危险的证人,绑匪怎么会轻易放走?我看他们先前只是假装绅士,我们都上当了。"

一大早就有几百名村民聚集到宅子四周,上百位媒体记者也陆续赶到。大家窃窃私语,场面逐渐混乱起来。

宅子内的情况也好不到哪儿去。英子惴惴不安,抓着一大早主动赶来柳川家的井狩问道:"大家的说法越来越多,真的不要紧吗?"

她说话间几乎要哭了出来。

井狩面色极差。"决战"以惨败告终,其后三天大举搜查也毫无成果,加上听到驾驶员那番证词,难免意志消沉。但在他凝重的表情中,似乎隐藏着另一个更深层的原因。

"您指的是老夫人能不能回来吗?啊,那不用担心。"

井狩的回答失去了以往的精神。

英子诧异地说:"什么意思?井狩先生在担心别的事情吗?"

"嗯,我有一些疑虑。"井狩环顾左右,放低声音道,"我只跟您在这里说一声。本案的疑点实在很多……比如,您有没有想过,明明只有一人上直升机,为什么三个绑匪却一起出现?"

"为什么?这很奇怪吗?他们是三人组,一起行动很正常吧。"

"是吗?"

"您的意思是?"

"我是说,绑匪不会做没有意义的事。以刚才的例子来说,只有一个人坐直升机,那只需要他露面就够了,另两人完全没必要陪同。"

"这……三个人一起总比单独行动要好,何况他们也是普通人,没准想趁着大场面一起上电视……井狩先生,我不明白你在烦恼什么。现在应该担心的是……"

"我知道。我说过了,您担心的问题不要紧的。"

真的"不要紧"吗?现在的问题在于,对方将如何联系。这群绑匪有近乎病态的洁癖,做事绝不留下证据。所以他们不可能打电话。所有人都认为,这次他们仍然会用刀自的亲笔信。为提防绑匪像上次一样直接上门投送,警方昨晚特地派人彻夜看守。快递方面,警方也已联系邮局,一旦收到绑匪信件,就要立刻报告。然而,这两方面都扑了个空。

最后剩下的就是每天配送一次的普通信件。邮局一旦收到邮袋就会马上检查，并电话通知警方。如果这样也没有，警方就无从下手了。现在邮车还未抵达邮局，还不清楚能否收到信件，井狩为何如此自信满满？

英子不禁疑惑地望着井狩。此时，屋里的电话响起。

"喂，"国二郎飞奔过去接起，"邮局吗……对……什么？有一百二三十封？平时每天都是这样的。请问其中有没有家母的笔迹。啊，没有？真的没有吗？"

众人翘首企盼的电话，传来的竟是这样的消息。

国二郎面色苍白，转头望向众人。屋子里一片寂静。

时间已是十一点五十八分，仍然没有接到联系。绑匪的葫芦里到底卖的是什么药？

邮局局长似乎还在说话。国二郎心不在焉地随口应答。

"啊，纪美？对，她在这里。找她有事吗？有人发来约会的电报？约会？在这个节骨眼上？好吧，我顺便告诉她……什么？在御座岬等候？RC？"

"那是我家！"

大作听罢跳了起来。

四十分钟后，五架直升机降落在志摩半岛南端的御座岬。

第一架是井狩、镰田及鉴定科人员搭乘的县警专用机。第二、三架则被柳川家包下，前一架乘坐四名家属，后一架坐着医生、护士、串田总管及女仆吉村纪美。最后两架直升机分别是NHK及和歌山电视台的转播机。

今天天气晴朗，风力较强。右手边是如镜子般平静的英虞湾，左手的外海则是波涛汹涌的熊野滩。中间一块陆地形如一只卧倒的腊肠犬，那是前岛半岛。最前端就是大作家所在的御座岬。

"那些混蛋，一定是从妈妈那里问出来的。案子发生之后，我只回来过一次，家里足足十天没人。妈妈也知道钥匙藏在哪里……可恶，居然把受害者家属的房子当道具用，真是无耻至极。"大作颇为懊恼。

"你也得反思自己。你一个人住，日子过得这么任性，连保姆都不愿意给你服务。经过这次教训，你得管好自己，让大家放心，也算是对妈妈尽孝。"国二郎与可奈子趁机说教。

"这些绑匪实在狡猾，竟然想到给纪美发电报，难怪没引起邮局怀疑。"后面的飞机上，串田总管说道。

"老夫人真的没事吗？感觉就像一年没见了……"吉村纪美的眼泪直在眼眶中打转。

碧蓝色的大海边，一处灰色陆地嵌入海中，其腹地有一栋风格考究的黑褐色西式建筑。那就是大作的家。

直升机陆续降落后，众人争先恐后地跑上岩石间的小路。

玄关的大门依然上着锁，房子的北半侧是工作室，南半侧是起居室。

刀自被发现时，正躺在大客厅窗边的扶手椅上。

"啊，死了！"英子惊声尖叫。

"别胡说，妈妈只是睡着了。去世的人气色哪能这么好？"大作虽然紧张，但定了定神后如此喊道。

四人一起奔到刀自身旁，紧紧偎着母亲。屋里回荡着啜泣声。纪美在门口抓着串田总管放声大哭。

这就是本案的结局吗？

井狩直挺挺地站在房间的角落，感慨万分地望着刀自。

秋阳照在鲜艳的花布窗帘上，屋内温暖如春。

刀自发出平和安稳的呼吸声。或许是众人的心理作用，她佛像般的脸庞，似乎浮现出满足的微笑。

柳川敏子刀自的陈述（于当日傍晚的记者会上）：

　　最近让大家为我如此担心忧虑，实在非常抱歉。我能平安回来，更是因为大家的关怀。在此我诚挚地向大家致歉，并由衷表示感谢。

　　我今天有些疲倦，心情也十分激动，无力详细讲述事情经过，只能以回答问题的方式简要说明情况，还望大家见谅。

　　首先是关于绑匪。我见到的是出现在电视上的三个男人，以及一名照顾我日常生活的女子。

　　他们在我面前总是蒙着面罩，且几乎不与我交谈，我只能辨别出他们的身材、肤色、发型及脸部轮廓等特征。不过，从声音和举止来看，不论男女，年纪应该都只有二十出头。高野先生说似乎还有几名共犯，但我却从未见过。可能是这几个人专门负责我的事情吧。偶尔听到他们开口，四个人都是关西腔，但又不像京都腔或新官腔那样，听不出明显的特征。此外，听声音能判断，他们也不是我认识的任何一个津之谷村村民。

　　至于他们的目的，为首的肉色蒙面绑匪不经意提过两三次，他们似乎打算去某座小岛建立自己的国家。我不知道他们说的小岛在日本还是国外，也不知道成员除日本人外，是否还有外国人，只知道这一百亿是启动资金的一部分。他们起初用尽一切合法方式仍然凑不齐，实在无计可施，才实施了这次犯罪。最后一天，绑匪表示钱数终于凑足。我相信，他们不会再因为缺钱而重蹈覆辙去犯罪。

若问我对他们的评价，作为受害人，我当然不会说他们好，不过一直到现在，也并不憎恨他们。如同我在电视对谈时所说，他们的态度非常绅士，而且能感受到，他们有着一旦失败就要玉石俱焚的决心和气魄。不过要我说，他们大可以找沙特阿拉伯的石油暴发户，或者日本的某些恶霸财阀家族的老大去下手，何必挑我这个老太太。（笑声）

关于监禁地点，我已详细报告警方。前后共换过三次。

起初，绑匪带我到一处围着木篱笆的普通住家，是座独栋平房。车子开了足足四五个小时，而且感觉没有原地绕圈子，可见地方相当远。我半路上被蒙住双眼，加上平时很少去县外，实在不知道所在何处。木篱笆上方只看得见天空，远处不时传来电车的声响，所以不会是津之谷村这样的山村。那周围非常安静，人声车声都很少，所以也不是城市附近。以大阪打比方，大概是像箕面之类的郊区吧。

这段时间我大多住在那里。电视对谈时，绑匪在前一晚带我离开，到乡下一间荒废小屋过夜。那里是山区，距转播现场约两小时车程，就算白天也完全听不见人声，肯定是非常偏僻的地方。我判断不出具体地点。

电视对谈那晚？是的，我们直接返回原来的平房。警方似乎十分疑惑，绑匪开着那辆五颜六色的车子竟能顺利逃走，其实手法很简单，他们只是做了张贴合车身的塑料套，贴满彩纸后再套在车上而已。离开转播现场后，他们便扯掉外套，自然没有引起警方注意。玩着这些无足轻重的恶作剧，竟还洋洋得意，他们可真是有点孩子气。

我在那间平房一直待到昨天，晚上绑匪开车送我到大作家。他们好像早就决定在那里释放我，不仅知道地址，还确认过那屋子已经八天没人住。他们既然能将柳川家的财产状况调查得比我儿女都清楚，能知道房子的情况自然易如反掌。我只告诉了他们大作平常藏钥匙的位置。如果我瞒着他们，导致最后门锁被撬坏了，那就划不来了。

今天早上吃过早餐后，四个人来到我面前。肉色蒙面绑匪递给我电报单和那篇文字，说"这是最后一次请老太太帮忙"。

和前几封信相同，我需要将肉色蒙面绑匪提供的原稿誊写一遍。原文通常是用铅笔写的，我抄完后他们便马上烧毁。文章写得相当不错，不过偶尔有错别字。我每次指出错误，肉色蒙面绑匪就会不满地"哼"一声，但仍会拿出字典查阅确认。三个绑匪中，只有他读过一点书，我本以为文章都是他写的，不过从刚才高野先生的话来看，可能另有其人。

"我们该道别了吧？"我把填完的电报单交给肉色蒙面绑匪，他拿出一包白色粉末说，"是啊，老太太你把这个吃了吧。这是安眠药，剂量根据你的体重调整过，绝对没有危险。希望你能休息五小时。"

接着，那名女子端来一杯水，我毫不犹豫地把药吃了。问我担不担心是毒药。我不担心。听他们说已经拿到了赎金，当时已经没有杀我的理由。除此之外……我也一直相信，他们只是要绑架勒索，并非要杀人灭口。

问我为什么相信这一点。这不太好解释……虽然他们口头上没有承诺，但我自然就能领会，人和人之间或许就是这样。

吃完药不久,我就在扶手椅上睡着了。快睡着时,四人各自跟我道别,可我记不清究竟谁讲了些什么……睁开眼时,我已躺在医院的病床上。

下一个问题。作为受害者,我如何看待警方的搜查工作?现在我的情况就是最好的回答。不管是电视对谈,还是交付赎金时,警方有太多机会能逮捕绑匪。但是,所有警察同志贯彻井狩先生的命令,为保护我的安全,努力压制自己想要逮捕绑匪的冲动,谁都没有轻易动手。如今我能在这里跟大家说话,都是因为各位警察同志的努力。我认为,以井狩先生为首的整个搜查团队,就是我的救命恩人。

您问我赎金被夺走却无法掌握绑匪行踪,是否属于警方失职。抱歉,我认为这是看热闹的人不负责任的发言。

我每次看到绑匪的指令,也会认真思考其中有无破绽,可凭我的本事,什么也没看出来。如果只是提出批评,那任谁都会,可是说不出具体的应对办法,那就不能称之为真正合格的批评。

我相信,井狩先生已经尽了最大努力,换成其他任何人,都不可能做得更好。

那么,彩虹童子是否真的技高一等,实施了一场完美犯罪?因为搜查工作仍在继续,接下来的情况还很难讲。此前绑匪有我作为护身符,警方行动受制于人,才导致了现在的结果。这无关能力的高低。假如,我是说假如,彩虹童子和井狩先生的角色对调,事情也会是现在这样。

最后一个问题。问我对这次案件的感想。现在我只希望大家早点放我回去,我好大睡一场(笑声)。不过,人生实在无常,我做梦也没想到,到了这把年纪还得经历这种磨难。人生不论任何时候,都不能轻易放弃。道理很平凡,但我这次的体会却很深刻。从今以后,我会好好珍惜大家帮我拣回的这条命,好好度过余生,给大家一个满意的交代。感谢大家!(鼓掌)

(注:警方严密搜查了御座岬大作的住处,但如同其他现场,未发现任何疑似绑匪的指纹或遗留物品。此外,虽有两三名渔民称当天早上八点左右,曾目击一辆黑色轿车自大作家方向驶向志摩町,但无法确认司机、车型、车牌号等信息。电报由和歌山中央邮局受理,时间为十一点三十五分。邮局工作人员表示,发信人是位身材矮小的年轻男子,其余没有特别印象。笔迹依然是刀自亲手所写,发信人的住址、姓名均为虚构。

此外,目前绑匪及赎金依然下落不明。)

终章 童子归母怀

十一月第一个周日的下午。

井狩身穿轻便休闲服,信步走进柳川家的大门。他从和歌山的住所出发,先坐一个半小时的电车,再转乘两个半小时的巴士,总共花了四个多小时。

刀自这场充满戏剧性的归来已过去整整一个月。正值初冬时节,津之谷村的红叶已纷纷飘落。

"哎呀,真是稀客。"

因为井狩未事先通知,串田总管一脸诧异地出门迎接。

"您没开车吗?那是坐巴士来的?"

"嗯,我一时兴起想来看看。赏枫叶的旺季已经过了,没想到头班巴士还是挤满游客。开到白谷溪谷前,车上的导游小姐居然说,从桥边走下溪谷,可以看到对岸就是发生百亿元绑架案的柳川宅邸,想参观的乘客,我们免费赠送下一班次的车票。车上乘客几乎全部下车。那里竟然还铺了条下坡路。"

"是吗,巴士公司真是太会做生意了。还有些游客会专门自驾过来,在门口拍照留念。"

"这里已经是新的观光景点了。得跟政府要点支持费用才行。老夫人在吗?"

"在客厅。我进去通报,请您稍等。"

"您就说,是她从前的门下弟子来访。而且是最让她头疼的那个。"

"呵呵,好的。"

总管匆匆走入后屋。

望着总管的背影，井狩想起最近杂志上的一篇报道。

刀自现在依然是风云人物。据井狩了解，许多报纸和杂志都曾向刀自约稿，请她提供那段监禁时光的回忆录。但刀自一概拒绝，仅偶尔接受采访，井狩读到的便是其中一篇。

在文章中，刀自"告白"称："我向来不怎么信佛，以往参加做法事，只是出于情面礼节。经历了这次的事，我深深体会到人的力量有多么卑微。我在家里盖了一座小佛堂，每天早晚念经供奉。虽然称不上一心向佛，但也足够虔诚。"

报道还附有一张刀自在佛堂礼佛的照片。这似乎也是她的"表演"。

"老夫人要是信佛，真是泥菩萨也能变成神。她如果真的一心向佛，那可省了不少麻烦。"

想到这里，井狩不禁露出苦笑。此时，总管走了过来。

"请进。老夫人正在院子指挥装修佛堂，马上就好。"

"这样啊。那我是不是打扰老夫人清修了？"

"怎么会。佛堂很小，很快就修好了，剩下的只是使唤年轻工匠具体做些雕刻、加些纹样。工匠们私下忍不住抱怨，既然如此，一开始就该找个有名的雕刻师傅来做。哈哈。老夫人难以捉摸的脾气，信佛后似乎也没怎么变……噢，这话可得替我保密啊。"

两人来到后院，刀自果然在向年轻工匠吩咐什么，一看到井狩，她有些不好意思，眯起小眼露出亲切的微笑。

"欢迎光临。最近我盖了这座佛堂。俗话说六十岁学艺不算老，我这是八十岁开始信佛，你可别取笑我。虽然这么讲或许会触怒佛祖，但你要不要顺便拜一下？"

"不用了，下次吧。"井狩一脸认真，"我今天上门不是专程来拜佛的。"

"也对。昔日门生现在已是堂堂县警本部部长,如果不是有要紧事,也不会来这山里……嗯,施工今天就到这里吧。我刚才交代的,明天得完成。"

刀自让工匠下班,随后走进屋内。

不一会儿,纪美端来茶水,笑嘻嘻地向井狩打招呼。

"你好。"井狩注视着她道,"你精神挺不错啊。跟那时简直判若两人。"

"是啊,她把那件事当成自己的责任,郁闷了好久。真是苦了这孩子。"

刀自回应道。纪美害羞地行了个礼后退下。

庭院里的工匠已经不见踪影,串田总管也已离开,宽敞的客厅里只剩下两人。

短暂的沉默后,井狩好像继续刚才的闲聊一般,若无其事地问:"对了,有一点想请教……那三个绑匪,老夫人是从哪里找来的?"井狩非常平静,刀自也表现得气定神闲。她既未故作吃惊,也未明知故问。

"我知道井狩先生总有一天会问这句话。"她淡淡一笑,沉稳回应。

"当时我跟他们是初次见面。"

"当时?您指的是被绑架的时候吗?"

"是啊。"

"真的?"

"我不会对你说谎。"

"唔。"井狩点点头,从资料夹中取出薄薄一沓纸。

"我属下的报告里也是这么写的。部里对此开展了一次秘密调查，我给您读一读结论。

1. 没有任何证据显示，刀自与那三名姓氏不详的年轻男子事先存在任何联系。
2. 三名歹徒不可能是刀自认识的年轻人或中年人所假扮。

因此，自称彩虹童子的三人组，不论过去或现在都与刀自毫无瓜葛。

那么，报告的内容没错吧？"

"你的下属真是优秀。"

"他是我最信任的心腹。此前认为，绑匪是由您的几位孙子乔装的可能性最大，他按照时间点详细调查了每个人的不在场证明……但是结果真让人伤脑筋。"

井狩征得刀自的同意，点燃一根烟后，陷入了沉思。这一根烟的工夫过去，他终于抬头道："这件事或许没人会相信……但我只能选择相信。老夫人，您不好奇是什么事吗？"

"我正想问呢。究竟是什么事？"

"这件事不合常理。有位老人被绑架后，反倒变成绑匪首领，指使绑匪向自己的儿女勒索巨额赎金。"

刀自沉默片刻，说道："这故事似乎听过。难不成，那个老人指的是我？"

井狩哼了一声。

"您不用作假设。嗯，看到您如此淡定的表情，我就更有把握了。肯定没错。只有您，即使做了再出格的事，也会不动声色……对，老夫人，我说的就是您。"

"你讲得很有礼貌。但是，能直接对号入座，想必是有依据的。我想听听你的理由,这应该不算冒犯吧?"

"不,当然不,这疑问很合理。"

井狩对刀自的嘲讽正面回应道。

"我说说我的感受。一开始我就感到不对劲儿,就像不知不觉渗进砂土里的水,等回过神来,这种感觉已经非常强烈。整件案子的规模、计划性,非常鲜明的自我风格,以及暗含的幽默感……这种独特的风格,既不像职业罪犯,也不像那些混混儿集团。当事人应该更加成熟老练,认真对待此事的同时,也在享受着游戏的乐趣。我能感受到她的那份从容以及开阔的心胸。她有狮子的气魄,狐狸的精明,然而出奇的是,她还具备熊猫的亲切……某天我突然惊觉,最符合这些条件的,不正是本案的主角吗?"

刀自耸了耸肩。

"当事人要是听见,肯定要不好意思了。你都把他捧上天了。"

井狩并无笑意,继续说道:"想通后再回顾整个案子,我惊讶地发现,案情处处都有此人的这些特质。具体而言,首先是对地理的熟悉度。本案总共有五个重要现场,先不提和歌山广播电视会馆和大作的家,剩下的三个,包括电视对谈的地点、绑匪上直升机的地点和终点站幽鬼岬,绑匪对地理环境和居民状况都非常清楚,这就再明显不过了。就像成田机场的选址不能轻易决定一样,上述无论哪个地点,都绝非通过一两次事先踩点就能完全摸透。于是,经过调查,我了解到一些情况。"

井狩翻开笔记本,继续说道:

"法务局提供的财产清单显示,柳川家在奈良县南山村拥有一处约十五公顷的飞地,就位于绑匪登上直升机的乱发岭往西几公里处。另外，悠木村的一位土地所有者证实，柳川家曾跟他交涉，打算买下幽鬼岬附近的土地建别墅，他虽乐于交易，但后来柳川家改了主意，只好作罢。"

刀自低声说道："那是因为孙子们跟我抱怨我们家只有山没有海。不过，建私家专用的海水浴场太过奢侈。更重要的是地名我不喜欢，听起来像是有鬼出没。"

"就是这样。"井狩合上笔记本，"电视对谈的现场就更不用提了。由此可见，绑匪选择的地点，不是柳川家的地盘，就是与柳川家有渊源的地点。那两幢建筑也不例外。和歌山广播电视会馆您已经去过多次，另一处是您儿子的家。如果只是一两处也就罢了，五处地点都是如此，结论自然就指向了一位特定人物……当然，要想找借口也不是没有。"

刀自点了点头。

"比如，作为人质遭到绑匪胁迫，不得不说？"

"是的。不过人质也未免太过积极。把情况和盘托出，实在是……"

"有违常理，对吧？"刀自微微一笑，"还有吗？"

"还有很多谜团，唯有认定老太太……抱歉，老夫人是绑匪首领，才解释得通。比如，直升机到处乱飞的那一段。当时是夜晚，雾气又重，即便再老练的驾驶员，也不敢单凭绑匪的指示，就在危险的高山峡谷之间乱来。然而，驾驶员却这么做了，这是为什么？是出于责任感，还是出于恐惧？这两个理由都不够充分。真正的答案恐怕只有一个……这些照片就是证据。"

井狩从资料夹中取出几张绑匪登机现场的照片。三人组现身，跑向直升机。白色蒙面绑匪登机，其余两人跑开……每张都让人有身临其境的感觉。

"从照片可以看出,白色蒙面绑匪始终躲在两人身后,从未被拍到过全身。连爬上直升机时,也只是拍到了头部和背部的一部分。这纯粹是出于偶然吗?怎么可能?这群绑匪绝不会做没有意义的事。另外两人显然在替白色蒙面绑匪遮挡镜头,接近直升机后更是如此。理由嘛……是唯恐通过与直升机机身的比较,暴露白色蒙面绑匪的真实身高。我说的对吗?"

刀自首次陷入沉默。

片刻后,她抬眼望着井狩说道:"一般人可不会注意到这个细节。"

井狩扑哧一声笑道:"一般人确实不会。目前为止,除了我没第二个人察觉。大家甚至没有想过,为何此时三人要一起现身。人们一看见大、中、小三个不同颜色的面罩,便自然认定那是彩虹童子,而不会注意到他们的身高变矮了一些。人们当然也不知道,这正是绑匪要达到的效果。绑匪十分注重公平竞赛精神,我也得实事求是。隔着两百多米的距离,又是从高处往下拍摄,加上绑匪的这些掩饰,因此根本无法根据照片估算出绑匪的准确身高。所以照片仅能佐证推理,不能成为法定证物。说到这里,我想问您,我的推理是否正确?自由操纵直升机,随意指使驾驶员……这一切都是因为,蒙着白面罩的是您吧?"

"老夫人!"

当她遮住麦克风说"是我"时,驾驶员高野惊愕的叫声至今令人难忘。

"没错,是我。等一下再跟你解释,现在请照我的话做。我绝对不会害你。"

"好……好的。先读这份指令对吗?但是,究竟为什么……

算了……"

驾驶员朗读指令时声音嘶哑，那也是事出有因。至少他瞠目结舌的模样没有出现在电视屏幕上。

"我们实在应该多读几遍绑匪的信。"井狩感叹道。

"电视对谈时，绑匪指定了两名紧急联系人。我们只是疑惑这是否必要，却没去思考背后的意义。这次也一样。绑匪指定'和歌山航空公司最资深的驾驶员'时，我们早该料到那是要故意选择高野。当然，即便他们不指定，结果或许也是一样。那么，驾驶员的供述与您在电视上的谈话一样，毫无可信度。请看下这些资料……"

井狩从资料夹中取出一份厚厚的档案。

"这是一个月以来的搜查记录，共有两部分。较厚的这份是关于'船'的。根据驾驶员的证词，几百名搜查员去找一艘连证人本人也没见过的船，跑遍大小港口和各处海岸。从纪伊半岛出发，往西到濑户内海、四国，往东到远州滩、伊豆半岛……其间得到了各地警方的配合，渔民和其他民众提供的线索不计其数，然而所有报告的结论都是四个字——查无此船。这样下去，我们恐怕得搜遍日本在太平洋沿岸所有地区，甚至是全日本的海岸。但是无论怎么找，结果都一样，因为证词是假的，这条船从一开始便不存在。至于较薄的这份……"井狩翻开资料，"查的是'绑匪藏身处'。由于您的证词，我们不得已搜遍了近畿地区全境，只要是听得见电车声音的地方都没有放过。结果不用说，因为这跟找船犯的是同样的错误。本身就是虚构的地方，怎么可能找得到？这可把我们害惨了。因为到了夜里，离铁路十公里的农村都听得见电车声。不过，现在这样，情况就不同了。"

井狩凝视着刀自，刀自脸上露出紧张的神色。

"我们一直默认绑匪的据点应该与您无关，或是位于有敌对关系的地方。事实却恰恰相反。这场战役中，不仅是战场，连人脉都在您的控制范围内。这样看来，给绑匪提供住所的那个人，极有可能与高野的情况相仿，甚至配合度更高，只要老夫人发话，再出格的命令也会服从。这样的人，我能想到的也并非没有……不过即便如此，我并不想对此人不利。毕竟我也是您的支持者。即使您杀人行凶后找我帮忙，我就算身败名裂也会保护您。何况这起案子只涉及钱，没有任何人受伤……可是，我真的搞不懂。"

井狩叹了口气，收起资料，再次注视着刀自。

"我今天上门，不是来抱怨属下有多么辛苦，尽管不能再做无益的消耗，但先前的努力并非全无意义。当然，我也不是想拿这些已经错过时机的证据资料说事。我只希望您能理解，我的推理和假设都是下属们汗水的结晶……不过，我不明白的是，到底为什么，为了那几个素未谋面的小毛贼，您愿意演一场惊天动地的大戏。"

到底为什么？

若说是因为体重计的刻度，人们肯定不会相信。然而这却是事实。

刀自想起当时受到的打击，胸口依然隐隐作痛。

今年夏天比以往更加酷热难当，连山里都连续多日燥热到夜里难以入眠。

终于到了秋风送爽的九月上旬。某天傍晚，刀自像往常一样沐浴后走出浴室，一时兴起踏上角落里的体重计。

那真的是突然兴起。她不记得上次测体重是何时,也没有定期测量的习惯。只是因为偶然看到了体重计,才站了上去。仅此而已。

但当她看到指针停下时的数字,宛如挨了一记闷棍。

指针停在了二十六附近。

她慌忙重新测量,但数字没有变化。

她瞬间想到,难道是体重计坏了?但马上又意识到不可能。重视体重管理的纪美等人,每天都会测量,若涨了一公斤就会极其失落,若减了五百克则会欣喜若狂。可见这数字没问题。

二十六公斤!

刀自双腿直哆嗦,赶紧扶住柱子才没摔倒。

刀自的标准体重是三十五公斤,这二十年来一直很稳定,上下浮动从未超过一公斤。而现在竟然只有二十六公斤!

"骤减十公斤说明健康亮红灯了。这家老爷子瘦了不少,看来果然没错。"

最近连续参加几场葬礼,刀自时常听到类似说法。去世者都是得了癌症。

瘦十公斤说明健康亮了红灯!这句话萦绕在她心头,宛如钟声在脑中嗡嗡作响。

何况这个"瘦十公斤",一般指的是五六十公斤的人。刀自原本就只有三十五公斤,瘦九公斤恐怕相当于普通人的十二到十五公斤。

……原来如此!

刀自的脑海浮现出无数回忆的画面。

不久前可奈子回来时,以从未有过的温柔语气说:"妈妈,你要多保重,有空来大阪,我们一起去吃好吃的。"

前些天串田也说:"最近天气变化快,请您注意身体。"

还有邻居们曾说,"您气色真好"或"您真是一点都没变"。

此外,还有他说过,她也说过……

您要保重。您多注意健康。您精气神真好。您要保重、保重、保重……

他们每个人的眼神!眼神中带着安抚……带着怜悯……带着隐瞒!

她完全没察觉,身体从何时开始变得这么差,但仔细回想,确实有时会突然腹痛,偶尔还会食欲不振或者莫名失眠。感到无力的次数也比以前多了。这就是病灶吧。一旦有了明显症状,就已经太迟了。

……原来如此。大家早就知道了,只是瞒着我而已。

她想起七月时做过定期体检,串田报告说"毫无异常"。那个骗子!没异常怎么会突然瘦九公斤?这可是体重的四分之一啊。难怪他要口头汇报,没让我看资料。可见是根本不能让我看。

她看着镜子,镜中之人眼神冰冷……这简直不像自己的脸。

她开始浑身发抖,勉强支撑着回到房间,望向窗外的群山。

那些山!

这些景象至今仍清晰浮现在眼前。

明明是看了几十年的山,那天却有些不一样,仿佛初次见到般新鲜,又如此清晰鲜明。每棵树、每片叶子,那微妙的色彩和形状,都如同被雕刻下来一般清晰可见。

意识到死期将近后,眼睛所见毕竟有所不同。我家的山,竟然也如此美丽。

而这一切都将归还国家所有。一旦我撒手而去,这将是不可避免的。

……国家!

刀自感觉仿佛受到一记重击。

……国家又为我做了什么?

她睁开眼睛望着群山,一时间茫然若失。她渐渐察觉心中涌出一股强烈的情感……那是憎恨之情。她恨"国家"夺走了爱一郎,夺走了静枝和贞好,这还不够,如今还要夺走她视为生命的山林。走到人生最后阶段,她首次产生这种情绪。

而国家为此付出了什么?国家什么也没做。有句话叫"吉野美林,纪伊粗林",纪伊山地原本非常贫瘠,但经过山里三代居民的努力,特别是在柳川家祖辈及先祖辈的推动下,这里终于脱胎换骨,成为不输吉野的优质森林。国家对此不过是袖手旁观而已。

然而,国家却像猴蟹大战[①]里的猴子一样,试图无耻地抢夺他们这些山里的螃蟹们辛苦创造的果实。

如果能把成果返还给山上的居民,倒是可以理解。如果能帮助这个国家的同胞们,培育树林的辛苦也算没有白费。

但那些打着国家旗号的掌权者,会有这份好心吗?围绕某处河堤工程[②]的争议就是最好的例子。这些美丽的山,这些人们拼命爱护培育成材的树木,也终会成为掌权者的猎物,落入他们贪婪的魔爪中。

"我这一辈子到底算什么?活一辈子难道只是为了最后被他们掠夺吗?"

[①]日本的民间传说。描写狡猾的猴子抢夺螃蟹辛苦种植的柿子并将之杀害,被螃蟹的孩子们报仇的传说。主题是"因果报应"。
[②]此处指长良川河口堤坝问题。

刀自忍不住叹息，内心感到一阵悲凉和空虚。

无论怎么抱怨，无疑都是无济于事。

自己现在能做的……就是一边等待生命火焰燃烧到最后一刻，一边尽可能走过更多土地，向群山道别。

直到有一天终于倒下……这就是这位山中老人的一生。

刀自的眼眶湿润了。

她没有想到，一周之后，竟有三个年轻人冒出来，重新燃起了她心中即将熄灭的火焰。

"为什么？您为什么要帮那些小毛贼演这场大戏？"井狩问。

他的疑问发自肺腑，刀自也必须敞开心扉回答。

但是，这该如何启齿？

"在那个时候，他们的出现或许是天意吧。"这是刀自最诚挚的回答。

从绑匪的口音和打扮来看，他们都是外地人。刀自瞬间就观察出，他们为了伏击成功，付出了多少精力和辛苦。

如此破天荒的绑架计划，仅是能想到就已经不易，他们竟有能力和气魄去付诸实践。

没错……气魄。当与肉色蒙面绑匪对峙时，刀自能清楚地感受到对方豁出性命的气魄。

"这三个人很有可取之处，并非一般的恶棍。"刀自当下心想。

经过刀自的劝说，三人最终愿意释放纪美，更证实了刀自的直觉。黑色蒙面绑匪向纪美道歉这个细节，也被刀自清楚地捕捉到。

尽管三人的模样与所谓"神之使者"相去甚远,但在生命即将走到终点时遇上他们,这不是"天意"又是什么?

说来恐怕没人相信,就在与三人击掌为誓,纪美成功离开,自己在三人包围下开始转移时,刀自已经心生"一箭数雕"之计。

(神为我做出了这样的安排,让我在临死前与这些人一起干一番大事。虽然这样对井狩先生很不利,但也算是命运机缘。希望他能理解。)

(趁这个机会,向国家狠狠捞一把,也算是表达我的抗议。)

(等我不在人世后,柳川家的资产势必会遭人觊觎,会有人像野狗一样跳出来猖獗滋事。只有把资产拿出来放在阳光下,才能免得发霉。)

(这还是帮孩子们脱胎换骨的好机会。能做到的事,他们一定会尽力而为。)

(还得送这三人一份大礼才行。多亏他们,我还能在最后享受一段兴奋的时光,而不是一味回顾八十二年的人生。)

"能顺利完成这些事情,我将死而无憾。毕竟,在抱怨和愤怒中草草结束一生,不是我的性格。"

刀自原本沉重的四肢顿时轻盈了许多,指尖也仿佛重新注入了活力。

可是,她该怎么说明这种心情?既不能完全交代,也不好撒谎隐瞒……

刀自正面凝视着井狩的双眼。

她一字一句,真诚且慎重地说道:"你问为何演这场大戏,但这可不是我演出来的，实在无法回答……不过，有一点我可以说，那就是老年人的生活实在很无聊。这一点相信你也能体会。昨天过完是今天，今天过后是明天……每天都在做相同的事情。这根本称不上活着，只能算是还没死而已。虽然如此，人活到八十多岁，也已经无法再改变什么……我也是这样的，于是只好安慰自己，这便是人生。然而从那天开始……"

刀自轻咳一声，继续道："世界突然焕然一新，而且我面临的是非生即死的极限考验。说来惭愧，活到八十多岁，直到这次我才对生和死多少有了些感悟。而这一切，是跟大家的关怀和子孙的努力分不开的。井狩先生甚至发表了那样的声明。在报纸和电视上，许多朋友和陌生人纷纷发来慰问和鼓励的寄语。我深深感受到，我的生命不只属于我自己。为了大家，我绝不能就这么死掉，必须活着回家……有了这样的念头后，再回想此前自己说过的'既然上了年纪，随时死去都没关系'，实在是感到羞耻。从那以后，我每天都精神振奋，和以往每天浑浑噩噩的情况简直有天壤之别。很多老年人，虽然嘴上不讲，其实也明白现实状况的严峻，但心里仍有着童话般的梦想，希望改变生活，过一过这种受人关注的日子。至少我是如此。那两周多的时间，我就是以这样的心情度过的……这算不算回答了你的问题？"

"所以，"井狩认真听了刀自的话，此时犀利地开口回应，他感到，刀自的这番话虽颇有真实感，却并未吐露全部事实，"为了充分享受这童话般的时间，您才全力帮助绑匪。童话故事越是夸张就越有趣，所以您就借势让火越烧越旺……您是这个意思吗？"

"怎么会？"刀自露出吃惊的模样，"我没理由做这么疯狂的事。你总称呼这些绑匪为小毛贼，但他们可是很有主见的。我基本没有插嘴的余地。虽然不是完全没有，但即使有机会出主意，我身为人质，又为什么要多嘴呢？"

"您并没有插嘴，"井狩语气辛辣，"而是替他们制定了全部计划。您写了信，坐了直升机，还让驾驶员说谎作伪证。没错吧？"

"这些事嘛……"刀自显得很为难，"就算我说没做，你也不会相信，我能说什么好呢？"

"您不觉得有些过分了吗？"井狩追问，"我能理解老年生活的寂寞。此时冒出来一群绑匪，他们虽不是善辈，但做事很有分寸，理解能力又很强。您认为机不可失，于是想利用他们好好演一场大戏……您的心情我虽不能完全理解，却也并非一点都体会不到。毕竟这是老夫人您啊。但一百亿日元又是怎么回事？难道只是因为想把案子炒作成国际新闻？若真是这样，您的确十分成功，但此事让儿女们费尽周折，几乎耗尽所有家产，正常人会这么做吗？我知道，您要说这是绑匪的计划，您并不知情。先不谈这点，我只是想知道，为什么金额定得这么大？先说好，您可不要用在某个岛上建立国家这样的话来糊弄我。"

刀自终于被逼得无处可逃。

"你这样问的话……"她耸耸肩答道，"不知情的人听到，还以为金额是我定的……不过，关于赎金，大家似乎有些误解。"

"误解？"井狩皱起眉头。"什么意思？"

"恐怕大家都认为，柳川家这次损失惨重吧。"

"啊？"井狩用力眨眨眼，望着刀自。刀自表情非常认真。"我不明白。您什么意思？"

"但是呢，"刀自似乎语带愧疚，"损失虽然也有，但并非大家想象的那么多，大概只有名义上金额的三分之一吧。"

"三分之一？那剩下的是假钞？不可能啊。当时的电视转播，我可是看得一清二楚。"

"当然不是。堂堂柳川家，可不会使那种下流手段。"

"全是真钞？那为什么是三分之一？"

"要说准确的数字，"刀自解释，"我家的实际损失应该是三十六亿，相当于每个孩子损失九亿左右。这数字是怎么得来的呢？原因有两点。第一点不能当众说，那就是税后的金额里有两成左右是有水分的账外资产。第二点则是利用税法中的杂项损失扣除额。"

刀自算出这个数字，是在遭到绑架的当天，当她走上那条满是杂草与碎石的小路之时。

杂项损失扣除额——七十七岁喜寿那年，为以防万一，刀自试着计算过遗产税。当时翻阅《纳税手册》，她留意并记住了这项条款。

> 杂项损失扣除额是指，当发生灾害或盗窃损失时，商品、半成品、原材料等库存资产外的资产所蒙受的直接损失。该损失额中，超过总所得金额一成的部分可免予扣税。

当时刀自心想："赎金当然属于'灾害或盗窃损失'。哼，政府真是太贪心。总额的一成是七十亿，如果少于这个数，可就不能减免了。"

没办法，免税的下限是七十亿，上限则是名义上的税后资产一百七十六亿。按常识思考，赎金最多设定为一百亿。

超过七十亿的免税部分是三十亿，可减免百分之七十五的税，也就是二十二亿五千万。再加名义上的税后资产，大约是两百亿。再加两成的账外资产，总共便是两百四十亿。扣掉一百亿赎金后，净剩一百四十亿。

"大概是这么计算的。"刀自省略过程，只举出最后的数字。

"孩子们实际算出的结果应该差不多。一个人损失九亿，虽不算小数目，但他们只是到手的钱变少，不必另外自掏腰包。况且当作花钱买教训，倒也应该可以接受。至于最后能不能拿到那么多，那要靠他们的本事了。"

"那个……我完全没搞懂。"

数字一旦过万，井狩就不会算了，于是赶紧做起笔记。

"是这样吗？原本子女每人可得四十四亿，现在算出来是三十五亿，所以每人损失九亿。这些对我来说都是天文数字……不过，有一点很奇怪啊。您说柳川家仅负担一百亿中的三十六亿，那另外六十四亿从哪来？"

刀自微笑着点点头。

"还能从哪来，当然是由国家出。说得详细些，减免的税金加两成是二十七亿。需要国家出的还剩下三十七亿。要知道，国家拿走我们近五百三十亿的税金，返还这么一点根本就不痛不痒……但对我们而言，这笔钱还是有帮助的。"

"原来如此。"井狩恍然大悟。

他怒目圆睁道："这才是您的真心话吧？反正税都是要交的，您觉得白白交给国家太亏，干脆让国家承担了六十四亿的赎金。所以，赎金才需要定为一百亿……对吧？"

刀自认真道："怎么会？这只是从计算上……"井狩打断她的话道："我知道，您想说只是从结果来看是这样。为了这一百亿，我们警方忙得团团转，您自己做了绑架案大戏的女主角过足了瘾，这一切都不是故意安排的，而是完全属于巧合。但是，老夫人，您已经达到了所有目的，万事大吉，我也可以不追究您做这场戏的责任，但不仅是我，全国所有民众都不会允许那几个小毛贼拿着一百亿轻轻松松逃跑。他们究竟去哪里了？钱又在什么地方？您从头到尾帮了他们这么多忙，总不能说不知道吧？"

井狩最后的质问义正词严，他料定就算刀自也无法回避。

然而，下一瞬间，他的胸口一震。

"对不起，井狩先生。"刀自竟然一边恳切地说着，一边向他深深低下了头。

"老夫人……"井狩屏住了呼吸。刀自静静抬起头，直直望着井狩。她收起此前圆滑的一面，目光真挚而深沉，用稳重而清晰的声音说道：

"我明白你的立场，你刚才发火也是理所应当的……但是井狩先生，我就算死也不会回答这个问题，就像罪犯的母亲不会透露孩子的下落一样……现在，我就相当于他们的母亲。"

关于三人的一幕幕清晰的画面，浮现在既是母亲又是人质的刀自心中。

第一个画面是……收到赎金的那个晚上。

情况似乎一切顺利。

直升机降落在阿椋家的院子里，正义等人跳上直升机，往下扔现金袋。驾驶员高野接着朝柳川家飞去，三人则负责将现金袋搬到仓库二楼。

三人没多说一句话，动作干净利落，很快就完成了工作。刀自甚至感叹，若换作其他任何一个三人组，恐怕都不能完成得如此完美。

看到院子中的现金袋已全部搬走，刀自返回主屋，耐心嘱咐坐立不安的阿椋道："你记住，你什么也不知道，只听见了直升机的声响。"这时仓库传来了一阵欢呼，三人似乎已经开始庆祝了。

欢闹声持续好一阵子。

刀自感到非常疲倦，与阿椋吃完晚餐，泡过澡后便沉沉睡去。

"老太太，快起来。喂，老太太。"

不知夜里几点，刀自被健次叫醒了。仓库那边已安静下来，屋子里只听得见阿椋一如既往的鼾声。

"怎么了？"

"大事不好。"

刀自听出健次心情极差，更加起疑，于是披上棉袍，走进大厅，一瞧健次的神色，不禁大吃一惊。

健次何止心情极差。只见他额上冒着青筋，全身不停发抖。

"你怎么啦？"

"那两个家伙……您听我说。"

健次先讲了正义的情况。

起初三人都兴奋不已，将现金袋铺在地板上。

"这可是价值一百亿的床，除了我们还有谁睡过？哇，好舒服。"

三人一会儿躺下去，一会儿跳起来，互相把啤酒倒在对方头上，几乎要把地板压塌。就在气氛到达高潮时，正义突然说道："大哥，我要退出。"

"什么？正义要退出？"

"对，他是这么说的。"

喧闹一瞬间停了下来。

"你刚才说什么？你要退出？"健次问道。

"是啊。"正义干脆地回答。喝过啤酒后，他的脸涨得通红，但声音和表情都十分正常，那双小眼睛也透出一股认真劲儿。

"你这家伙……"

健次停顿一下，调整呼吸后接着说："当初你就提过想退出，但那时行动还没开始。现在可是到终点了。你又要退出……喂，这笑话不好笑。"

"我是认真的，没开玩笑。"

"认真的？现在你还谈什么退不退出？事情都做完了。"

"就是因为做完了我才提的。说起来不好意思，我一直是干两个人的活。如果中途退出，就太没出息了。现在我该做的都做完了，你就答应吧。"

"答应？你到底为什么想退出？"

"一定要讲理由吗？"

"废话，你就是讲了也不行，何况是不说？"

接着，正义的脸变得更红了。

"我今天不是留下来帮忙割稻子吗？"

"是啊，老太太怕警察盯上大姐。别人都见过你，只要你待在她身边，也算是有不在场证明。你提这个干什么？"

"回来的路上，大姐告诉我……邦子小姐说愿意嫁给我。她还问我，想不想两人一起留在这里，当她的养子。"

"什么？"

"真的。大哥你也觉得这是个好机会吧？我也这么想。"

"啊……"

"所以，这钱我一分都不能拿。之前的事都过去了，我也算是共犯，但至少在分赃这件事上，我是清白的。"

"……"

"就是这样。谢谢大哥的照顾，我要退出了。我的那份，你们两个拿去分吧……拜托了。"

"那你怎么说的？"刀自问。

"我只能说，这是好事。但是一码归一码。光是每人分得的三十三亿就够我头疼了，再加上你的那份，我可怎么办？老太太说要给那个驾驶员一千万，扣掉后再除以二，我和平太每人要拿四十九亿九千五百万。都这时候了你不能不负责任。"

"平太呢？"

"平太？那个混蛋。"健次气得脸都歪了。

平太原本一直坐在角落，默默听着两人的对话。

当健次责骂正义时，他突然开口了，语气很平静，却跟正义一样坚定。

"大哥，其实我也想说来着。"

"什么？"

"我跟正义哥不一样。为了救妹妹，我无论如何都需要钱，所以属于我的那份我会拿走。"

"那是当然。"

"但是，不是这次的金额，是我们一开始约定好的金额。"

"什么？"

"我那份是一千万，我只拿这些。其他的随大哥处理吧。"

"平太！你怎么也说这种话？"

"以前我就这么想了。"平太坐直身子说道。

"认识老太太后，我深深感到每个人的器量不同。老太太做的事，那是什么级别？如果按钱来算，都以亿为单位的事情。我们这种用泡面做单位算数的人，就算学也学不来。如果硬要去学，只会自讨苦吃。这几十亿赎金也是，我要是拿这么多钱，那就像给猴子穿上盔甲，最后动也动不了。自己驾驭不了的，我是不会动的。虽然一千万还是有点多，但我急需几百万，也只好带走了。这已经是我的极限，如果再多拿，只会害我自己。我就要一千万，再多一分钱都不要。"

"最后结果呢？"刀自问道。

"能有什么结果。那两个家伙都顽固得很，今晚跟他们吵了一架。他们气呼呼地睡了，我只好来找您谈判。"

"找我谈判？"

"事情弄到这步田地，都是因为老太太您啊。不然，明天您帮我说服他们俩，如果还不行，您就得负起责任，去掉驾驶员和平太的两千万，剩下的九十九亿八千万，您得想办法处理掉。老太太，您好好考虑吧。"

健次说完猛地起身，转头便走。他脸色发白，肩膀不停起伏。

接着，刀自脑海中的画面跳到最后一幕。

正义依然待在阿椋家，今年十一月，家里应该会多一口人。

平太则在拿到钱的第二天，由正义开着阿椋给他买的二手小货车，送回了老家。

"这段时间我很快乐，也有了自信，觉得自己能干点事情。我们以后可能不会再见面，老太太您要保重身体。"

平太隔着车窗对刀自说道。他不停挥着手，直到刀自的身影消失不见。

至于健次……

这个年轻人的胆量,让刀自颇感惊讶。

他打算靠着在监狱里学到的木工技术,找门路混进刀自家,一边打杂,一边学习刀自的生活方式,以备将来需要。

"纪美在我家呢,她肯定还记得你的声音,你一开口就会露馅。"刀自有些吃惊,如此告诫道。

"那就更好了。"健次回答道,"我趁现在去,她肯定想不到绑匪竟敢去柳川家,只会把我当成一个声音相似的人。如果一两年后才在别处听见我的声音,我就完蛋了。与其一辈子躲躲藏藏,不如让她认为我只是声音相似,这样更安全。"

刀自现在清楚,健次的做法是正确的。

这就是井狩要打听的绑匪的下落。刀自自然清楚不能透露他们的去向,但是井狩能谅解吗?

井狩在院子里漫步,刀自则坐在客厅盯着他。

被刀自断然拒绝后,井狩只问了两件事:

"您能否保证,他们不再做坏事?"

"您能否保证,一百亿日元不会被用来做坏事?"

刀自的回答都是肯定的,还补上一句:"需要我写书面保证吗?"

井狩苦笑道:"案子中绑匪留下的物证……也就是您写的信件已有一大堆,就不用再加一封了。"接着,他又严肃地说:"有您这句话我就放心了。"

然而,他真能接受这个结果吗?

井狩在佛堂前停下脚步。这座佛堂的长、宽、高分别只有一米五。打开那扇还未雕完花纹的门，中间的高台上供奉着金色的如来佛像。

刀自的脑海中浮现出一道算式：
$0.175 \times 0.085 \times 100 = 1.4875 m^3 ≒ (1.14m)^3$

台座设计所参照的这个算式，便是一百万张万元钞票的体积。只算钞票本身的话，体积其实并没有多大。

搬运赎金非常费力。健次每天早上搭正义的货车来"上班"时，就在座位底下的箱子里藏大约七八亿现金，直到台座建好两个星期后才全部运完。至于正义……为了配合刀自所说的话，在归还人质那天，他一大早便开着租来的车子前往御座岬。这也算是他的"售后服务"之一。

屋后传来少女的欢笑声，井狩看去，只见纪美跑了过来。纪美先对井狩鞠了个躬，然后在屋外走廊对刀自说道："我房间的窗户漏雨了。'模仿哥'说愿意给我修，我能让他帮忙吗？"

"那佛堂的装修又得往后拖了。没办法，你跟串田总管说一下，我同意了。"

"好的，谢谢您。"

不知纪美想到什么有趣事情，她忽然扑哧一笑，跑到屋后去了。

"'模仿哥'是谁？"井狩低声问刀自。

"一个新来的木匠师傅，他木工技术不错，早上来得很早，干活也勤快。我们很照顾他，现在他快成我们家的专属木匠了。就是刚才院子里的那个年轻人。"

"哦，是那个人。他还没走啊。'模仿哥'是说他跟谁很像吗？"

"谁知道？她们女孩子乱叫的，可能是像某个歌手或者明星吧。"

"哦。"

井狩没什么兴趣，在走廊边坐下，忽然回头对刀自说："老夫人，您最近胖了点。前段时间是因为夏天，所以瘦了吧？"

"是啊。夏天也要过去了。"

刀自不禁一阵脸红。当时被接回家后，她战战兢兢地又测了一回体重，恰好是三十公斤。心中百感交集，她决定以后再也不去测量体重。不管体重如何，她暂时还不会撒手人寰。

她至少要等到佛堂台座里面最终空空如也，"模仿哥"也终于学成离家之时。

不过，该如何培养一个专门"花钱"的人？这又需要多少时间呢？

井狩也陷入自己的思考中。

两人默默地眺望着前方的群山。

院子中的枯叶不时迎风飞舞。

DAIYUKAI by Shin Tendo
Copyright © 1978 Shin Tendo
Chinese translation rights in simplified characters arranged with Tokyo Sogensha Co., Ltd. through Japan UNI Agency, Inc., Tokyo
Simplified Chinese edition copyright: 2022 New Star Press Co., Ltd.

图书在版编目（CIP）数据

大诱拐／（日）天藤真著；赵维真译 . ——北京：新星出版社，2022.3（2022.5重印）
ISBN 978−7−5133−4817−1

Ⅰ . ①大… Ⅱ . ①天… ②赵… Ⅲ . ①推理小说－日本－现代 Ⅳ . ① I313.45
中国版本图书馆 CIP 数据核字（2022）第 032565 号

午夜文库
谢刚 主持

大诱拐

［日］天藤真 著；赵维真 译

责任编辑：王　萌
特约编辑：刘　琦
责任校对：刘　义
责任印制：李珊珊
封面绘制：束甲束
装帧设计：hanagin

出版发行：新星出版社
出 版 人：马汝军
社　　址：北京市西城区车公庄大街丙3号楼　　100044
网　　址：www.newstarpress.com
电　　话：010-88310888
传　　真：010-65270449
法律顾问：北京市岳成律师事务所

读者服务：010-88310811　　service@newstarpress.com
邮购地址：北京市西城区车公庄大街丙3号楼　　100044

印　　刷：北京美图印务有限公司
开　　本：910mm×1230mm　　1/32
印　　张：11.625
字　　数：259千字
版　　次：2022年3月第一版　　2022年5月第四次印刷
书　　号：ISBN 978-7-5133-4817-1
定　　价：55.00元

版权专有，侵权必究；如有质量问题，请与印刷厂联系调换。